花々の系譜

浅井三姉妹物語

畑 裕子

Yuko Hata

SUNRISE

目次

第三章

序章

北近江《おうみ》の山川草木《さんせんそうもく》が春を迎えた。

永禄《えいろく》三年（一五六〇）、領主浅井長政《あざいながまさ》は、南近江の六角氏《ろっかく》を愛知郡野良田《えちのらだ》で破り、歴史的な勝利をあげた。以来、頭角を現し、六角氏に従属的であった父久政《ひさまさ》を退け、重臣たちに支えられた若き主は領民の心をもつかみ、善政を敷いていたのである。

同年、駿河《するが》の今川義元《いまがわよしもと》を破り、やがて尾張《おわり》を統一した織田信長《おだのぶなが》は、この有能な領主に目をつける。天下布武《てんかふぶ》を掲げ、上洛の野望を抱く信長にとって、近江は要の地であった。信長はその妹お市《いち》を嫁がせ、長政と同盟を結んだ。

北近江の四季が巡る。冬の小谷《おだに》は身を切るような寒さであった。お市は兄、信長のような気性の地だと思った。が、それも初年だけのこと、長政と暮らすうちに白銀の世界を愛するようになっていた。

巡りくる春は限りなく温もりをもたらせてくれる。雪が融けると清水谷《きよみず》の館を出て、義母阿古《あこ》に誘われ侍女たちと蕗《ふき》のとうを摘みに野に出かける。そこには郡上《ぐじょう》や伊部《いべ》などの在所から領民たちが来ていることも多かった。阿古と語らう女たちを見ているうちに、お市も知らず知らず言葉を交わすようになっていた。純朴な民との触れ合いは尾張清洲《きよす》では得られなかったことだった。

永禄十一年（一五六八）、信長は足利義昭《あしかがよしあき》を奉じて兵を挙げた。従わなかった名門佐々木宗家《そうけ》、観音寺《かんのんじ》城主の六角承禎《しょうてい》父子は伊賀に敗走し、信長は近江を手中に収めた。信長軍に従った浅井軍は奮闘し、六角氏領国であった高島郡の朽木《くつき》氏なども同盟を結び、勢力を拡大していく。永禄末年は浅井家の最盛期であった。長女茶々《ちゃちゃ》も生まれ、お市は満ち足りた日々を送っていた。

が、思いがけない出来事が起こる。

元亀《げんき》元年（一五七〇）四月、突如、信長が越前《えちぜん》の朝倉《あさくら》氏を攻めるため京を発ち越前へ向けて出陣した。長政はこの報《しら》せに仰天し、浅井家中は紛糾する。織田軍が金ヶ崎《かねがさき》城、天筒山《てづつやま》城を攻略し、木ノ芽《きのめ》峠にさしかかったその時、浅井長政謀反《むほん》の報が信長の耳に入る。

信長は半信半疑であった。長政は自らが見込んで妹を嫁がせた、信頼してあまりある勇将であった。

四月二十七日、撤退を余儀なくされた信長は急遽《きゅうきょ》朽木谷を経て京へ戻り、近江・伊勢を経て岐阜へ帰城したのである。

長政とて苦悩の末の決断であった。朝倉氏には初代亮政《すけまさ》以来、六角氏に攻められるたびに危機を助けられた恩義があった。それに信長と同盟を結ぶ際、「朝倉を攻めない。万が一、攻めるようなことになっても事前に相談する」という約束が取り交わされていた。約束を破ったのは信長ではないか。長政の眼はそう訴えていた。

お市もまた苦しんだ。当時の慣習として実家と婚家が敵対関係になれば妻は実家へ戻されるのが常であった。が、お市は夫、長政を選んだのである。長政もまた織田家にお市を戻そうとする久政や一部の重臣たちからお市を守った。

二ヶ月後の元亀元年六月、織田・徳川《とくがわ》の連合軍が北近江に押し寄せ、姉川《あね》を挟んでの戦いとなる。戦場が血原《ちばら》となるほどの激戦の末、浅井・朝倉軍は敗北し、朝倉の兵は越前に逃れ、浅井軍は小谷城に戻った。この物語の主人公となる次女初《はつ》が生まれたのはこの頃である。

織田軍は直ちに小谷城を攻撃することはなかった。それどころか、使者を立て、長政に降伏を要請してきた。が、長政は受け入れず、徹底抗戦を決意する。長政は朝倉氏とともに信長が苦心する石山本願寺《いしやまほんがんじ》や一向一揆《いっこういっき》、比叡山《ひえいざん》などの信長包囲網と連携し、信長を倒すつもりであったのかもしれない。

姉川の合戦の後、信長は今浜《いまはま》(長浜《ながはま》)郊外の横山城に秀吉《ひでよし》を置き、長期戦で小谷城攻めに取りかかる。

兄と夫の戦いを見続けなければならなかったお市にとっても辛い日々であった。長政のもとへ一人の侍女が差し向けられたのもそんな折である。長政はほんの一時、その侍女に心を許した。そして生まれたのが庶子万寿丸《まんじゅまる》、後の浅井喜八郎《きはちろう》である。

長政は姉川の合戦後も朝倉氏とともに坂本や比叡山、その周辺で織田軍に対抗する。元亀二年（一五七一）、信長の比叡山焼き討ちを目の当《ま》たりにした長政の目に、赤々と燃える比叡の山が小谷の城に重なっていった。逃げ惑う女や子どもまでが惨殺される光景が眼から消えない。生死をかけた戦闘がやがて始まるだろう。

浅井氏重臣たちが織田方に次々寝返っていく中、信長は小谷城の眼前、虎御前山《とらごぜんやま》に本陣を置き、浅井親子を小谷城に封じ込めた。そんな中、天正《てんしょう》元年（一五七三）、お市は三女小督《おごう》（江《ごう》）を出産する。

同年八月、浅井軍救援のためにやってきた朝倉軍は浅井軍との合流を妨げられ、越前に向けて敗走。途中、刀根《とね》坂で織田軍と激戦したものの、朝倉義景《よしかげ》は八月十八日、味方の裏切りにあい、大野郡で自刃《じじん》、朝倉氏は滅亡した。

そして八月の末、孤立無援となった小谷城を織田軍がついに総攻撃する。父久政に続き、翌九月一日、長政自刃。浅井三代五十年の幕が閉じられた。

お市の方と三姉妹は長政の意向により落城の直前に信長のもとに送られた。お市は長政とともに自害するつもりであったが、長政の説得により生きて子らを養育することを誓ったのである。

お市はその後、三人の姫と一緒に兄、織田信包《のぶかね》の居城、伊勢上野城で日々を送る。亡き長政の菩提《ぼだい》を弔い、茶々、初、小督に在りし日の長政のことを語るのを何よりも楽しみにしていた。

ところが、天正十年(一五八二)六月二日、信長が本能寺の変で明智光秀《あけちみつひで》に自刃に追い込まれたことによって再び戦乱にまきこまれる。お市は伊勢上野城でののどかな暮らしを続けたかった。だが、織田家の家督《かとく》を継ごうとする信長の子信孝《のぶたか》らは、柴田勝家《しばたかついえ》との再婚をすすめたのである。信孝は三法師《さんぼうし》をかつぐ羽柴秀吉《はしばひでよし》に対抗して、勝家のうしろ楯を必要としたのだった。

清洲会議の結果、織田家の家督は三歳の三法師が継ぐことになったが、勝家と秀吉の関係はますます悪化していった。お市は婚儀の後、三人の姫たちと勝家の越前北ノ庄《きたのしょう》城におもむく。北国脇往還《ほっこくわきおうかん》から小谷山を眺め見たお市は、長政への思いを断ち切ろうと最後の祈りを捧げた。

翌天正十一年、四月、秀吉軍と勝家軍は北近江で激突。賤ケ岳《しずがたけ》の戦いは秀吉の勝利となり、勝家はわずかな兵とともに北ノ庄城に敗走。四月二十四日、秀吉軍に包囲され、炎上する城で自刃する。姫と一緒に秀吉の陣に下るようにとの勝家のすすめを断り、お市もまた自害して果てた。

秀吉に保護された三姉妹は母亡きあと、越前から長政の異腹の姉の住む北近江の実宰庵《じっさいあん》に向かった。お市を髣髴《ほうふつ》とさせる十六歳の茶々、姉に寄り添う十五歳の初、絶えず愛敬を振りまく十一歳の小督。花のような姫たちに数奇な運命が見舞おうとしていた。

若狭湾
越前
木ノ芽峠
栃ノ木峠
N
金ヶ崎城
敦賀
手筒山城
塩津街道
刀根坂
伊香郡
古橋
余呉川
深坂峠
浅井郡
余呉湖
七里半越え
若狭
塩津
賤ヶ岳
木之本
美濃
浅井郡
小浜城
大浦
井口
北国街道
小谷城
山城
九里半越え
海津
郡上
伊部
実宰庵
水坂峠
高島郡
虎御前山
平塚
野村
伊吹山
北国脇往還
今津
竹生島
姉川
知善院
八幡宮
関ヶ原
藤川
長浜城
妙法寺
横山城
徳勝寺
若狭街道
新庄城
長沢
福田寺
柏原
朽木谷
琵琶湖
宇賀野
醒井
今須
天野川
番場
朝妻湊
清滝寺
安曇川
東山道(中山道)
佐和山城
坂田郡
多景島
鳥居本
大溝城
犬上川
宇曽川
比良山
(武奈ヶ岳)
金亀山(彦根城)
北国海道(西近江路)
下街道
(朝鮮人街道)
高宮
愛知川
犬上郡
沖島
野良田
奥島
安土城
愛知川
途中峠
日野川
八幡山城
野洲川
八幡宮
観音寺城
滋賀郡
常楽寺
(常浜)
武佐
愛知郡
山城
野洲郡
八風峠
東山道(中山道)
八風街道
延暦寺
神崎郡
比叡山
坂本城
守山
蒲生郡
三井寺
大津城
草津
矢橋
京
東海道
石部
逢坂峠
東海道
水口
伊勢
醍醐寺
瀬田川
栗太郡
甲賀郡
土山
伏見城
伊賀道
信楽道
杣街道
宇治川
鈴鹿峠
長野
内保
関
亀山
伊賀
余野
多羅尾
御斎峠

第一章

実宰庵

輿《こし》の周辺がざわめきだした。

「小谷山《おだにやま》が見えてきましたぞ」

「小谷山だ」

感極まった声に初《はつ》は輿の隙間から急ぎ斜め前方の山を見た。

「あの辺りにお城がございました」

十年前落城した浅井《あざい》家のお城、幼かった初の頭にはおぼろにしか記憶に残っていない。だが、七日前、炎上する越前北ノ庄《えちぜんきたのしょう》城を目の当《ま》たりにした身には、たちまち落城する小谷城が現《うつつ》のものとして眼前に浮かび上がってきた。初は身ぶるいした。闇を赤々と染めた猛り狂う炎。母お市《いち》は自ら懐剣《かいけん》で胸を刺し、北ノ庄城とともに消えていったのだった。

「輿をおろしてくだされ」

強い凛《りん》とした声が耳を貫いた。

「おろしてくだされというのが聞こえませぬか」

姉茶々《ちゃちゃ》の高ぶった声音《こわね》に初はようやく我に返った。輿は止まり、茶々が外に出る気配がした。行列が止まった。輿から出ると、茶々が蒼白な顔をして突っ立っていた。常々、物静かな姉の剣幕に仰天したのか、場は沈黙に包まれていった。初は茶々の横顔を見つめた。涙が頬をつたっていく。声をかけようとしたその時である。茶々が絶叫しながら小谷山に向かって歩きだした。

「お父上の声が、お母上の声が…」

その叫び声が谷間に木霊《こだま》する。

「姉上、姉上さま」

初は茶々の後を追うが、胸が波打ち足が思うように運ばない。その後を小督《おごう》が追う。そして茶々の名を呼びながら乳母の大蔵卿局《おおくらきょうのつぼね》が小走りに追って行く。どのくらい歩いただろうか、家臣たちの姿が遠方に塊になって見えた。茶々の右には初が、左には小督が茶々を支えていた。

「無理もございません」

大蔵卿局はいたわしそうに茶々を見つめ、四人は館へ続く清水《きよみず》道を戻り始めた。母からよく耳にした郡上《ぐじょう》の集落が前方に見える。阿古《あこ》の婆さまが郡上の呉服屋でお雛《ひな》祭りの着物を買ってくだされたと茶々がうれしそうに話していたことがある。城下を見つめていると涙が滲《にじ》んできた。その先が伊部《いべ》の在所で東側に大きな沼があったのがおぼろに浮かんでくる。

「初、戦《いくさ》を告げる鐘の音が聞こえませんか、聞こえるでしょ」

茶々は小谷城攻防の折、祖母阿古の実家、井口《いのくち》の里から聞こえてきたという幻の鐘の音を耳にしているのだろうか。それとも七日前、北ノ庄城が攻撃された際、いっせいに鳴り始めた城下の寺々の鐘の音を聞いているのだろうか。眼が虚ろにさまよっている。

北ノ庄城から秀吉のもとに下った時、涙一つ見せなかった姉だった。「四十九日の忌み明けまで近江《おうみ》平塚の実宰庵《じっさいあん》で過ごさせていただきたい」と秀吉《ひでよし》に談判した気丈な茶々。死を前にした母上から、「妹たちを頼む、浅井家の菩提《ぼだい》を弔うこと、ゆめゆめ忘れてはなりませんぞ」と繰り返し懇願された姉上。初は茶々の震えが腕を通して断続的に伝わってくるたびに心の奥底の嗚咽《おえつ》に触れる思いだった。

茶々だけではない。こうして小谷山の麓に立っていると、初の耳にも山の上から浅井軍の死闘の雄たけびが聞こえてきそうだ。

やがて茶々は憑きものが落ちたように妹から両の腕を解き、道に正坐すると今はなき館の方向に向かって手を合わせた。かつて過ごした浅井館である。初ははっとした。茶々の仕草は昨年、越前北ノ庄城へおもむく際、お市が見せたものだった。初と小督も茶々にならい合掌した。鶯《うぐいす》のさえずりが聞こえてくる。お市は毎年、鶯の初音《はつね》を心待ちにしていた。清水谷の鶯ほど美しい声の持ち主はいない、とよく真似てみせた。

「そろそろ出発いたしますぞ」

目付役の頭、富田《とみた》の声に促され立ち上がる。清水谷を囲む山々の萌えんばかりの若葉が涙を誘う。母上の大好きな小谷の春ですよ。初は大きな声で叫びたかった。

「平塚までもう少しでございます。姫さま方、今しばらくのご辛抱を」

富田は輿に乗り込む姉妹一人ひとりに声をかけ出発の合図をした。

実宰庵には昨年の秋、越前への途上、立ち寄っている。あの時、門前の銀杏《いちょう》が黄金《こがね》色に色づき天まで届くかに見えていた。あれから一年も経っていないのだ。この境遇の変わりようはどうであろう。この世の辛酸もわからないまま大海に身を乗り出したような自分たちの運命を思うと初は心細さがいっそう募っていく。

「お待ちしておりましたぞ、姫さま方」

平塚に入る小道から伯母、見久尼《けんきゅうに》が突然、姿を現した。侍たちが「おおっ」と声を上げた。彼らは屈強な大柄の僧が立ちはだかったと思ったようだ。

見久尼は門前に立ち、あらためて輿からおりる初たちを両の手を大きく広げ、抱きかかえた。法衣に包まれた姉妹は尼の腕の中で身も心もとろけていくようだった。

「なんとまあ」

秀吉の家臣たちが見久尼を仰ぎ見ながら口にする。無理もない。身の丈百八十センチ、体重百キロを優に超えようかと思えるほどの女丈夫《じょじょうぶ》なのだった。このままずっと尼さまのもとにいたい。四十九日までは逗留《とうりゅう》が許可されていたが、それから先のことは一切知らされていなかった。

庵《いおり》を囲むようにすでに目付役たちの仮の住まいが建てられていた。

「さあ、今宵《こよい》は無礼講でございますよ。お付きのご家来衆もお疲れでございましょう。住まいにお引き取りになり、酒をお召しあがりください。土地の者がお酌をしてくれるでしょう。姫さま方は私と大蔵卿局殿でお守りいたします」

気をよくした家臣たちは一人去り、二人去りして、最後に責任者富田が退くとようやく身内ともいえる者ばかりになった。

蛙の鳴き声が競うように聞こえてくる。

本堂に続く広間にはすでに膳が用意されていた。

「これは何と、姫さま方のお雛祭りのご馳走ではございませんか」

茶々の乳母の大蔵卿局が感概深そうに言う。城下の女たちが整えたのだという。その中にはお市や阿古とわらび採りをした老女もいるそうだ。

「もう季節は過ぎてしまいましたが、お雛祭りには阿古さまの招きで私もお館でご馳走になったものでございます」

初の隣に坐った小督のお腹《なか》の鳴る音が聞こえた。初が顔を覗き込むと小督は舌をぺろりと出した。

「さあさあ、召し上がれ。今宵はこちらも無礼講、大蔵卿局殿、一献いかがですか。あなたさまには浅井の身内として心から感謝しております」

しっかり者で知られた大蔵卿局も見久尼には心を許しているのだろう。杯を一気に飲み干し、話しだした。

「尼さま、私は浅井家の将来を大変頼もしく思っております。今回の実宰庵滞在の件で茶々さまがお見せになった気丈さ、羽柴秀吉殿もたじたじで、茶々さまのご要望を認めざるを得なかったようでございます。もっともあの御仁の思惑も働いていたのでしょうが」

「難しいお話はそのくらいにして、小督姫、お味の方はいかがですか。茶々姫と初姫はお雛祭りのご記憶は少しはおありかもしれませんね。でも小督さまはまだ赤子でございましたものね」

初はおぼろげな記憶を辿ってみる。小谷山の麓からときおり鉄砲の音が聞こえてきた。父上の膝にすり寄ると、「こわがるでないぞ、お初。あれはお雛祭りの祝砲だ」長政はそう言って初を抱きしめたのである。幼かった初は父の言葉を信じていたが、実はその頃、織田軍が小谷の城を包囲し、威嚇《いかく》射撃をしていたのだ。父と母が顔を見合わせ、微笑む姿が夢のように瞼《まぶた》に残っている。

「こうやってご酒《しゅ》をいただいていると、お市さまと長政殿の婚礼の儀式を思い出します」

ほんのり桃色に染まった顔を見久尼は姉妹の一人ひとりに向ける。悲しい出来事を忘れさせようと努める見久尼の思いが伝わってきた。

父と母

お市《いち》は娘たちに尾張《おわり》から北近江《おうみ》の浅井《あざい》家に嫁いできた時のことを、ときおり夢見るように話した。

尾張から百余騎の侍が付き従ってきたのですよ。行列を指図するのは織田《おだ》家の家臣、藤《ふじ》掛三河守《かけみかわのかみ》でした。輿《こし》に揺られながら長政《ながまさ》殿のお姿を想像したものです。婚約の橋渡しをした市橋長利《いちはしながとし》から長政殿の風貌、人となりをある程度耳にはしていましたけれどね。美濃《みの》と近江の境に聳《そび》える伊吹山《いぶきやま》を見つめながら、いよいよ北近江だと思うと身が震えてきたものです。姉《あね》川を越えて野村まで来た時、浅井家の家臣たちが出迎えてくれました。どの顔も皆、にこにこしているのです。私の不安はいっぺんに吹き飛んでしまいました。「向こうに見えるのが小谷山《おだにやま》の頂でございます」。家臣の嬉々とした声にいよいよ浅井の人間になるのだと思ったものです。

清水《きよみず》谷の入口まで長政殿が出迎えてくださっていました。ご挨拶をするため輿からおりると周囲にどよめきが起こり、いっこうに鎮まらないのです。不安になり侍女を見ると、平然と、いえ、むしろ得意そうに微笑んでいるのです。

そんなお市に小督《おごう》は口を尖らせて言ったものだ。「母上があまりにも美しく愛らしかったからですよ。どうして私は母上に似なかったのでしょう。茶々姉さまだけが母上に似ているなんてずるい、ねえ、初《はつ》姉さま」

確かに小督の言う通りであった。初も内心、茶々だけがお市に似ていることを羨《うらや》んだ。周囲の者が「茶々姫は日に日にお母上に似ていらっしゃいましたこと」などと言うのを耳にすると、その場からそっと去ったりした。

私が挨拶しても長政殿は無言のままご覧になるばかりで、困り果てた私が侍女に助け舟を求めると、侍女はますます満足そうに微笑み、うなずいてばかりいるのです。後になってその時の私の困惑を長政殿に申し上げると、某《それがし》も家臣も皆、そなたに魂を奪われてしまっていたのだと仰せになるので、それなら私は物の怪《もののけ》ではございませんか、と物申したものです。

そんな時のお市の幸せそうな顔が、初は大好きだった。母が身につけていた豪華な花嫁衣装の小袖はどうなったのだろうか。ときおり娘たちに見せては、これを誰に着せようかしら、などと姉妹の顔をいたずらっぽく眺めていたお市であったが。

織田家と浅井家が敵対関係になった時、当時の慣習に反して父上が母上を離縁せず、織田家に返さなかったのは、二人が深い慈《いつく》しみの心で結ばれていたからだろう。年頃になった初はそれを誇りに思い、自分も父と母のようでありたいと密かに心をふくらませた。

お市にも嫌う人があった。兄信長《のぶなが》の命令とはいえ、嫡子万福丸《まんぷくまる》を串刺しの刑に処し、最愛の夫、長政を死に追いやった秀吉《ひでよし》である。

人間は心根《こころね》の優しいお人が一番です。三人ともよく聞いておきなされ。私はお父上以上の人に出会ったことがありません。いくら天才的な戦《いくさ》上手といわれても、兄弟を殺《あや》めたり、家臣を労《いたわ》らないお殿さまは取るに足りない人です。

そのお殿さまが誰のことを暗に指しているのか、成長するにつれてわかってきた初だった。

見久尼《けんきゅうに》は目を細め、婚礼の様子を語り始めた。

「お城の大広間で婚礼の儀が執り行われたのは、お市さまが清水谷のお館に入られた翌々日でしたでしょうか。お市さまは山の麓のお館から中腹まで輿で担がれ、皆の居並ぶ大広間に到着なされたのです。尾張から従ってきた家臣が一礼して浅井家の家臣に長柄《ながえ》を渡します。その受け渡しの儀が終わると白い小袖に打ちかけを着たお市さまがしずしずと輿からお出になりました」

初は婚儀の情景を一部始終思い浮かべることができる。伊勢上野城でお市から数えきれないくらい耳にしていたからだ。大広間には先に到着した花婿が白装束を身につけて待っていたこと、上座には烏帽子《えぼし》姿の客人、朝倉義景《よしかげ》の祝いの使者が坐っていたこと。

いつしか見久尼の声はお市の声に重なっていった。

長政殿はたえず微笑まれ、祝いの言葉を受けていらっしゃいましたよ。そしてときおり私の方を見て安心するがよいとばかりにうなずかれるのです。

初は、父と母の晴れの姿を目の当《ま》たりにしているような幸せな気持ちになっていった。茶々の表情も久方ぶりに柔和さを取り戻している。

その母も今はもういない。

床についた初の耳にお市の辞世の歌が甦ってきた。

さらぬだに打《うち》ぬる程も夏の夜の夢路をさそふほととぎすかな

幾度も口にしているうちに初は、お市が死を悲しんではいないような気持ちになってきた。母は父長政のもとへ喜んで旅立ったのだ。そんなことを思っていると気持ちが楽になった。それに比べ、お市が再嫁《さいか》した柴田勝家《しばたかついえ》の辞世の歌はいかにも無念の思いが伝わってくる。武将の鏡のような義父であったが、ともに過ごすことも稀《まれ》であり、勝家の歌は寝返りを打った拍子に耳の奥へ消えていった。

夏の夜の夢路はかなき跡の名を雲井にあげよ山ほととぎす

「初、そなたも眠れないのですね」

茶々も寝つけないでいたようだ。

「姉上、これから私たち、どうなるのでしょうか」

小督の気持ちよさそうな寝息が聞こえてくる。やがて茶々が口を開いた。

「私にもわからない。じゃが、浅井の人間であることを忘れまいぞ」
茶々の強い口吻《こうふん》に初は思わずうなずいた。

第二の母

見久尼《けんきゅうに》の唱える経で目が覚めた。浅い眠りであったのだろう。見ると右横で眠っていたはずの茶々《ちゃちゃ》の姿が見えない。障子越しに朝の気配が漂っている。起き上がり、小督《おごう》の寝顔を見つめる。「少しばかり甘やかして育ててしまいましたね」。いくつになっても母にまつわりつく末っ子を見つめながらお市《いち》がつぶやいていたことがある。が、このあどけない妹の存在は、貴重だった。小督は笑いをもたらす名人なのだ。

本堂では見久尼を真ん中に三人が経を唱えていた。初《はつ》はそっと茶々の隣に坐り、手を合わせ、経を唱え始めた。初の声も同化され、不思議と四人の声が太い一つの声になって聞こえてくる。物ごころついた時より、経を耳にし、お市が毎日、菩提《ぼだい》を弔うのにならって手を合わせていた。気がつくと小督が初の隣に坐っている。

勤行《ごんぎょう》が一通り終わる頃には小鳥の挨拶が庭で始まっていた。

「皆さん、お早い目覚めでしたね。私の経が大き過ぎましたでしょうか。なにしろこの身体でございましょ。声も自然と大きくなるのでございます」

尼は笑い、中央に祀られている観世音菩薩《かんぜおんぼさつ》像を指さした。

「この観音様はお城の京極《きょうごく》丸に安置されていた宇多《うだ》天皇の御持仏《ごじぶつ》であったのですよ。それを父久政《ひさまさ》殿がこの寺に祀ってくだされた。小谷《おだに》落城の際、ここに立ち寄られたお市さまはお堂に一人籠られ、この観音様の前で一晩中経を唱えていらっしゃいました。おそらく、長政《ながまさ》殿の自刃《じじん》の時を予感されていたのでしょう」

信長《のぶなが》の陣のある虎御前山《とらごぜんやま》に向かったのは、翌朝、明るくなってからだというが、初の記憶はおぼろである。

「私たちは囚われの身になったのですね」

仮小屋の侍たちの声を耳にしたのか、茶々が嘆息《たんそく》を漏らした。

「茶々さま、何を気弱なことを。私がついております。それにあの羽柴秀吉《はしばひでよし》、憎い御仁ですが、愚かではございません。決して姫さま方に悪いようにはしないでしょう。いや、この私が付いている限り、絶対に悪くはさせません」

お市の信頼を一身に受けていた乳母の大蔵卿局《おおくらきょうのつぼね》はきっと唇を結んだ。茶々にとって、いや三姉妹の第二の母ともいえる女人《にょにん》である。

侍たちの声がしだいに大きくなってきた。手伝いの女たちの朝餉《あさげ》を運ぶ姿が庭の木々の向こうに見え隠れする。

「さあ、尼の料理はこの程度のものですが、たくさん召し上がれ」

席についた小督が、膳の上の料理を見つめていたが、しだいに顔が曇っていった。

「小督さま、何かお嫌いなものでもございますか」

見久尼は千里眼である。ぜんまいの煮物をおいしそうに食べて見せる。目を瞑《つぶ》ってぜんまいを口にする小督を見て一同は笑った。

「たくさんお食べになって私のように大きくおなりなさい。長政殿も京極殿に嫁いだ妹も皆、大柄でしたよ」

「でも尼さま、あまり大きくなりすぎるのも嫌です。母上のようにすらりとした姿が理想でございます」

見久尼は大声で笑った。

その日の午後のことである。珍しく興奮気味の大蔵卿局が玄関から小走りに居間にやってきた。

「見久尼さま、実宰庵《じっさいあん》の表門は、もしかして小谷城の裏門ではございますまいか」

尼は大きくうなずき、にっこりした。信長から小谷の城をもらった秀吉が、今浜《いまはま》（長《なが》浜《はま》）へ城を移築する際、見久尼に打診があったのだという。

「すべて持ち去っては小谷城下の民たちの心証をそこねるとでも判断なさったのでしょう。もちろん願ったりのことで、話があってからまもなく家臣たちの手で運ばれてきたのですよ」

実宰庵の表門となったお城ゆかりの門を撫《な》でる。異腹の弟万寿丸《まんじゅまる》は落城前に乳母や家臣の中島左近《なかじまさこん》とこの裏門から脱出したと聞いている。この頃、兄万福丸《まんぷくまる》も時を違《たが》えて密かに城を落ちていた。


三姉妹が尼のもとへ身を寄せてから七日が過ぎようとしていた。家臣たちは退屈になってきたのか、寺の境内でなにやら始めた。しばらくして男たちの囃《はや》し立てる声が聞こえてきた。様子を見に出た小督が居間に戻り、手招きする。

「初姉さま、茶々姉さま、相撲《すもう》が始まりましたよ」

写経をする二人の姉を小督が呼ぶ。実は彼女は写経にあきあきしていたのである。

「お父上は相撲がお好きでした。万福丸、茶々、初、三人ともかかってくるがよいぞ。父は強いぞ。さあ、さあ、などと仰せられて」

茶々は懐かしそうに眼を細める。初もぶつかっていった時の父の感触をうっすら思い浮かべることができる。兄万福丸と組んで前と後ろから父を攻めたこともある。その万福丸も今はいない。小谷城の落城三ヶ月後、余呉《よご》湖の畔《ほとり》の隠れ家を捜しだされ、十歳の兄は関ヶ原の刑場で串刺しの刑にあったのだ。

「小督、見てきなされ」

茶々の許可を得た小督は嬉しそうに出ていった。入れ替わって大蔵卿局が入ってきた。

「根《こん》を詰めすぎると良くございませんよ」

「でもこうしていると何もかも忘れることができるのです」

茶々と初は同時に口にし、顔を見合わせ、微笑んだ。茶々と初は一歳違いであるため、思うことも似通っているが、四つ年下の十一歳の小督はともすれば子どもじみて見えるのだ。

「羽柴殿からまだ文《ふみ》が来ないようでございます。小谷の城跡へ行くのでさえ、いちいち許可を得ないといけないとは」

悔しそうに大蔵卿局は口を結ぶ。先日、茶々の希望で小谷山に登ろうということになったのである。

「それよりも大蔵卿局、秀吉と結託した織田信雄《のぶかつ》殿が岐阜のお城の信孝《のぶたか》殿を攻めたと、小耳に挟んだのですが、まことですか」

「羽柴殿にそそのかされておいでなのでしょう」

大蔵卿局は茶々の問いに眉根《まゆね》を寄せる。

「織田の兄弟は今なお、血の争いを続けているのですね。母上はそんな織田家が嫌いでしたのに」

お市と勝家《かついえ》の婚礼の席で初は信雄を見たことがあるが、好ましい印象を受けなかった。

「母上はよく、政《まつりごと》は悔しいけれど男の世界のものだ、と仰せでしたが、女というものはそれほど弱いものなのだろうか」

初も茶々と同じ思いを抱いている。だからといって男のように戦《いくさ》に出ていくのはもっと嫌である。

「いえ、茶々さま、女は弱いものではございません。女の強さは剣や鉄砲でなくここでございます」

大蔵卿局は胸をぽんと叩いて見せた。

小谷城址

秀吉《ひでよし》の許可が富田《とみた》から伝えられたのはさらに七日後だった。五月も半ばを過ぎ、小谷山《おだにやま》は全山緑の中にあった。半月ほど前、山腹に白っぽい模様を作りだしていた山桜もすっかり緑の一員となり、滴《したた》るまでの緑が城への道に覆いかぶさっている。やがてこの道も木々に呑《の》まれてしまうかもしれない。しだれかかった樹木を切りながら先頭を行く目付の家臣たちの後ろ姿を見つめ、初《はつ》は思った。それにしても茶々《ちゃちゃ》はなぜ小谷の城跡に行ってみたいなどと思ったのだろう。悲しみが募るだけではなかろうか。

天正《てんしょう》元年(一五七三)、かすかに残る落城寸前の記憶、泣きながら手を引かれ山をおりた姿が浮かび上がってくる。麓におりて気がつくと、お気に入りの衣の袂《たもと》がかぎ裂きになっており、泣きじゃくったことだけはしっかりと記憶に残っている。

「馬洗い池に到着しましたぞ」

先頭を歩く家臣の声が緑の風にのって聞こえてきた。前を歩く茶々の足が速まった。初も遅れをとるまいと身を乗り出す。城への道が坂になっていたことがぼんやり甦ってくる。

落城前、おりてきた道がこの道であったかどうかはわからないが、懐かしさが込み上げてくる。

「本丸跡だ。その下方、東へ少し歩くと赤尾《あかお》殿の屋敷のあった所だ。長政《ながまさ》殿はそこで自刃《じじん》なされた」

男たちの声が上方から聞こえてくる。一行の最後は大蔵卿局《おおくらきょうのつぼね》と富田であった。

「大広間に着きましたよ、母上と父上はここで婚礼の儀をお挙げになったのですね」

小督《おごう》の声がする。茶々は道中、ずっと無言であった。元来、口数の多い人ではなかったが、初と同様、溢れる思いの中にいるのだろう。

大広間跡に到着すると、小督が礎石と礎石の間をぴょんぴょん飛んでいた。初は思わず笑んだが、茶々はそんな末妹《まつまい》を見ても表情をこわばらせたままであった。

上方の本丸跡では家臣たちが車座になり、そのうちの一人がなにやら滔々《とうとう》と話している。耳を澄ませているとどうやら小谷落城の手柄話であるらしかった。

「我が軍は京極《きょうごく》丸を守る浅井《あざい》久政《ひさまさ》と本丸の長政の兵を分断すべく山の斜面から尾根筋に出、まず京極丸に突入す。城兵との血みどろの白兵戦の後、久政切腹。次に孤立した本丸を囲むと、もはや袋の鼠《ねずみ》。翌九月一日、長政、赤尾屋敷にて切腹。小谷の方さま、姫君さま、泣く泣く山をおりられそうろう」

なにやら突進していく者があったと思っていると怒声《どせい》が響き渡った。

「情け知らずとはそちらのことじゃ。この馬鹿ものども」

平謝りに謝る家臣を尻目に走り戻った富田は姉妹の前にひざまずき、今度は自分が頭を地につけ謝した。富田はしばらく顔を上げなかった。

「まことの武士なら情けというものがわかるものじゃ。長政殿はそういうお方であった」

大蔵卿局はぼそりとつぶやき、空《くう》を仰ぎ見た。

本丸跡を見つめているうちにお市《いち》の語りが甦ってきた。


私はどこまでも長政殿のお伴をするつもりでいました。ところが、「そなたは信長の妹だから殺されることはよもやあるまい。今、花のような愛らしい姫たちを死の道連れにするのはあまりにも不憫《ふびん》である。それにそなたまでが死んでしまえば誰が某《それがし》の菩提《ぼだい》を弔ってくれるのか。そなたの気持ちはありがたいが、どうか意を曲げて逃れてほしい」と仰せられたのです。

お市は、その話の最後にいつも、私の胸の中には今もその時の長政殿がおいでなのです、と愛おしそうに微笑むのだった。

富田の配慮で父が自刃した赤尾屋敷跡には三姉妹と大蔵卿局、侍女たちだけが行くことになった。

すべてが跡形もなく消え去ってしまった小谷の城。初は自分たち一行が草を分けて進む亡霊の一団のように思えてならなかった。

赤尾屋敷跡には鈍《にび》色の丸い何の変哲もない石が真ん中にぽつんとあるだけだった。訪れる者はいないのだろう。突然の訪問者に小鳥がかしましくさえずりだした。草に埋もれそうになった石は目を凝らして探さなければ見過ごしてしまいそうだ。一同は石の周囲に歩み寄った。茶々がその前に坐し、手を合わせると皆がそれにならった。長い時が経ったようだった。

眼を開けると三、四メートル前方の山の斜面に大きな角のある動物が初を見つめている。初は仰天して無言のまま指さした。

「大きな声を上げないで。きっとかもしかですよ。かもしかは図体は大きいけれど危害を与えるような動物ではありません。いつか母上が仰せになっていました。小谷には大きな優しいかもしかがいると。ほらご覧なさい。なんと慈《いつく》しみ深い眼だこと。母上はお父上の眼のようだと仰せられていたことがありますよ」

「それならきっとお父上が私たちに会いに来てくだされたのに違いない」

立ち上がり、近づこうとする小督を初は制した。不服そうに従った小督であったが、今度は突拍子もない質問を茶々に向けた。

「お父上はたいそうお優しい人であったと聞いているのに、どうして伯父上は残酷無慈悲であったのでしょう。母上の大好きな父上をはじめ、朝倉《あさくら》殿、お祖父さまの髑髏《しゃれこうべ》を箔濃《はくだみ》にしてお正月の酒の肴《さかな》になされたのでしょう」

「小督」

初と茶々は同時に悲痛な声を上げた。

「小督姫さま、人間は仏にもなれば邪にもなるものです。さらに悲しいのは邪になりたくなくてもならざるを得ない時があるのです。おいおい、おわかりになるでしょうが」

大蔵卿局は一呼吸置くと、威儀を正して石に向かった。

「お殿さま、姫さま方の行く末、私が身を挺してお守りいたします。それが、お方さまとお殿さまから身にあまるご信頼を得てきた私の務めでございます。姫さま方は必ずや、浅井の名をこの世に知らしめなさるでありましょう」

厳《おごそ》かな局の声が山々に木霊《こだま》していった。茶々がそのかたわらで厳粛な面持ちで身じろぎもせず立っていた。

猫丸

北近江《おうみ》の長沢に福田寺《ふくでんじ》という大寺があり、境内には浅井《あざい》御殿と呼ばれるゆかしい書院が残っている。

二人の僧がその前を通り、黒々とした門を出て行った。僧といっても一人は尼僧に変装しているらしい。その尼僧こそ、万寿丸《まんじゅまる》であった。万寿丸は住職に言いつけられ、尼の格好をしたものの、外見はさして変わり映えせず、不具合だけが感じられた。歩き方がぎこちなく、大股で歩くとたちまち住職にたしなめられる。実宰庵《じっさいあん》までのわずかばかりの辛抱と我慢して歩いていると法秀院《ほうしゅういん》と行き違った。近くの宇賀野《うかの》の里に住む山内一豊《やまうちかつとよ》の母である。住職に会釈した後、遅れて歩く万寿丸に声をかけた。

「猫丸さま、早朝からどちらへ」

応答に難儀していると前方から、早く来るよう促す住職の声がした。万寿丸は一礼してそそくさと場を離れた。法秀院は欠かさず法話を聞きに福田寺を訪れる熱心な信徒である。話好きで世話好きで、万寿丸をたいそう慈《いつく》しんでくれる人である。

「猫丸さま、新しい法衣が出来上がりましたからね。今度の法話の時に持参いたしますよ」

法秀院は別れ際に言った。

万寿丸が住職に追いつくと、

「あのお方までが、猫丸と呼ばれるのかね」

と住職は苦笑する。

住職の前では万寿丸さまなどと呼んでいても、おおかたの者は猫丸さまと呼び、当の万寿丸も今では猫丸と呼ばれた方が自然に感じるのだった。


万寿丸が七歳の時のことである。福田寺のある長沢から手伝いの老女と山菜採りに出かけた帰りだった。天野川の堤防を歩いていると川の中に子猫の浮き沈みする姿が見えた。万寿丸はその途端、法衣を脱ぎ棄て、川へ入っていった。ところが子猫を助けることができたのだったが、深みにはまりこみ、溺れてしまったのである。

子猫を掲げた万寿丸さまの手だけが水の中から出ておりましたぞ。助けを求める老女の悲鳴にかけつけた男たちが話していた。この件だけなら猫丸と呼ばれることもなかったかもしれないが、万寿丸は捨て猫を見るとほっておけない質《たち》であった。はじめは住職に内緒で飼っていたが、三匹、四匹と増えていくうちに住職に見つかってしまった。たしなめられると、「住職は常々、殺生はご法度《はっと》と仰せです」と真顔で言い、「命がまだ絶えていないのに見捨てておくのは大変な罪作りだと恵心僧都源信《えしんそうづげんしん》もかつて仰せになったと聞いております」と、にこにこして言うのである。

福田寺の猫丸さまの名は瞬く間に広がり、万寿丸もいつしか猫丸さまと呼ばれることに少しも違和感を抱かなくなっていた。住職もさるもの、法話を聞きにきた信徒にみ仏からの授かりものと称して猫を与え、鼠《ねずみ》の被害がなくなったと聞くと喜んでまた別の檀家に寺の猫を与えるのだった。

住職は一言も言わずひたすら歩く。万寿丸は付いて行くのがやっとである。時には小走りになる。動悸がするのはそのためか、いや違う。これから会う茶々《ちゃちゃ》、初《はつ》、小督《おごう》の顔がちらついているからだ。昨年はお市《いち》も一緒だった。今日はそのお市の法要に出かけるのだ。変装しなければならない事情も住職から聞かされていた。

「もうすぐ実宰庵《じっさいあん》じゃ」

住職の声に万寿丸は顔を上げた。法秀院と顔を合わせてからずっと俯《うつむ》いて歩きに歩いてきたのだ。菅笠《すげがさ》をかぶってはいるが、見る人が見れば誰であるかは見当がつく。

「これはこれは、ご住職さま、今日はまた愛らしい尼さまご同伴で姫さま方もさぞお喜びでございましょう」

見久尼《けんきゅうに》は大きな身体をゆらせ、本堂に案内する。

「お位牌はございませんが、観音様をお位牌と思い、経をお上げください」

住職と万寿丸の後ろに三姉妹が坐った。万寿丸は落ち着かない。住職の読経《どきょう》が始まり、慌てて声を上げた。後ろで笑いをこらえる気配がした。やがて堂内は太い声、高い声、涼やかな声、甘い声、凛《りん》とした声が響き渡り、読経は盛り上がっていった。

「皆さま、ご苦労さまでございました。これでみ霊《たま》もいよいよあの世へ逝かれることになりましょう」

住職が振り向き一同に挨拶した時、万寿丸は初に見つめられ、頬が紅潮していくのがわかった。初の眼は、万寿丸でしょ、と問うていた。

「これ、ご挨拶なされ」

住職に促され、万寿丸は無言で頭を下げた。恥ずかしくて言葉が出てこなかったのである。挨拶を終えると再び俯き加減になった。

万寿丸には長い半日であった。せっかく姉妹と会うことができたというのに言葉も交わさず帰ってきてしまったことが悔やまれた。おちょぼ口をして甘ったるい声で経を上げたのが恥ずかしかったこともあるが、三姉妹の華やいだ姿を見て心が動転してしまったのだ。

女色《にょしょく》に惑わされるとはこんな心地なのかもしれない。万寿丸は住職の説法を思い起こし、精進の足りなさを恥ずかしく思った。

それにしても墨染《すみぞめ》の世界に生きる身には三姉妹の姿はまばゆく、今も瞼《まぶた》から去らないでいる。


その夜、尼は姉妹を蛍狩りに誘った。もう数日で姉妹ともお別れである。

「今年はずいぶん蛍が飛び交っていますな。まだ走りだというのに」

見久尼が歩くとその風圧で蛍が逃げてしまいそうだ。

「見久尼さま、こんばんは。姫さま方、ごきげんよろしゅうございますか」

蛍狩りに来ている平塚の里の子らがすれ違うたびに声をかけてくる。初たち三姉妹の存在は秘密にされているということだったが、手伝いの女たちが黙っているわけがない。

「茶々姉さま、初姉さま、川向こうの木をご覧なさいませ」

先頭に立って歩いていた小督がまるで土地の娘のように息せき切って駆け戻ってきた。指さす方向に、千々《ちぢ》に散りばめられた星のように輝く一本の木が見えた。

「母上や父上、阿古《あこ》の婆さま、祖父さま、万福丸《まんぷくまる》、浅井の家臣たちのみ霊が蛍となって私たちを迎えてくださっているのですよ」

茶々が感慨深く言う。

「母上さま」

小督の呼び声が夜空に広がっていった。

帰路、小督が猫丸と呼ばれている万寿丸の噂話をした。里の子から耳にしたのだという。

「猫丸だけあってお経の声も猫のようだったわ」

小督はそう言って万寿丸の声を真似てみせた。

覚悟

それからしばらく経ったある日、大蔵卿局《おおくらきょうのつぼね》が本堂に姉妹を呼んだ。

「姫さま方、羽柴《はしば》殿より書状が参りました。姫さま方の今後の行先についてでございます。ゆくゆくは大坂にお城を建てるとのことですが、それまでの間、仮の住まいとして三つ挙げていらっしゃいます。一つは京の京極竜子《きょうごくたつこ》さまのお邸、二つめはお市《いち》さまの弟であられる織田長益《おだながます》(有楽《うらく》)邸、そして三つ目は安土《あづち》城のお館とのことでございます。姫さま方がよくご相談の上、お決めくださされと記されています」

「私、京の竜子さまのところがいいわ」

小督《おごう》が即座に応じた。初《はつ》と茶々《ちゃちゃ》は同時に顔を見合わせた。大蔵卿局は二人の心の内を察しているらしく、深くうなずく。

「私、一度、京の都に住んでみたいと思っていましたの。姉上だって都をご存じないでしょ」

「小督、私は華やかな京の暮らしなど望みません。それに」

茶々は黙った。

「茶々姉さま、最後までおっしゃらないなんてずるい」

初は困り顔で妹を見つめた。

「小督、いいですか。確かに京の都は華やかでしょう。けれども竜子さまのお邸には私は住みたくないのです」

「姉上も初姉さまも竜子さまをお嫌いなのですか。マリア伯母さまの姫でお小さい時、清《きよ》水《みず》谷のお館で一緒に遊ばれたことがあるというのに、あんまりだわ」

茶々はしばらく困惑したように黙り込んでいた。が、決心したらしく口を開いた。

「小督、母上は誰を一番嫌っていらっしゃったか知っていますね」

小督はうなずく。

「竜子さまはそのお方の側室なのですよ。私はそんな所にお世話になるわけにはまいりません」

初も同調する。

しばらく口を尖らせていた小督であったが、納得したらしく、いつもの顔に戻った。

「ねえ、それなら安土のお城にしましょ。天主閣はなくなってもお館があって三法師《さんぼうし》さまがお住まいになるのでしょ。あの愛らしい三法師さまと一緒なら、楽しいわ」

小督の一言で期せずして行き先が決まった。初も茶々も異論はなく、確かに清洲《きよす》会議の前、清洲城で出会った三法師は天使のような若君であった。前髪をまっすぐ切りそろえ、肩の辺りで切りそろえた童髪《わらわがみ》をゆらせながら城内を走りまわっていた。本能寺の変で父、信忠《のぶただ》を亡くし、三歳にして織田家の世継になっていた。いや、させられていたのである。

「大蔵卿局殿、羽柴秀吉《ひでよし》というお方はことのほか柔軟なところのおありの方でありますな」

見久尼《けんきゅうに》の眼が三日月のように笑っている。

「尼さま、あの御仁は私が今まで見てきた武将とはまったく違ったお方のように見受けられます。それだけに油断はなりませんが、挑み甲斐がございます」

「賢く戦うのですな。そなたらしい。が、そなたの浅井《あざい》家、姫さま方を思う忠誠心はすでに羽柴殿もお見通しのようじゃ」

だが、安土へ発つ前日、賄《まかな》いの女から行き先を不安にするような出来事が告げられた。

信長の三男信孝《のぶたか》が野間《のま》の大御堂《おおみどう》で五月二日秀吉によって切腹させられたというのである。

「この私があの御仁の腹の底を知らいでか。姫さま方には私がついておる。もし万が一のことがあればその前に私はあの男の首をかき切る覚悟じゃ。しかし、あの男は愚か者ではない。何があっても姫さま方を殺《あや》めはしない」

大蔵卿局は強い口調で断じた。

琵琶の湖

「今年の梅雨入りは早そうじゃ」

客待ちをする船頭たちの話し声が聞こえてくる。初《はつ》たちの船は特別に仕立てられ、警護の侍の数も増えていた。

「長浜《ながはま》の城主にはいずれ山内一豊《やまうちかつとよ》殿がおなりだろうとの噂だが、まず我々下々には関係のないこった」

「いや、そんなことはないぞ。かつての今浜《いまはま》のしょぼしょぼした湊も、ほれこの通りじゃ。羽柴秀吉《はしばひでよし》さまが長浜城としてお城を再建なされたからこそ、町は繁栄しておる」

「さればじゃ、繁栄する者あれば滅びる者ありじゃ。この城だって小谷《おだに》の城を移して建てたというではないか」

「これ、声が高い。今日はなぜか、やけに物々しいな」

船頭たちは侍の数に恐れをなしたのか、石垣の向こうに行ってしまった。茶々《ちゃちゃ》も先ほどから眼前の城に釘づけになっているようだ。初は微動もしない姉の後ろ姿を見つめていた。

曽祖父亮政《すけまさ》が築き、久政《ひさまさ》、長政《ながまさ》と三代続いた小谷の城が今、羽柴秀吉のものとなって長浜の地に立っている。徳勝寺《とくしょうじ》や知善院《ちぜん》をはじめ、阿古《あこ》や母と参った寺々も皆、長浜に移されてしまったのだ。

眼前に琵琶《びわ》の湖《うみ》がきらめいている。初めて見た湖はお市《いち》にとって印象深かったようだ。幻のお市の姿が、声が、波間から立ち上ってくる。

婚礼の儀が終わった翌々日、長政と竹生島《ちくぶしま》詣でに出かけたお市。生まれて初めて見た大きな湖に恐れをなす初々しい妻。長政がそんなお市を腕の中にすっぽり包む。船はゆらりゆらり陽春の緑の湖面を進む。

羞恥心はいつしか心地よさに変わり、幼子のように我が身を長政の懐に託すお市。ゆうらり、ゆうらり、ほうら、こんなふうに。

お市の幻がどこまでも追ってくる。

「母上、父上のお舟ごっこをしましょ」

小督《おごう》が湖に向かって呼びかける。

姉妹の瞼《まぶた》には伊勢の海での船遊びが甦っている。お市が長政亡きあと、伊勢で過ごした九年あまりの歳月は鎮魂と追憶の日々であった。おそらくお市は、ある意図をもってそうした暮らしを送っていたのではなく、悲しみを忘れる唯一の方法であったのだろう。が、この間の母との暮らしが後の三姉妹に大きく影響を与えることになるのである。

一艘《そう》、二艘と護衛の船が発ち、三姉妹と大蔵卿局《おおくらきょうのつぼね》の乗った船が滑りだした。その後を別の護衛船が次々追ってくる。長浜の湊が遠ざかっていく。もう実宰庵《じっさいあん》を訪ねることはないかもしれない。

湖は煙霧《えんむ》を張ったように周囲が霞《かす》んで見える。竹生島が幻の島となって遠のいていく。すべてが夢、幻であったならどれほどよいだろう。我が心を励まし励ましてきた二ヶ月あまりの日々であった。

波飛沫《しぶき》がちゃぷりちゃぷり、規則正しい音を奏でていく。小督がいつしか茶々にもたれ寝入っていた。無理もない。実宰庵を出立した時、まだ暗かった。

「姫さま方のご無事を日々、お祈りしておりますぞ」

見久尼《けんきゅうに》は別れに際して三姉妹を腕に抱え込み、涙ぐんだ。

「安土《あづち》は同じ近江《おうみ》、必ず姫さま方にお出会いに行きましょうぞ」

尼の身体の温もりが今も、初の肌に残っている。

湖に突きだした山が見えてきた。あの低い山が安土山らしい。一年前までは湖を睥睨《へいげい》するように金色《こんじき》の天主が山の頂に聳《そび》えていたのだ。

安土城御殿

信長《のぶなが》が安土《あづち》城を住まいとしていた頃、お市《いち》と三姉妹は伊勢の織田信包《のぶかね》のもとにいた。信包はお市の四歳年上の兄である。優しい伯父に庇護《ひご》され、安らかな日々であった。それが本能寺の変で一変してしまったのだった。天正《てんしょう》四年(一五七六)に築城が開始された安土の城は天正七年に完成し、その三年後には夢幻のように消えてしまったのだ。

信長からお市と姉妹に安土城への招待の文《ふみ》を送ってきたことがある。が、お市の反応は辛辣《しんらつ》だった。「兄上は浅井《あざい》家を滅ぼし、夫を殺したお方です」。その強い一言で姉妹は安土行きが断たれたと、悄然《しょうぜん》としたものだ。固い表情で空《くう》を見据えたままのお市に、小督《おごう》でさえ安土城を見たいと言い出せずにいたのである。

だが、姉妹は信包の家臣たちが安土城の噂をすると、さりげなく耳をそばだてまだ見ぬ黄金の城に思いを馳せたものだ。

ご天主は七重、最上階はまばゆいばかりの黄金色《こがね》。その内部には狩野永徳《かのうえいとく》が描いた孔門《こうもん》十哲《じってつ》や七賢《しちけん》などたくさんの肖像画が描かれていましたぞ。下の階は朱色の八角形で内部は黒漆《くろうるし》塗り、華麗な障壁画で飾られておりました。前代未聞の夢のような城とはあのような城でござろう。我が伊勢上野の城など借り小屋のようなものじゃ。


船は内湖《うちうみ》から城に通じる水路に入って行った。城下の町は焼け跡が復興しないまま、哀れなものだと船頭は言う。小督が眠りから覚めたようだ。

「初《はつ》姉さま、お城も焼け跡ばかりなのでしょうか」

初は首を傾《かし》げる。

「どんな所であれ、三人一緒なのだからありがたいではありませんか」

初は微笑む。

船をおりると、輿《こし》が用意されていた。大手道への道すがら、突然、鶯《うぐいす》がさえずり始めた。

「まあ、幸先《さいさき》のおよろしいこと」

侍女が声を上げた。先頭は家臣団、続く姉妹の輿、それに従う侍女たち。しだいに緊張感が募ってくる。輿は大手道を過ぎ、上へと石段を上って行く。隙間から外を透かし見る限りは焼け跡のような建物は見えない。立派な石垣が聳《そび》え立つように続いている。

「着きましてございますよ」

ほどなく大蔵卿局《おおくらきょうのつぼね》の声がした。輿をおりた初は思わず目を見張った。眼前には夕日に照らされた御殿が、黄金色に輝いていた。

「羽柴《はしば》殿ならこれほどのこと、いともたやすくやってのけるだろう。私の思うていた通りじゃ」

大蔵卿局はつぶやいた。小督は先ほどと打って変わり、得意顔で姉たちを見る。

前方に居並ぶ家臣たちの姿が見えた。

「あれはお市さまではないかの」

突拍子もない声が耳に入ってきた。

「何を馬鹿な、お市さまは北ノ庄《きたのしょう》城で自害なされたはずじゃ」

「いや、待てよ、大きな声では言えないが、自害したと見せかけ実は秀吉《ひでよし》殿がこっそりお助けになっていた、あり得ることだと思わぬか。なにしろ秀吉殿がお市さまに懸想《けそう》なされていたことを知らない者はないくらいだからな」

「しっ、声が高い。らちもないことを言うでないぞ。間違いなくお市さまは自害なされた。

秀吉殿はお市さまの辞世の句をつぶやきながら涙されていたというではないか」

「ならばあの姫御は誰じゃ」

「お市さまのご長女、茶々姫ではなかろうか」

家臣たちの前を通り過ぎる頃には皆一様に頭を下げていたが、盗み見する者がいることに初は気づいていた。

「何と、お市さまに生きうつしじゃ」

後方でざわめきが起きていた。茶々はその声を耳にしなかったかのように大蔵卿局を付き従えて歩く。大蔵卿の姿勢は何か事あらば、と構えているのが初にもわかった。

「初姉さま、私、このような住まいで暮らすのは初めて」

小督が後ろから小声でささやく。初は聞こえぬ振りをして茶々の後に従う。それぞれの部屋の調度も見たことのない立派なものばかりであった。

「姫さま方、三法師《さんぼうし》さまへのお目通りは後日ということで、今宵《こよい》は十分おくつろぎなされますように」

富田はそう言い、去った。

三　法　師

翌朝、朝餉《あさげ》を済ませた姉妹は散策に出た。朝のまばゆい光の中で、住まいとなった館は昨夕以上に立派に見えた。

「三法師《さんぼうし》さまのお住まいはどこであろう」

小督《おごう》が周囲を見回している。こうやって眺めていると、確かに天主こそ見えないがまことにこの城は焼かれてしまったのだろうか、と疑わしく思えるくらい豪華な館が一つ、二つと目に入ってくる。

「私は上方にあるあのお館に三法師さまはお住まいだと思いますわ」

小督はその方向に向かって早、石段を上って行く。茶々《ちゃちゃ》の制する声も妹の耳には入っていないようだ。初《はつ》と茶々は慌てて妹の後を追った。その時である。

「お茶々さま、お初さま、小督さま」

愛らしい声が右手の小道から聞こえてきたのだった。清洲《きよす》会議の前、初めて出会った時は、茶々の名ははっきり呼ぶことができても、初と小督にいたっては「おはちゅしゃま、おごしゃま」としか言えず、小督などは笑いを堪えかねていた。

「三法師さま、ずいぶん大きくおなりですね」

茶々の言葉に三法師は笑みを浮かべ、目を輝かせた。

「大叔母さまはご息災であられますか」

三法師の思いがけない言葉に姉妹はしばし絶句した。大蔵卿局《おおくらきょうのつぼね》がすばやく話題を転換させた。賤ヶ岳《しずがたけ》の戦いは知らされていても、お市《いち》の自刃《じじん》は幼子の耳には届いていなかったのだろう。織田家の世継として挨拶、口上も人並に述べることのできるいたいけな三法師を初は抱きしめたい衝動にかられた。

お付きの家臣の話すところによれば、お出会いが待ちきれなくて飛び出されたとのことだった。

三法師と小督を真ん中に両端が茶々と初。四人が手をつなぎ、一段一段、石段をおりて行く。

「あれが家康《いえやす》の屋敷、その下が利家《としいえ》、一番下が秀吉《ひでよし》の屋敷じゃ」

三法師は得意そうに主君の風格で言う。愛らしくも哀しくもある。

「あっ、夏蝉《なつぜみ》だ。昨日、新八郎が申したのがまことであったのう」

付き従う守役の方を振り返り嬉々とした声を上げる。

「三法師さま、私が蝉を取ってあげましょう。こう見えても伊勢では母上さまから小督は蝉取り名人と言われたのでございますよ」

小督はそう言った後、しまったというような顔を茶々に向けた。

「皆で蝉取りに行きましょうね。こんな大きな籠と袋を持って」

茶々が上手に先導していく。

「そうだ、この月の終わりに清洲城の信雄《のぶかつ》叔父がおいでになり、知多《ちた》の佐治与九郎《さじよくろう》を連れてくると聞いておる。与九郎もきっと蝉取り仲間に加わるに違いないぞ」

三法師は嬉々とする。佐治与九郎は昨年亡くなったお市の妹お犬《いぬ》の子である。初と年の近い、一度も会ったことのない従兄《いとこ》である。お市によく似ているといわれていたお犬にさえ初は会ったことがなかった。

数日後、天主跡まで行ってみたいという小督の要望で渋っていた茶々を無理やり連れ、山の頂に上った。一年あまり前まではきらびやかさを誇っていただろう天主も本丸も跡形もなく消えていた。ここに聳《そび》え立っていた黄金に輝く最上階の欄干から信長は琵琶《びわ》の湖《うみ》を、いや天下を睥睨《へいげい》していたのだろうか。清洲の城で数回顔を合わせただけであったが、その風貌は父長政とはあまりにも異なっていた。伯父の前に坐っただけで震えてきたのを初はぼんやり思い起こす。

「伯父上には天罰が下ったのかしら」

小督の声に茶々がうなずく。

「それなら、今度は誰が天罰を受ける番だろう」

小督は真顔で訊ねる。茶々の顔に冷笑が浮かんだ。が、黙ったまま、湖の遥か彼方を眺めていた。

十二の花嫁

安土《あづち》でののどかな日々が過ぎていった。ここに母がいたなら、伊勢の信包《のぶかね》の居城、上野城での暮らしと変わりがないように思える。願わくはすべてが幻であってほしい。天主跡から見渡す琵琶《びわ》の湖《うみ》がときおり伊勢の海に見えてくる。昨夜来の雪で冷え冷えしていると いうのに思い浮かべるのは決まって波一つないお市《いち》と遊んだ春の海である。

「羽柴《はしば》殿がおいでになるそうでございます」

大蔵卿局《おおくらきょうのつぼね》の声に初《はつ》は我に返った。

「何やら危急の用事とかで」

局は姉妹を前に緊張した面持ちである。今まで一度、挨拶と称して秀吉《ひでよし》が安土を訪ねたことがあった。が、前触れがあってから数日の余裕があった。大蔵卿局だけでなく、茶々《ちゃちゃ》も気がかりな表情である。

「年の瀬も迫っているというのにいったい何用でございましょう」

侍女たちもひそひそ声で心配そうにしている。

その日の午後、秀吉は雪の中をやってきた。まずは三法師《さんぼうし》にご挨拶ということで三法師の館に入り、そこで夕べの宴が催され、三姉妹も招待されたのである。館に入ると、三法師を背に乗せた秀吉が四つん這いになって現れた。

「これはこれは、茶々さま、初さま、小督《おごう》さま、息災のご様子で何よりでございます」

髷《まげ》を三法師につかまれた秀吉がしゃがれ声で言う。

「これ、秀吉丸、姫さま方をご案内いたせ」

三法師が秀吉の尻をぽんと叩き、はいどうどうと声をかける。

「さあ、三法師さま、お馬ごっこはこれでおしまいにいたしましょう」

秀吉は三法師をおろし、上座に坐らせるとその隣に坐った。

それから姉妹に坐るよう促した。茶々の緊張が隣の初にも伝わってきた。

やがて宴の席で思いがけないことが告げられたのである。

「先日、信雄《のぶかつ》殿がお見えになり、小督姫を佐治与九郎一成《さじよくろうかずなり》殿の嫁御にもらいたいと仰せなのだ」

「小督さまは十二歳になられたばかりでございますよ」

大蔵卿局が強い口調で抗弁する。

「某《それがし》もそう思うたのじゃが、信雄殿は小督姫と与九郎殿はことのほか、相性がよろしいようだ、と仰せられての」

信雄が与九郎を連れてきた時のことが甦ってきた。夏も終わり近く、日暮蝉《ひぐらしぜみ》が安土山のいたるところで鳴いていた。あの蝉の鳴き声を聞いているとなぜか哀しくなってくる。遠い記憶の中でも鳴いていたような気がする。もしかすると小谷《おだに》落城の直前、山をおりる際に耳にしていたのかもしれない。

与九郎は優しい若者だった。気ままな小督に笑顔で向き合い、崖の途中に咲く山百合《やまゆり》が欲しいと言えば難儀して取ってやるのだった。

「与九郎殿は十六歳、小督さまは十二歳、年の頃もちょうどよいと信雄殿は仰せになるのじゃ」

茶々が唇をきゅっと結んだのを初は見た。姉上も信雄があまり好きではない。お市が勝《かつ》家《いえ》に再嫁《さいか》したのも信孝《のぶたか》や信雄の懇願を受け入れてのことだったと耳にしている。初も信雄を好きになれない。信孝を陥れたのも信雄と聞いている。あの薄い眉と細い眼は不幸を持ってくるような男に思えてならない。

「小督姫さまはいかがでございますかな」

小督はしばらく考え込んでいるふうだったが、おもむろに口を開いた。

「与九郎さまのお城は海の見えるところでございますか」

「周りは海で囲まれている知多《ちた》半島のお城でございます」

秀吉の言葉に小督はにっこりした。

「伊勢の海は好きじゃ」

小督の顔がいっそうほころんだ。妹は母との思い出が忘れられないのだろうか。初は無邪気な小督の顔を見つめた。

「秀吉殿、私、与九郎殿のもとに参ります」

突然、茶々の甲高い声が、響き渡った。

「小督、嫁いでしまえば、もはや私たちのところへ帰ってくることができないのですよ」

「いえいえ、ご心配には及びません。姉上さまのもとへいつでもお戻りになれます。里帰りはお望みの時に」

すかさず秀吉が応じた。

「母上は一度も織田家には里帰りなさらなかったと聞いております」

「お市さまと長政《ながまさ》殿は人も羨《うらや》む仲睦《むつ》まじいご夫婦であられましたからなあ」

茶々の剣のある口調に秀吉は頭をかきながら言う。

「そこでじゃ、小督さまは京の京極《きょうごく》殿のもとにしばらくお住まいいただき、準備が整いしだい、佐治家へ発っていただこうと思うているのじゃが」

小督の顔が途端ににこやかになった。京の都に一度住んでみたいと常々言っていたからだ。おそらく秀吉は夫婦のことも含めて竜子《たつこ》に花嫁修業を託すつもりなのだろう。

「某は父になったつもりで小督姫のお世話をさせていただき、立派な花嫁道具を整えるつもりでございまする」

秀吉の言葉が終わらない先に茶々は場を立った。

「茶々さまはご機嫌をそこねられたかな」

苦笑しながら秀吉は大蔵卿局を見た。

「あまりにも急なお話、いったい信雄殿はどのようなご了見なのでありましょう」

局も納得いかない表情で秀吉を見る。

三日後、小督は秀吉に連れられ、京へ発っていった。竜子のもとにはマリア伯母もいるという。初はしだいに小督に対しても腹立たしくなってきた。なぜあのように嬉しそうに行ってしまったのだろう。小督が一言、嫌です、と言えば秀吉とてその旨を信雄に伝えようものを。

茶々も憂鬱《ゆううつ》な表情である。

「私は与九郎殿は嫌いではない。不愉快なのは信雄殿と羽柴秀吉じゃ。二人はどうも共謀しているように思える。そう思いませんか初。私は、妹たちを頼みましたぞ、と仰せられた母上の言葉を裏切ってしまったようで悲しい」

初はうなずいた。確かに信雄と秀吉との間に何かがある。

「あまり深く考えなさいますな。縁があればよし、なければまたお戻りになりましょう」

大蔵卿局は悟ったような口ぶりである。初にも局の言葉は理解できた。結婚しても両家が不和になれば離縁になるのが武家のしきたりである。

翌天正《てんしょう》十二年（一五八四）正月も半ばを過ぎた頃、小督の婚礼が知多半島の大野の佐治家で執り行われたことが知らされた。

「羽柴殿と竜子さまが出席なされたそうじゃ」

茶々は吐き捨てるように言った。

「姉上、小督はきっと与九郎殿を好いていたのですよ。いつかおいでになった時、与九郎兄さま、与九郎兄さまと言って側を離れようとしませんでしたもの」

「初、私が心配なのは信雄殿です。あのお方は我が事しか、頭にないお方です。きっと何か企みがあるに違いない。それに竜子さまも竜子さまだ。秀吉殿と二人で父母の役を演じるとは。あの世の母上だって小督の結婚を喜ばれるはずがない」

茶々の唇は震え、憤りで美しい顔が歪んで見えた。初も茶々同様、婚礼の席に竜子と秀吉が両親役として坐したことが許せなかった。

大坂城本丸

大坂城へ移る前、姉妹は大蔵卿局《おおくらきょうのつぼね》から築城の経緯などのあらましを耳にしていた。局は我が事のように「天下取りのお城を築きなさるのですよ。とてつもない大きなお城だそうでございます」と興奮気味に話した。茶々《ちゃちゃ》がそのかたわらで大蔵卿局を無視するかのように微動もせず書見《しょけん》していたのを思い起こす。確かに賤ケ岳《しずがたけ》の戦いで義父柴田勝家《しばたかついえ》に勝利してからは、秀吉《ひでよし》の右に出る武将はいなかった。徳川家康《とくがわいえやす》は少なからず気になる存在であったようだが。

石山本願寺《いしやまほんがんじ》は地理的にも難攻不落の地であり、かつて信長が攻めあぐねたことで知られていた。その跡地に居城が建つというのである。「これからは秀吉殿の天下でございますよ。たくさんの商人が集まり商いも日本一、それに大坂は淀川をさかのぼれば京の都に通じ、瀬戸内海を通って中国や四国、九州にも睨《にら》みをきかすことができますからね」。大蔵卿局の口ぶりは秀吉の代弁者のようにも聞こえた。

姉妹は大坂城築城の話が早くから大蔵卿局と秀吉との間で交わされていたことを知らない。ましてや大坂城入城が何を意味するのか、その目的のために秀吉と大蔵卿局との間に密かに話が進められていたことなど知る由もなかった。

姉妹の大坂城入りが早くなったのは、小督《おごう》が嫁いでから数ヶ月後に始まった小牧《こまき》・長久《ながく》手《て》の戦いが影響したのだろうと物知りの侍女は話す。小督の婿、佐治《さじ》一成《かずなり》（与九郎《よくろう》）は家康と組んだ信雄《のぶかつ》の配下であったため、秀吉軍と戦った。以来、ときおり届いていた小督からの文が途絶えている。戦《いくさ》の情報は封じられているようだった。だが、信雄が秀吉と単独講和を結んでしまったために戦は結果的にはうやむやのうちに終わってしまったとのことだ。小督はどうしていることだろう。確かなことは一切わからない。大蔵卿局もその話題には触れようとしなかった。

「大丈夫でございますよ。小督さまはお元気です。もしかすると小督さまは姫さま方のもとへお戻りになるかもしれません」

大蔵卿局の言葉も姉妹にはその場しのぎの慰みにしか聞こえなかった。それに戻ってくるとはどういうことなのか。離縁させられるということなのか。小督は一成殿を好いていたというのに。

初《はつ》は茶々に疑問の眼を向ける。

「信雄殿はやはり、私の思うていた通りのお人じゃ。小督が不幸に見舞われなければよいが」

大蔵卿局が去った後、初と茶々は妹の身を案じた。

「でも姉上、大蔵卿局はさほど案じていないようですが。だから絶対小督は息災であるということなのでしょう」

「大蔵卿局は少々のことでは動じませんよ。お父上とお母上が全幅《ぜんぷく》の信頼を寄せていただけの女人《にょにん》です。乳母にしておくのはもったいないくらい知略に長《た》けた女人だといつぞや母上が仰せでした。局を信頼するしかありません」

初は黙った。が、釈然としない気持ちだった。

大坂への旅立ちは、小督の婚礼から七ヶ月あまり経った八月の終わりだった。天正《てんしょう》十一年(一五八三)九月に城の築城が始まり、翌年八月八日に本丸御殿が完成していた。秀吉はすでにそこに移ったとのことだったが、周囲はまだ建築の真っ只中でどことなく落ち着かない感じがした。前方には車に載せた大きな石を綱で引く腰からげをした男たちが群がっている。その石の上で男が扇のようなものを持って景気づけの声をかけていた。どこを向いても城の周囲は人で埋め尽くされている。予想もできなかった途方もない光景に初は大坂という町、いや秀吉という男の途方のなささえ感じるのだった。

「初姫さま、いかがなされましたか。ここには日夜三万人近い人間が働いているのでございますぞ」

感嘆の声が漏れたのを秀吉は聞きつけたのか初にそう言い、自慢そうに周囲を見回した。

「近江《おうみ》の国からも石工《いしく》たちが参っておりますぞ。坂本の穴太衆《あのうしゅう》の石垣造りは見事じゃ。ごらんなされ」

眼前には美しく勾配のついた石垣が高だかと積まれていた。

秀吉が説明している間、茶々は終始無言で相槌《あいづち》を打とうともしなかった。そんな茶々を前に秀吉はたえず笑顔であった。

「お城がすべて完成すると天子さまの御殿にも匹敵するそうでございますよ」

侍女も興奮気味である。

秀吉から万寿丸《まんじゅまる》の話が持ち出されたのはそれからまもなくだった。

「どうじゃの、姫さま方、この城はお気に召しましたかな」

茶々が軽く頭を下げたのに続き、初もうなずき微笑んだ。

「そうか、そうか、気に入ってくだされたか」

大仰《おおぎょう》に喜ぶ秀吉を初はじっと見つめた。この男が今後、天下人となるのだろうか。だからこのような大きな城を築いているのだ。本丸から外を眺めると四方に蟻の大群が蠢《うごめ》いているようだ。

「お初さま、どうかなされましたかな」

「いえ」

初は助け舟を求めるように大蔵卿局に目を向けた。

「安土《あづち》の住まいも立派でございましたが、ここはもう天子さまのお住まいと見紛うばかりのお城でございますから、姫さま方はとまどうておいでなのでございましょう」

大蔵卿局の言葉通りであった。初たちの部屋の前には赤絨毯《じゅうたん》が敷かれ、それが何なのかよくわからず、こわごわ足を載せては見たものの、立往生してしまった。部屋の調度も目にしたことがないものばかりである。中には南蛮渡来のものもあった。

「城内は姫さま方の評判でもちきりですぞ。そろいもそろって美しい姫君ばかりじゃと」

初は秀吉の言葉がとってつけたように聞こえ、喜べなかった。

「お訊ねしたい儀がございます」

突然、茶々が口を開いた。

「知多《ちた》の小督は達者でございましょうか」

思いがけない問いに秀吉は驚いたようであった。

「ご息災でおられますぞ。徳川殿との講和も成立し、おっつけ小督殿の身の振り方も決まるであろう」

初は秀吉の意が今一つ理解できかねた。が、大蔵卿局が納得顔で茶々と初を見つめ、話は万寿丸のことに移っていったのである。

「ところで姫さま方には弟御がおいでになると耳にしたのじゃが…」

秀吉は茶々の表情を窺った。茶々ははっとしたようだったが、すかさず応えた。

「確かに仏の道に入った弟がおります」

茶々はたじろがず、秀吉を見据えた。

「いや、なに、その弟御を探し出して成敗しようなどと思っているわけではない。むしろ、姫さま方同様、浅井《あざい》家の人間として再び名を上げてもらいたいと思うてな」

この男はどうしてこう何でも調べあげているのか。姉上も下手に嘘をつくとかえってよくないと判断したのだろう。茶々は大蔵卿局を見つめる。局はにこやかに笑み、姉妹をかわるがわる見た。

「わかりました。早速、その手筈を整えましょうぞ」

大蔵卿局は眼を輝かせた。

「羽柴《はしば》殿には良き考えがおありなのでしょう。信雄殿と違い、姫さま方に尽くすことがおのれにとっても良き方向に向いてくることをちゃんと計算済みなのです。姫さま方、頭と頭の勝負でございますよ、これからは」

局はそう言い、ほっほと笑った。

父の形見

数日後、大蔵卿局《おおくらきょうのつぼね》は秀吉《ひでよし》の文《ふみ》を携え、近江《おうみ》長沢の福田寺《ふくでんじ》に旅立った。近江は実りの秋であった。黄金《こがね》色の稲穂が波打ち、豊かな実りを告げている。その様子が湖上からも見ることができた。大津から朝妻《あさづま》の湊まで船は滑るように進んでいく。大蔵卿局にとっても万寿丸《まんじゅまる》の還俗《げんぞく》の話は予想外のことであった。秀吉から打診された時は、真意がはかりかねて、もしや、と疑ったものである。が、考えてみれば茶々《ちゃちゃ》を盛りたてていくには万寿丸が武士であった方が有利である。局は自分の心の内の野望をまだ誰にも打ち明けていない。すべて浅井《あざい》家のためであり、姫たち、とりわけ茶々の行く末は自分の手中にあると思っている。そのためにも万寿丸を大坂へ連れて帰らねばならない。局の顔には強い決意がみなぎっていた。

万寿丸が住職に連れられ現れた。難しい顔をした住職のそばに万寿丸が坐るとどこからか猫が現れ、万寿丸の膝にちょこんと坐った。

「あっちへ行きなされ」

住職の言葉に白猫は指さされた方に去っていった。しばらくして今度は黒猫が現れた。万寿丸の膝に坐り、大蔵卿局を睨《にら》みつけている。

「おまえも向こうへお行き」

黒猫は来た方向に去って行った。さて、と大蔵卿局が身を乗り出し話を進めようとすると、今度は虎猫が顔を出したのである。

「見ての通りじゃ、大蔵卿局殿。猫までが万寿丸の還俗に反対のようじゃ」

「ご住職、お戯れはほどほどに。私、いや秀吉殿は真剣でございますぞ」

住職は困り顔で万寿丸を見る。

「大蔵卿局さま、某《それがし》は捨て猫さえ見捨てておくことのできない人間なのです。そんな人間が刀を持つことができましょうか。たとえ持ったとしても敵を前に逃げてしまうでしょう」

局はあんぐりと口を開け、予期せぬ万寿丸の返答に目を丸めるばかりである。還俗の話は喜ばれるものとばかり思っていた。将軍足利義昭《あしかがよしあき》も元僧であり、桶狭間《おけはざま》の戦いで死んだ今川義元《いまがわよしもと》も還俗した武将だった。武士が仏門に入るは一時の身過ぎ、時期が到来すれば当然、還俗する。ところが、万寿丸は否《いな》と応えたのである。

「人間には持って生まれた性質というものがございまする。万寿丸は私の見る限り、武士としての素質はございません」

住職はそう言い、万寿丸が猫丸、と呼ばれている由縁を語るのだった。その間にも猫が次々やってきて、まるで示威行動をするかのように三人の周りを巡るのである。

「じゃが、ご住職、人はおのずと形に合わせていくものでございます。刀を持てば武士に、大将の鎧《よろい》、兜《かぶと》を身につければ自ずと武将の振る舞いが伴うものでございます。私の使命は姫さま方とともに浅井家を再興することでございます。長政《ながまさ》殿の血を受け継ぐ男子がありながら放っておくことはできませぬ。あの世で長政殿に顔を向けることができましょうや」

大蔵卿局は一歩もひかない覚悟である。

翌日もその翌日も大蔵卿局は二人を説得した。この時、偶然にも法秀院《ほうしゅういん》が訪れたのだった。法秀院は事情を聞くと、即座に大蔵卿局の考えに賛成した。

「猫丸さま、いや万寿丸さま。これはあの世からの長政殿のご命令でありますぞ。確かにあなたさまはお優しい。人殺しのできるお方でないことはこの尼もよう承知しておりまする。我が息子、一豊《かつとよ》もそうであった。が、大蔵卿局殿が仰せの通り、刀を持つうちに武士の体裁が整ってくるものです」

法秀院の言葉は住職の胸に響いた。小谷城《おだに》脱出の際、長政が幼い万寿丸に与えた形見の刀を住職は預かっていたのである。長政殿はこんな場合を考えて家臣の中島左近《なかじまさこん》に大切な刀を託されたのかもしれない。住職は心の中でつぶやき、万寿丸を見つめた。二人の女人《にょにん》が言うように、そのうち武士の精神が培われていくだろう。住職は万寿丸の還俗を決心した。

黙って場を去った住職は再び本堂に戻ってきた。恭《うやうや》しく頭上に刀を掲げ、厳《おごそ》かに還俗を許す旨を伝えた。万寿丸は父の形見の刀を手にした途端、身ぶるいした。数珠《じゅず》と違ってずっしりと重い。たかだか十をいくつか出たばかりの万寿丸には形見の持つ意味よりも刀の怖さの方が勝った。これで人を斬ることになるのだろうか。自分にはできない。そしてふと思いついたのである。戦《いくさ》がなければ人を殺さなくてもよいのだ。

「住職さま、私は戦のない世を目指しとうございます。そうすればお父上からいただいた大切な刀を血で汚さずにすみます」

大蔵卿局は愉快そうに笑った。万寿丸があまりにも無邪気で愛らしく思えた。そのうちお変わりになる。しだいに世の中というものがわかっておいでになる。いくつもの戦を見てきた局は自信たっぷりだった。

その夜、住職はためらった末、ある決心をして万寿丸を居室に呼んだ。もう二度と会うこともあるまいと、考えてのことだった。

「そなたの出生、つまり母御のことじゃが、言っておきたいことがある」

母御は病で亡くなったと、万寿丸は聞かされていた。

「実はどこかで生きている。ただし、その後、達者でさえあればの話だがの。それよりもそなたにお市殿の恩義を伝えておきたいのじゃ。そなたの母御は信長殿《のぶなが》が長政殿に遣わした間者《かんじゃ》であったという。織田《おだ》家と浅井家が敵対関係になってもお市さまは織田家へ戻ろうとなさらなかった。お市さまは信長殿にとっても大切な妹御であったのだ。そこで信長殿は長政殿とお市さまとの仲を裂く企みをなされたというわけだ」

万寿丸の頭は混乱していった。住職の言葉が耳の中で弾け、がんがん響いていく。間者であることがわかった時の父長政の凄まじい立腹。長政は母子ともども切り捨てようとした。

「そんな長政殿をお市さまが止めに入られた。しかも赤子のそなたを我がもとで育てると仰せになったという。元を糺《ただ》せば我が兄の仕打ち、私にも責任がありまする、とな。そして実の子同様に慈《いつく》しまれた」

万寿丸は北ノ庄《きたのしょう》城におもむくお市が福田寺に立ち寄った時のことを思い浮かべた。お市は涙を浮かべ、抱きしめたのである。お市の温もりと芳しい香《か》を万寿丸は今も忘れることができない。

「よいかの、万寿丸、お市さまの大恩を忘れるではないぞ。お市さまはあの世に逝かれてしまったが、その分、姫さま方に尽くすのです。形見の刀はその時のために使いなされ」

万寿丸は深く頭を下げた後、場を立った。にわかに大人になったような複雑な心境であった。

旅立つ万寿丸を住職は万感の思いで見送った。秀吉の天下になってはきているが、時代の動きは雲をつかむようなものだ。万寿丸に幸あれ、住職は後姿に向かって手を合わせた。

万寿丸が大蔵卿局に連れられ天野川の橋の辺りまで来ると里の衆が集っていた。よく見ると猫を抱えているものが少なくない。住職からのお布施猫だった。万寿丸はその一匹一匹の頭を撫《な》でながら別れを惜しんだ。捨て猫も拾われ果報にもなる。出生の秘密を知ったところでいまさらどうなるものでもない。それよりもこの猫たちのようにたくましく生きることではないのか。心の中で自問する万寿丸に頭を撫でられた黒猫がにゃあと鳴いた。

「そうか、おまえもそのように思うのだな」

万寿丸は再び、黒猫の頭を撫で、皆に別れを告げたのだった。


「ご住職は還俗を許してくださるだろうか」

「問題は万寿丸です」

大蔵卿局が発ってから、初と茶々は落ち着かない毎日を送っていた。物ごころつく頃よりみ仏一筋に生きてきた弟である。いきなり数珠から刀に持ち替えることができるだろうか。刀は持てても心がついていくだろうか。いずれの道が万寿丸にとって良き道なのか。

二人はそんなやりとりを繰り返し、大蔵卿局が帰坂するのを待った。

七日めの夕暮れ時である。

「大蔵卿局殿がお戻りになられました」

侍女が転ぶようにして茶々の部屋に入ってきた。

「なんと、万寿丸さまもご一緒でございます」

茶々と初は顔を見合わせ、微笑んだ。

僧衣を脱いだ万寿丸は恥ずかしそうに姉妹に挨拶した。

「み仏の世界と違って生身の人間の世は醜く辛いことの連続であろうが、浅井の人間として誇り高く生きるようにと住職が仰せられました」

元服《げんぷく》も終えていない万寿丸であったが、それなりの覚悟がみられ、初はいじらしく思った。

「亡き兄君に代わって浅井家をなんとしても再興させたい。還俗することになったのも、み仏のご加護と思っています。そして姉上方の少しでもお力になることができれば、と念じています」

住職に教えられた通りの挨拶を終えた時である。懐に入れていた子猫がもぞもぞ動きだしたと思うと鳴き声を上げた。万寿丸はにっこりして初の前に子猫を差し出した。道中、捨てられていた三毛猫を懐に入れていたのである。

「生きとし生けるものは大切にしなければならないという住職の教えです」

初と茶々は喜び、大蔵卿局はあきれ顔で溜息をついた。

万寿丸は翌日、丹波《たんば》亀山城主、於次丸秀勝《おつぎまるひでかつ》のもとへ、迎えの者と一緒に旅立っていった。

「秀吉殿は良き主を付けてくだされた。於次丸さまは信長殿のお子、姫さま方とは従兄妹《いとこ》同士、何よりもあのお方はお若いのに丹波黄門《こうもん》と呼ばれておいでになるくらいご立派なお方でございます」

初も局に同感した。二年前、大徳寺で催された信長の百日忌法会《ほうえ》に参列し、於次丸秀勝の凜々《りり》しい姿を見ていた。

お市は於次丸贔屓《びいき》のようで、先頭に立って法会を指図する於次丸を目を細めて見つめていた。「秀吉の養子にしておくのがもったいない」そうつぶやくのを確かに聞いた。利発で優しく、その上、家臣思いであることも初たちの耳に入っていた。「どうしてこの世はうまくいかないのでしょうね。四男に生まれなければ、養子に出されることもなかったでしょうに」お市が嘆息《たんそく》しながら発した言葉も初は覚えている。

「私も母上の言葉を覚えています。万福丸《まんぷくまる》が生きていたらあのようだろうか、とも」

「それにしても」

大蔵卿局が言いかけて口をつぐんだ。

「万寿丸のことですか」

初の言葉に局は苦笑する。茶々と初は顔を見合わせ、微笑む。万寿丸から託された三毛猫が初の膝にのっている。桃色の小さな舌が手をなめていく。ミケ、ミケや。二人は交互に呼びかけ、柔々《やわやわ》とした温もりに頰を寄せるのだった。

万寿丸は丹波亀山城に到着した三日後、元服の式を執り行ったという。浅井喜《き》八郎《はちろう》と名乗り、浅井家の名に恥じない立派な武将になりたい、と達筆の文が姉妹のもとに届けられた。文面を見た大蔵卿局は安堵の表情を浮かべ、姉妹を見た。

「秀吉殿は悪いようにはなさらない」

局は茶々と初に言い聞かすように言った。

文二通

年も暮れに近づいた頃である。一年ぶりの小督《おごう》との再会だった。

「茶々《ちゃちゃ》姉さまがご病気だとのこと、急ぎ来てみるとぴんぴんしていらっしゃるではありませんか」

小督は口を尖らせる。そんな表情は以前と少しも変わっていない。身体も相変わらずほっそりとして貧弱にさえ見える。

「小督、好き嫌いなく食事をいただいていますか」

茶々が訊ねると彼女は首を傾《かし》げ、眉を顰《ひそ》める。

「毎日毎日海のもの、嫌になりました」

「なんと贅沢なことを、新鮮な魚や貝が食べられるなんて」

初は苦笑し、妹の偏食が直っていないことを思う。

「それに大野の侍女たちは私が食べ物を残すと決まって説教するのですよ。そんなお身体では若君も産めませんと」

初《はつ》は茶々と顔を見合わせ微笑んだ。

「一成《かずなり》殿はお優しいわ。なんでも私の言う通りにさせてくださる。今回も姉上の病気を告げると直ちにお見舞いに行くように、とね。考えてみれば私は一度も里帰りしてなかったのですもの」

いったい誰が茶々の病を報告したのだろうと思っていると、小督が言った。

「秀吉《ひでよし》殿が私に文《ふみ》をくださったのですよ」

「何か勘違いでもしているのじゃないかしら。小督は昔からそそっかしかったから」

「ひどい初姉さま、ねえ、かえで、そなたも秀吉殿からの文を読みましたね」

侍女はうなずく。

そんな会話が行き交っている中、大蔵卿局《おおくらきょうのつぼね》だけが、なにやら思案顔であった。

小督が結婚してまもなく小牧《こまき》・長久手《ながくて》の戦いが起こった。秀吉が徳川家康《とくがわいえやす》と織田信雄《おだのぶかつ》との連合軍と尾張の小牧・長久手で戦ったのだった。ところが、信雄が秀吉と単独講和をしてしまったため、家康も仕方なく、秀吉と講和を結ばざるを得なくなり、戦《いくさ》は終結したのである。さらに家康が浜松へ引き上げる際、佐治《さじ》家の所領を通った時、一成が船を出して大野川を渡る手助けをしたことが、秀吉の逆鱗《げきりん》に触れた。こうした戦の一部始終は姉妹には知らされていなかった。

「縁があればよし、なければお戻りになるだろう」

確かに大蔵卿局はかつてそう言ったのである。

肝心の小督は深く考える様子もなく無邪気に城内見物をせがんでいる。

「わかりました。小督の願いを叶えてあげましょう。実は私もお初もお城の中をくまなく歩いたことがないのですよ。ずっとこの一角の部屋に籠ってばかりいたのですから、ねえお初」

確かに茶々の言う通りであった。城内にはたくさんの人々が行き交い、茶々も初も人目に触れることを意識して避けていたのである。

「変な姉さま方、私なら毎日でも城中を歩いていますのに」

周囲の者は声を立てて笑い、小督が変わっていないことに安堵したのだった。こんな小督であったから後に真実を秀吉から告げられてもさほど落胆しているようには見えなかった。佐治家での小督の暮らしはあまり幸せではなかったのかもしれない。口うるさい老女がいて嫌だったと漏らしていたことが何度かある。

「小督姫にはもっともっと素晴らしいお相手を見つけてさしあげましょう。遠い辺鄙《へんぴ》な所でなく、姫さまのお好きな京の辺りに」

大坂城に来てしばらく経ったある日、秀吉は小督にそのように言ったとのことである。

小督が一緒に住むようになってから茶々と初の大坂城での日々は一変してしまった。引き籠りがちなそれまでと違って城内、城外を歩き巡ることが多くなった。姉妹の部屋には毎日のように商人が訪れ、反物《たんもの》や小間物《こまもの》が持ち込まれた。とりわけ小督は京からの品がお気に入りで、制する茶々や初を尻目に「これは茶々姉さまにぴったり。こちらは初姉さま」と姉たちに勧めることにも熱心であった。

「秀吉殿がお好きなものをどんどん買ってよろしい、と仰せられたのですよ。ご厚意はお受けしなくては」

咎《とが》められると口を尖らせるのである。結局、初も茶々も苦笑しながら妹のなすがままにさせていた。無邪気な小督であっても佐治一成と離別させられたことは辛いことであろうと、思っていたからだ。

「私たちは結局、秀吉の意のままにさせられるのだろうか。聞くところによると一成殿は小督と離縁するおつもりはなかったとか。あのお方も気の毒なことです。私は絶対、あの男の言いなりにはならない。なるものですか」

「もちろん私もです」

二人は意志を確かめるようにうなずいた。

「小督は犠牲になったようなものです。年下の者なら意のままになると考えたのでしょう。小督は今度は誰に嫁がさせられるのだろうか」

茶々の顔に不安がよぎる。初も妹の素直さがかえって腹立たしくもあった。秀吉の前で、悪態をついてくれればどれほど胸がすうっとするだろう。人生の酸いも甘いも知り尽くしているような大蔵卿局は小督の件に関しては終始静観していた。

三人が揃って城中を歩くと多くの者は足を止め、会釈をし、振り返った。小督は得意そうであったが、初は身が縮む思いだった。そんな初に小督は、やはり今日は華やかな花模様の小袖にしてよかったと、つぶやくのである。

「あの姫君方がお市《いち》さまの…。茶々姫さまがお市さまに瓜二つという噂であるが、ほんにのう。お市さまが化けておいでになったかと思いましたぞ」

「ほっそりとしたお小さい姫が最近お戻りになった小督姫でありますな」

初の存在は幸か不幸か前と後ろに挟まれ薄いようであった。常に俯《うつむ》きがちであったせいかもしれない。

「あのようにお美しければ秀吉殿も放ってはおかれまい」

その声に茶々は身ぶるいする。が、たちまち背筋を張り、元の姿勢に戻り、無言のまま毅然《きぜん》として歩く。小督がどんなに語りかけても応えない。その様子は敵中に乗り込む貴人のようであった。

翌、天正《てんしょう》十三年(一五八五)七月、秀吉は関白《かんぱく》となり、九月には豊臣《とよとみ》の姓を朝廷から与えられた。

「私の予想は的中しましたぞ。やはり頼るは秀吉殿を置いてほかになかったのです」

大蔵卿局は感無量の様子で三姉妹に告げた。

「おっつけ、おねさまも竜子《たつこ》さまも大坂城においでになりましょう。それから申し忘れていましたが、昨年、高次《たかつぐ》殿が罪を許され、秀吉殿から近江《おうみ》高島郡田中郷に二千五百石《こく》を与えられたとのことです。めでたしめでたしでございます」

茶々の頬がこころなしか緩むのを初は見た。

京極《きょうごく》高次は本能寺の変で明智《あけち》方に味方し、長浜城を攻撃した。そのため秀吉から追われ、越前北ノ庄城《えちぜんきたのしょう》の柴田勝家《しばたかついえ》とお市を頼って一時、北ノ庄城にいた。ところが、北ノ庄城が落城する前に姿をくらまし、行方がわからなくなっていたのである。

今回の処遇は姉竜子が秀吉の寵愛《ちょうあい》する側室であることが幸いしたのだろう。

丹波《たんば》亀山城主、於次丸《おつぎまる》秀勝に仕えるようになった万寿丸《まんじゅまる》、いや浅井喜八郎《あざいきはちろう》からときおり消息が届けられた。その文を姉妹で見るのだったが、読み手は決まって小督であった。

姉さま方、小督姫さま
ご息災であられますか。某《それがし》も精進してようやく刀がまともに持てるようになりました。経から刀への持ち替えは某にとって並大抵のことではありません。お付きの者が日に何度も何度も木刀の素振りを強要します。手に豆が数えきれないほどでき、できてはつぶれ、できてはつぶれの繰り返しでした。が、その傷を子猫がなめてくれたお蔭で今ではたこになり、強靭《きょうじん》な手となりました。

小督は読みながら笑い、喜八郎を茶化す。弟の生類憐《しょうるいあわれ》みの心は少しも変わっていない。初は髷《まげ》を結った喜八郎が子猫を拾い、懐に入れ歩く姿を思い浮かべた。
「喜八郎殿はお城で猫を飼っているのだろうか」
茶々も愉快そうに笑う。だが、いつでも喜八郎の文には於次丸秀勝の素晴らしさが記され、仕えていることの幸せが感じられた。その一つに、猫のお陰で城に鼠《ねずみ》がいなくなったと誉められたことが記されていた。於次丸は若い武将ながら家臣の長所を上手に生かす主君のようである。

ところが十二月のある日、悲報が知らされた。於次丸秀勝が病死したというのである。茶々と初は眉を曇らせた。

姉妹の表情を目ざとく見た秀吉は言った。

「喜八郎殿には某の弟、秀長《ひでなが》に仕えていただこうと思うておる」

一度も会ったことのない御仁であったが、家臣から慕われているなかなかの人物との評判は初たちの耳にも入っていた。

「それはようございます。秀長さまにお仕えできるとは、喜八郎殿もご運のよいこと」

大蔵卿局は喜んだ。

「織田の一族がまた一人消えていく」

茶々がつぶやいた。

默祷

天守に続き、二の丸、三の丸も完成し、内堀、外堀で守られた大坂城は前代未聞の巨大な城となった。京にいた京極竜子《きょうごくたつこ》も二の丸に入り、姉妹は竜子の部屋に招かれた。一番喜んだのは小督《おごう》であった。

「竜子さま、京では大変お世話になりました」

竜子は微笑み、小督の手を取った。

「小督さまのお元気なお顔を拝見し、安堵いたしました」

そう言いながら茶々《ちゃちゃ》と初《はつ》の方に向き直り、竜子は深々と頭を下げた。色白の顔、大きな瞳、幼い頃の面影はそのまま残っていた。顔が柔和でふっくらとしているのは幸せである証なのだろう。

茶々が竜子に挨拶すると、竜子はまじまじと茶々を見た。

「お市《いち》さまにこれほどまでに似ておいでとは」

竜子の顔に一瞬、複雑な表情が走った。

「初さまもご息災のご様子で何よりでございます。浅井《あざい》の姫たちにはいろいろとお世話になったと高次《たかつぐ》が申しておりました。北ノ庄《きたのしょう》城を出てからあちこち放浪していたようです。姫さま方も私も浅井の人間、これからも何かと助け合って生きていきたいと思っているのでございますよ。それにしても清水谷《きよみず》の浅井のお屋敷で遊んだ日々が夢のように思われます」

竜子は遠くを見る眼差《まなざ》しをしてしばし黙った。数奇な運命を辿っているのは三姉妹だけではなかった。竜子もまた思いもかけない人生の只中にいるのである。本能寺の変後、夫武田元明《たけだもとあき》が秀吉《ひでよし》に自刃《じじん》させられてから、秀吉の側室として生きてきたのだった。

「竜子さま、マリア伯母さまもいらしているのですか」

小督が甘ったるい声で訊ねる。小督は、京でもこんな調子で竜子やマリアに甘えていたのに違いない。

「母上はじっとしていないお方なのですよ。しばらく私のもとにいることになっているのですが、ずっと一緒にいたためしがないのです」

小督は愉快そうに笑い、「やはりこれ、でございますか」と十字を切る仕草をした。京極マリアが熱心なキリスト教信者であることは初も知っている。

「母は城中のどこかにいると思いますが、おっつけこちらへ戻ってくるでしょう。姫さま方のご来訪をとても楽しみにしておりましたから」

「竜子さまのお部屋は極楽のよう」

周囲を見回していた小督が感に堪えないというふうに言った。

「小督のお部屋も立派ですよ」

茶々の言葉にうなずきながらも小督は「竜子さまは側室だからかしら」とつぶやく。

小督の袖を引っ張ったが後の祭りである。

「小督さまは率直でおよろしいわ。ねえ、茶々さま、大人になるとそうはいきませんものね」

竜子は気にするふうでもなく慈愛深い目で小督を見つめていた。廊下で大きな声がしたのはそんな時だった。

「遅れてしまいました。もう皆さんお揃いですね」

声がしたかと思うと大きな女人《にょにん》が現れた。どことなく見久尼《けんきゅうに》を髣髴《ほうふつ》とさせる。

「茶々さま、初さま、小督さま、お目にかかりとうございました。茶々姫、初姫とは小谷《おだに》以来の再会でございますね。美しい姫にご成長で」

マリアは茶々と初の手を握った。それから小督に近づき、いきなり抱きしめた。

「ああ、小督姫、そなたと佐治《さじ》殿がキリシタンであられたなら離縁などという不条理なことにはならなかったでしょうに」

　かたわらで竜子がマリアをたしなめる。

「ごめんなさい。嫌なことを思い出させて」

　マリアは小督に頬ずりする。

「マリア伯母さまとこうしていると見久尼さまが恋しくなります」

「あら、小督姫、私、あのように大きくありませんよ」

　マリアはからからと笑う。が、その笑い声も豪快でやはり似ているのである。

「尼さまはどうしていらっしゃるでしょう」

　茶々が懐かしそうに言う。

「ご存じでなかったのですか。義姉《あね》さまは昨年、ここの天守閣が完成した頃だったでしょうか、旅立たれたのです」

　三姉妹を両腕に包み込み、心の芯まで温めてくれた見久尼。初も茶々も小督も言葉がなかった。喜八郎が還俗《げんぞく》するにあたり挨拶に訪れた折、尼さまがお瘠《や》せになっていたと話していたのが甦ってきた。

　茶々が手を合わせ、あの世の尼に黙祷を捧げると皆、従った。マリアだけは十字を切り祈りを捧げた。その様子を見た小督がマリアに訊ねた。

「伯母さまはなぜヤソ教の信者になられたのですか」

マリアはしばらく小督の顔を見つめていた。

「阿古《あこ》の婆さまが関ヶ原の刑場で残酷な刑に処せられたのをご存じですか」

うなずく姫たちの顔を一人ひとり見つめながらマリアは言葉を続ける。

「私は夫に内緒で刑場まで出かけました。ご存じのように高吉殿《たかよし》は織田家《おだ》と浅井家が敵対関係になった時、織田家に付かれたのです。高次はそのため岐阜城に人質に行くことになりました。夫はかつての臣下浅井氏に追いやられたことを怨んでおいでだったのです。私は竹矢来《たけやらい》越しに磔《はりつけ》にされた母が毎日一本ずつ指を切られていく姿を射るように見つめていました。正気の沙汰とは思えませんが、私はそうすることで母を守ろうとしていたのです」

場は静まり、皆の眼がマリアに注がれる。

「母は私の姿に最初から気づいていました。私に向かって別れの会釈をすると背筋をすっと伸ばし、西方浄土《さいほうじょうど》を向かれたのです。その姿は神々しくさえありました。気がつくと見物人たちは皆、母に向かって手を合わせていたのです。近江柏原《おうみかしわばら》に帰ってすぐ、そのことを高吉殿に申し上げると、長い間手を合わせ、瞑目《めいもく》なさっていました。その日は一言も口をおききにならず、食事すら口になさらなかったのです。戦《いくさ》の愚かさ、母への罪をお感じになっていたのかもしれません。今、思うに私がそれから九年後の天正《てんしょう》九年（一五八一）、安土《あづち》で高吉殿とともに受洗したのは母の姿にイエスさまのお姿を重ねたからかもしれません」

部屋はしめやかな祈りの場となっていった。

京極再興

高次《たかつぐ》が五千石《ごく》に加増されたことを耳にしたのはそれからまもなくだった。

「姉上さま、喜ばしいお知らせです。高次殿が秀吉《ひでよし》殿から今までの倍の石高《こくだか》をおもらいになったそうです」

竜子《たつこ》のもとへ遊びに行っていた小督《おごう》が意気揚々として戻ってきた。茶々《ちゃちゃ》と初《はつ》は招かれなければこちらから訪ねることもなかったが、小督は暇を持て余すと竜子を訪問していた。

「それからもっともっと素敵なお知らせがありますの」

小督は二人の姉を前に意味ありげに微笑む。彼女の話によると、明日、高次が大坂城を訪れるということである。秀吉へのお礼の挨拶らしい。

「私、文句を申し上げる。北ノ庄《きたのしょう》を出てから何の消息も寄こさないなんてひどい。ねえ、茶々姉さま」

茶々も大仰《おおぎょう》にうなずいて見せる。姉妹の周囲には華やぎが広がり、北ノ庄城での高次を交えた語らいが甦っていった。

三姉妹がそれぞれの容貌について好き勝手なことを言っている時、高次が輪の中に入ってきた。茶々ばかりがお市に似ているのは不公平だという小督に対して高次は、小督姫の声はお市《いち》さまにそっくりですよ、とお市の声を真似てみせたのである。高次は物真似上手で小督の要望に次々応えて皆を笑わせた。とりわけ勝家《かついえ》の太い声は本人と聞き紛うほどであった。

私はいったい誰に似ているのかしら、顔も声も母上に似ていない、と初がこぼすと、小督がすかさず口にした。初姉さまはお姿が美しいわ。楊貴妃《ようきひ》のような柳腰《やなぎごし》ですものと。

するとこ高次が手をたたき、小督姫はたとえ上手だと褒めたのだった。

三年ぶりに見る高次は凛々《りり》しい武者ぶりで現れた。

「高次殿、お父上にますます似てまいられましたね」

大蔵卿局《おおくらきょうのつぼね》はそう言い、仰ぎ見たが、初には京極高吉《きょうごくたかよし》の記憶はまったくない。浅井家《あざいけ》が織田《おだ》家と絶縁して以来、織田家に付いた京極高吉は浅井家を訪ねることはなかったからだ。

「高吉殿がご息災であられたなら、またきっとお能を舞われたことでしょう」

高次がかつて信長から五千石の所領を与えられた時、高吉が京極家再興の時が来たと能を舞った話は、姉妹の耳にも伝えられていた。

「ところでいくつにおなりになりましたかの」

大蔵卿局の問いに二十三と応えた高次は、かつての追われる身とは違って、声に張りがあり堂々としたものだった。

対面を終え、自室に戻った初に老女が言った。

「高吉殿より高次殿はうんと男ぶりが上でございますぞ。私が京極殿にお会いしたのはマリア姫が嫁がれる頃でしたが、正直申してがっかりしたのを覚えておりますよ。すでにその時、高吉殿はお父上久政《ひさまさ》さまより二十ほども年上の六十近かったのではなかったでしょうか。いくらなんでもこのご結婚は姫さまがお気の毒過ぎると思いましたが、何とお二人の間には次々お子が生まれ、高吉殿は五人の子福者《こぶくしゃ》となられたのでございます」

微笑

　翌天正《てんしょう》十五年（一五八七）、思いがけない話が持ち上がった。初《はつ》と京極高次《きょうごくたかつぐ》の結婚話である。

「どうじゃ、初姫。従兄妹《いとこ》同士、気心も知れておる。何よりもマリア殿がお喜びじゃ。高次殿には九州従軍の功により、一万石《ごく》を近々与えるつもりじゃ。近江《おうみ》高島の大溝《おおみぞ》城主としてな」

　初は気が動転して言葉が出てこなかった。年齢を考えれば姉の茶々《ちゃちゃ》が先に嫁ぐのが順当である。しばらくして我に返った初は言った。

「秀吉《ひでよし》殿、お言葉を返すようでございますが、姉上から嫁がれるのが筋ではないでしょうか」

　茶々に縁談が来ないことについては、初にはその理由はわかっていた。当然、勘の鋭い姉は知って知らぬふりをしているのだろう。初もそのことを茶々と話題にしようとも思わなかった。

「お初さまは高次殿がお嫌いか。某《それがし》にはこれ以上の良縁はないように思うがの。高次殿はこれからどんどん立派な武将として石高《こくだか》を増やしていかれるだろう。竜子《たつこ》殿も初姫なら申し分ないと喜んでおるぞ」

初は沈黙したまま下を向いた。この場をどう乗り切るべきか。むげに断ることもできない。相手は天下人、関白太政大臣《かんぱくだいじょう》豊臣《とよとみ》秀吉である。城中では茶々が秀吉の側室に上がるのは時間の問題であろうと囁かれている。この際、単刀直入に姉を側室にと考えているのか、と詰問するべきだろうか。いや、それでは角がたつ。何よりも厄介なのは初自身が高次を嫌ってはいないことである。

「ほほう、迷っておられるようじゃな。当然のことであろう。わかりもうした。返事はしばし待つことにいたす。それまでようく考えなされ。繰り返し申すが、これ以上の縁談はないと思うがの」

秀吉は満面に笑みを浮かべ部屋を去った。あの御仁は反対できないとわかっていながらあえて時を設けた。あの貧弱な背にはどのように抗《あらが》っても抗いきれない鉄の強さがある。初は秀吉の後を睨《にら》みつけるようにして突っ立っていた。

数日、初は一人部屋に籠った。だが、懊悩《おうのう》していても事は解決しない。それに茶々がどう思っているか気がかりだった。

「先日、大蔵卿局《おおくらきょうのつぼね》からその話、聞きました」

茶々の部屋を訪ね、高次との縁談話を告げると、茶々は努めて冷静に応えた。

「それで、お初はどうなのですか」

姉上の頬には微笑が浮かんでいた。が、その笑みが屈折したものであることを初は感じとっていた。

「私のことを気にしているのですね。遠慮しなくてもよろしい。私は母上の遺言を守らなければなりません。くれぐれも初と小督《おごう》のことを頼むと仰せられたのですから」

初が茶々に期待した返答はそうしたものではなかった。茶々が高次のことをどう思っているかである。が、茶々はそれを見事にはぐらかしてしまった。

「お初、私は竜子さまを見ていると、よくわからなくなるのですよ。あのお方は夫、武田《たけだ》元明《もとあき》殿を秀吉殿に殺されておしまいになった。仲睦《むつ》まじいご夫婦であったと聞いています。それなのに今では秀吉殿の側室としてたいそうご満足の様子ですもの」

初が応えられる内容ではなく、黙るよりほかない。また戦《いくさ》の世ではそうした例は珍しくないことも知っている。

「人の心は変わるものなのだろうか。けれど、母上は生涯父上を思い続けていらっしゃった。勝家《かついえ》殿にはお気の毒であったが。母上と父上のような愛の絆の強い夫婦は稀《まれ》な存在なのかもしれない。お初、そなたはどうか幸せになっておくれ」

茶々は口を固く結び、感情を押し殺しているように見えた。


大坂城に来てから、茶々と大蔵卿局との間に静かな戦いが始まっていた。賢女の戦は秘密裏に行われ、どちらも引こうとはしない。互いに大義を秘め、浅井《あざい》家を思う心から出ていた。が、形勢はしだいに大蔵卿局に有利に傾きつつあった。追い詰められる茶々の心を癒すのは喜八郎《きはちろう》が置いていったミケである。ミケは初と茶々のもとを行ったり来たりしていたが、このところ茶々のもとに留まっている。茶々の膝に上がっては手をなめたり、ふざけている。

秀吉と結託する大蔵卿局を一時は憎悪した茶々である。が、局を失ってしまっては生きていけないことも知っている。よろしいか、茶々さま、屈するのではございませんぞ。浅井の人間は再生するのです。局の呪縛が茶々を幾重にも巻いていた。ミケを撫《な》でていると呪縛が解けていくようじゃ。茶々の独り言にミケがみゃあと応えた。

高次の九州出兵帰陣を待って結婚の儀が執り行われた。高次は九州での戦功により大溝城主として一万石の所領を与えられたばかりであった。大坂城天守の大広間で、媒酌人《ばいしゃくにん》の秀吉とおね、そして高次と初が上座に坐った。たくさんの客人の居並ぶ中、初の眼には茶々の姿だけが目に映った。茶々がほんのり笑みを浮かべ、初を見つめている。初は笑み返そうとするのだが、出てくるのは涙であった。

「おおっ、花嫁が嬉し涙を浮かべてござる。めでたい、めでたい。まずはご一献」

前田利家《まえだとしいえ》が大きな声で祝いの酒を勧める。

かたわらでは先に杯を受けた高次が初の飲み干すのを見つめている。初はこころもち笑んだ。

大溝城

大溝城《おおみぞ》は琵琶《びわ》の湖《うみ》の西岸、高島郡勝野《かつの》にある。北国海道《ほっこくかいどう》(西近江路《にしおうみじ》)が通り、古代から勝野の津と呼ばれ、水陸交通の要衝だったと聞いていたが、たいそう寂しい城であった。豪華絢爛を絵に描いたような大坂城に暮らしていた初《はつ》には侘しく悲しくさえあった。十八年間ともに暮らしていた茶々《ちゃちゃ》もいない。

高次《たかつぐ》は秀吉《ひでよし》に従軍して戦地におもむくことが多い日々である。琵琶の湖を眺めながら気がつくと初は茶々のことを思っているのだった。

この湖の向こうには小谷《おだに》がある。長浜の湊を発ち、安土《あづち》で暮らし、さらに大坂城で暮らした四年近い月日が初の脳裏で巡っていく。そして今、新しい暮らしが始まったのである。

この大溝の城は、新庄《しんじょう》城を移して大溝城を築いた織田信澄《おだのぶすみ》の城であった。お市《いち》からときおり信澄のことを聞かされたことがある。実の兄信長《のぶなが》に殺された信行《のぶゆき》の子で、本能寺の変後、明智光秀《あけちみつひで》の娘を妻にしていたために織田信孝《のぶたか》に攻められ、亡き人となっていた。信澄を死に追いやった信孝も今はあの世の人である。高次の運命もそうならないといえようか。現に小督《おごう》は佐治一成《さじかずなり》のもとから戻された。

水鳥が湖上から羽ばたいていく。鳥の方がよほど自由ではないか。優雅に舞う水鳥は花びらのように見える。その時である。大きな黒っぽい鳥が急速度で接近してきたかと思うと一羽をくわえて大空に舞い上がっていった。初は茫然として乱れ飛ぶ水鳥を見つめていた。烏合《うごう》の衆となった負け戦《いくさ》を見ているようであった。

「姉上さま」

初はたまらなくなり、大声で茶々を呼んだ。一人でこうしているといかに茶々を頼りにしていたかが思い知らされた。姉上はどうしているだろう。小督は相変わらず、竜子《たつこ》の部屋に入り浸っているだろうか。今や義姉となった竜子。竜子は茶々のことをどう思っているだろうか。万が一、茶々が側室に上がることになれば…。それに何よりも気がかりなのは高次の身である。怪我や討ち死には武士の日常。生まれ変わることがあるなら今度は戦のない世に生まれてきたい。北ノ庄《きたのしょう》城落城を前につぶやいたお市の言葉が甦ってくる。

温暖の地、大坂城と違って大溝の城は冷え冷えとして、初はどうしても北国の北ノ庄城を思い起こしてしまう。目を瞑《つぶ》れば炎上する城が浮かび上がり、心細さがいっそう募っていくのだった。

「お初さま、高次殿が、いやお殿さまがご帰還でございます。この度はお城で数日お過ごしになるそうでございます」

幼い時から初の世話をしてきた乳母のお駒《こま》が意気揚々と現れた。毎日、浮かない顔をして湖ばかり眺めている初をそっと見守っていたが、高次の帰城で初の気持ちが少しは晴れるかもしれないと思ったのだろう。

「さあ、初姫さま、いやいやもう奥方さまであられましたの、前触れなしのご帰城ですから無理もございませんが、早くご用意をなされませ」

お駒は幼子を連れるように初の手を引いて行く。

自室に戻った初は鏡の前に坐った。風のなすままにしていたせいか、髪もほつれ、急ぎ櫛《くし》で整え、口に紅をつける。

高次は疲れた様子もなく、留守居の家臣を前に談笑していた。

「どうじゃ、息災であったか」

微笑む初に高次は語りかけた。

「お殿さまの留守中、寂しそうにしておいででした」

お駒が大仰《おおぎょう》に言う。

「お市さまの娘御にしてはちと胆力《たんりょく》が足りないのではないかの」

初は姉上を思い、涙していたとも言えず、困った顔を夫に向けていた。

「これからしばらく京勤めとなろう。昨年、新築された聚楽第《じゅらくてい》に詰めるようにとの命じゃ。関白太政大臣《かんぱくだいじょうだいじん》におなりになった今、もはや秀吉殿に従わない者はいない。信長殿がお亡くなりになってからまだ四年というのにこの世はわからないものじゃ」

高次は上機嫌で話を続けた。平安京の内野《うちの》(大内裏跡《だいだいり》)に建てられたという聚楽第は庭には名木や奇石が並び、御殿には七宝《しちほう》が散りばめられているという。殺風景な大溝城とは雲泥の差である。

その夜、初は久々に高次と寝所をともにした。高次の呼び起こす波が高まっていくにつれ、初も我を忘れていった。「心身の喜びというものは結婚して初めてわかるものでございますよ」お駒の言う喜びとはこうしたことなのだろうか。身体の芯部から湧き起こる震えに恥じらいながらも初は身をまかせていた。

上気した肌を風が撫《な》でていく。

「関白殿が政務のために聚楽第に居を移された。もちろん大坂城にもお出かけになろうがの。おっつけ、帝が聚楽第に行幸なされる。某《それがし》はそのための準備を仰せつかっておる。お城のようなお邸じゃ。天守を持つ本丸を中心に二の丸なども築かれていてな、弟御の秀長《ひでなが》殿をはじめ側近のお邸もある。そうそう千利休《せんのりきゅう》殿のお邸もあった。某の邸はないがな」

秀長の名を耳にし、喜八郎《きはちろう》の姿が浮かんできた。少しは侍らしくなったであろうか。新しい主君に気に入られているだろうか。ひょろりとした体つきはたくましくなってきただろうか。

「初、某も今に聚楽第に邸をもらってみせるぞ」

高次の声を耳にしながら、喜八郎もいつかはそんな気概を持つようになることを願った。

第二章

長浜の南殿

初《はつ》が大溝《おおみぞ》城へ発ってからまもなく、大坂城内から大蔵卿局《おおくらきょうのつぼね》の姿が消えた。局は茶々《ちゃちゃ》にさえ知らせず長浜《ながはま》へ向かっていたのである。ある噂を、真実か否か確認するためであった。大蔵卿局は長浜に住まう名うての老女を五人訪ねた。いずれも長浜の城で下働きの経験を持つ女たちであった。しかもそのうちの一人は秀吉《ひでよし》のかつての側室南殿《みなみ》の世話をしたことがあるという。

局の問いに五人が五人とも同じ返答をした。秀吉が天正《てんしょう》二年(一五七四)に生まれた子の息災延命と武運長久を祈って百六十石《こく》と懸仏《かけぼとけ》を八幡宮に奉納したと語るのだった。大蔵卿局は早速、八幡宮に出向き、懸仏を目にしてきたのである。正室おねに気遣って密かに奉納されたとのことだった。

ところが、若君は惜しいことに幼くして病死してしまったのだと、老女らは皆、当時を思い起こし、涙した。側室の世話をしたことがあるという白髪の女は、石松丸秀勝《いしまつまるひでかつ》君は毒を盛られた可能性があると不穏なことまで口走った。大蔵卿局は石松丸秀勝が葬られている妙法寺《みょうほうじ》に詣でた。大名家の子の墓を思わせる立派な墓であった。当時の住職は亡くなっていたが、現住職から、石松丸秀勝の画像を見せられた。局は三歳で夭折《ようせつ》した若君のあまりの高貴さに言葉を失った。本当に秀吉の子であろうか。そんな疑念さえ覚えた。大蔵卿局の心中を察したかのように住職は言った。

「母君に似ておいでだったようです。先代がよく南殿《みなみ》の麗しさを口にしておりました。若君がお亡くなりになってからも、しばらく毎日お参りにおみえだったとのことですが、そのうちお姿が見えなくなりました。悲しみのあまり心の病になられ、そのうちどこかへ往かれてしまったように聞いておりますす」

局はさらに長浜の湊から竹生島《ちくぶしま》まで舟で出かけた。舟上から長浜城を見つめていると小《お》谷《だに》の城が思われた。長政《ながまさ》殿も浅井《あざい》の城がこの地に移されるとは予想だにされなかったであろう。大蔵卿局は今は山内一豊《やまうちかつとよ》の居城となった城が点となるまで見つめていた。が、局には感傷に浸っている暇はない。竹生島宝厳寺《ほうごんじ》に詣で、奉加《ほうが》帳を検分しなければならなかった。また浅井家と縁の深い寺社でもあり、念願成就の祈願もしなければならない。

奉加帳を目にした大蔵卿局は感きわまって涙を滲《にじ》ませた。そこには長浜城主羽柴《はしば》秀吉の家族や家臣が竹生島の堂舎復興のために金品を寄進した記録が墨書されていた。秀吉の百石を最初に南殿、石松丸の名も記され、山内伊右衛門《いえもん》（一豊）の名もあった。天正四年（一五七六）頃、秀吉の子、石松丸秀勝は生存していたのである。

最後に局は知善院《ちぜん》をはじめ、長浜城下の寺々に詣でた。いずれの寺にも天正四年、十月十四日、秀勝早逝《そうせい》同月同二十二日、仏供料《ぶっく》として三十石の寺領を授ける、との文書が残されていた。もはや疑う余地はない。秀吉殿にはお子がいた。次子ができないはずはない。大蔵卿局は、我が意を得た思いでご本尊に向かってひれ伏していた。

秀吉の側室

高次《たかつぐ》が京へ発った翌々日、思いがけない訪問者があった。弟、浅井喜八郎《あざいきはちろう》である。見違えるほど背丈が伸び、若武者らしくなっていた。

「初《はつ》姉さま、使者として参上いたしました。ミケが初姉さまによろしくと申しておりました」

喜八郎は懐から文《ふみ》を取りだし、恭《うやうや》しく差し出す。茶々《ちゃちゃ》からの文だ。初は涙ぐんだ。

「姉上もミケも息災でしたか」

「ミケは茶々姉さまの守護神のように侍《はべ》っておりました。しかしながら、あやつは不忠の徒でありますす。某《それがし》を忘れ、威嚇《いかく》するのです」

笑う初に喜八郎はミケの真似をして見せる。

「今宵《こよい》はゆっくりなされ。そなたも湖魚が好きであったな。京や大和《やまと》では口に入らないものをご馳走しましょ。先に湯を浴び、さっぱりしてきなされ」

初は文を手に立ち上がった。一刻も早く茶々の文が読みたかった。

お初さま

いかがお過ごしでしょう。そなたと別れて暮らすようになってからまだ半年ばかりというのに、ずいぶん年月が過ぎたように思われてなりません。実は私にも大きな変化がありました。悟りの早いそなたのこと、もしや、とお思いでしょう。そう、そのもしやが現実になったのです。

初の胸は読み進むにつれ激しく波打ち始めた。側室になるよう積極的に勧めたのは大蔵《おおくら》卿《きょう》局《のつぼね》であったのだ。秀吉《ひでよし》殿に屈するのではなく、挑戦するのです。たんなる側室になるのではございません。秀吉殿の妻となってお世継をお産みになるのです。それに対し、秀吉の側室にだけはなりたくないと精一杯抗《あらが》う茶々。文面から立ち上ってきた二人の声に、初は慄然《りつぜん》とした。

もの思いに耽《ふけ》っていると喜八郎が湯上がり姿で現れた。

「そなたの元主も秀勝《ひでかつ》という名でしたね」

喜八郎は懐かしそうな表情を浮かべる。

「亡き主が仰せでした。某の名は秀吉殿の初めてのお子、石松丸《いしまつまる》秀勝君からいただいたものだと。秀吉殿は亡き秀勝君が今だに忘れられないのかもしれない。喜八郎、そなたの名も良き名じゃ。人々に喜びをもたらす名であるぞ、と」

生きる喜びをもたらす名、喜八郎。初は名づけ親の住職の深い心に触れたような気持ちになった。

夕日が湖面を朱に染めている。白い水鳥がいっせいに葦原《よしはら》から飛び立ち、群舞している。こんな光景を安土《あづち》城の天主跡からも見たことがある。

「年々歳々《ねんねんさいさい》花相似《あい》たり、歳々年々人同じからず」

喜八郎がつぶやく。花も鳥も少しも変わらない。が、人間は年ごとに変わり、生まれる者あれば死ぬ者もある。

「喜八郎殿、そなたは悟っておいでなのか」

「とんでもない、姉上。某は湖上の水鳥です」
翌朝、喜八郎は大和郡山《こおりやま》城へ発っていった。

茶々はいったん決意すると頑《かたく》なに意志を貫くところがあった。それだけに心を開くことも少なく、からに閉じこもりがちである。初には大坂城での姉の姿が目に見えるようであった。今の姉上にはミケだけが心を慰めてくれる存在なのかもしれない。小督《おごう》には茶々の心境は理解できないだろう。側室の竜子《たつこ》の部屋を羨望《せんぼう》の目で眺めていたことがあったくらいだから。

吉と出るにせよ、凶と出るにせよ、茶々は新たな歩みを始めた。姉の決意を思うと大溝《おおみぞ》の地で鬱々《うつうつ》と過ごしてはいられない。初は気持ちを奮い立たせ、何かをしなければならないと思うのだったが、何をなすべきなのかわからず、気がつくと湖を見つめているのだった。

お駒に話せば、まずは世継を産むことだと言うに違いない。そうすれば気鬱《きうつ》などといったものは吹っ飛んでしまうだろうと。初は一人、苦笑する。子は一人で生せるものではない。

小督から消息がもたらされたのはそんな時であった。小督独特のはねるような文字が良質の紙から透かし見えた。小督姫、なんでも特上のものを使いなされ、秀吉の言葉通り、贅沢三昧《ざんまい》の暮らしを送っているのだろう。

初姉さま

私は茶々姉さまのような暮らしはしたくありません。姉さまは毎日、妙なものばかり食べさせられていらっしゃいます。大蔵卿局が長浜から連れてきた賄《まかな》いの者、かなりの老女ですが、その者が姉上に特別料理を作るのです。私、局に言ってやりました。「姉上さまが病になったらどうするのですか」と。すると局は「小督さま、これらの食物は病ではなく幸福をもたらすものでございますよ。私はわざわざ長浜《ながはま》から難儀して探し出し、あの者を連れてきたのです」。まったくあの乳母にはかないません。こう信じたら疑わないのですから。

驚いてはいけませんよ。中には蝮《まむし》の生き血だとか、蛆虫《うじむし》のような蜂《はち》の子だとか、初姉さまの食欲が落ちるといけませんからこのくらいに留めておきますが、山のもの、湖のもの、そうそう鮒《ふな》寿司もその一つだそうです。まあ鮒寿司なら許せるでしょうが。食べ物の中にわからないようにして生きた蝮の血を入れるのだそうです。こっそり料理方の侍女から聞いたのですよ。そのために私は小袖を一つ侍女に与えることになりました。

どうか茶々姉さまには内緒にしておいてください。私、誰かに伝えたくて仕方がなかったのです。これですうっとしました。茶々姉さまはミケとばかり話して私など相手にしてくださらないのです。


珍奇な食べ物をそれと知らず食す茶々の姿まで浮かびあがり、初は思い出しては独り笑いした。


「お殿さまのご帰城でございます」

お駒《こま》が満面の笑みを浮かべやってきた。お駒はいつも初以上に高次が帰ってくるのを喜んでいる。そなたも嬉しいのですか、といたずらっぽく笑うと、お方さまのお喜びは私の喜び、しっかりがんばりなされ、と意味ありげに言うのである。

「もう秀吉殿の天下じゃ。帝も大満足のご様子であられた。秀吉、秀吉と長《なが》の知己のようにの」

行幸《ぎょうこう》の有り様も前代未聞の立派なものであったという。高次は役目を終え、上機嫌だった。床をともにする初の脳裏に、父上と母上のような仲睦《むつ》まじい夫婦であってください、と記していた茶々の文が甦ってきた。

「運命に挑むとの文を姉上が寄こされました」

高次はしばらく考えこんでいる様子だったが、おもむろに口を開いた。

「それは良い決断をされた。姉、竜子殿も敵将の側室にさせられたことをはじめは悔いておられた。母上は自害するという姉に手こずり、途方に暮れておいでだったことがある。その時もずいぶんヤソ教に入信するよう勧められていた。イエスさまはそなたのことを必ずお許しくださると。しかし姉上はお強かった。私は私の運命を自分の目で見据えたいと仰せで、母上に以後、ヤソ教のことは勧めてくださるな、と断じられた。某が姿をくらまし放浪をしていた時のことだ。お初、某は女人《にょにん》の強さを思い知らされたぞ。あの従順そうに見えた竜子姉がだ。もちろん母上もそうだ。ところが、この高次はどうだ。逃げ隠れてばかりいたではないか。男というものは弱いものだ」

「いえ、それは違います。高次殿は京極《きょうごく》のお家を絶やさないために身を潜めざるを得なかったのです。姉上もそのように仰せでした」

「そうか、茶々殿がそう思ってくだされていたか」

高次は笑みを浮かべたまま眼を空《くう》に向けた。

「某は細川殿に言われたぞ。京極殿はこれからどんどん力量を発揮され、石高《こくだか》を増やしていかれるだろう。聞くところによると奥方の姉上は殿下の側室に上がられたそうですな。

そなたの姉上も殿下の寵妃《ちょうひ》、京極殿が羨《うらや》ましいと皆申しておる、と。お初よ、武士の世界は競争社会じゃ。某は一生懸命働いて功を上げる覚悟であるぞ。もしそうでないなら、何を言われるかわかったものではない」

高次にも口にできない苦労があるのだろう。男は名を上げ大大名になることが目標なら女である自分の目標は何か。高次もお駒も若君を産むことだと応えるだろう。

「このたび、刀狩りの仕事を仰せつかっての。そなたは存じておるか、秀吉殿がこの七月に諸国に刀狩りを発布なされた。某は近江《おうみ》を回ることになっておる。その時、八幡山城《はちまんやま》を見てくる。安土《あづち》の町が八幡山城下にそっくり移され、新しい城が築かれたのだ」

数年後、その八幡山城に移ることになるとは二人は思いもしなかった。

淀殿懐妊

高次《たかつぐ》が刀狩りの検分に発ってまもなく、侍女を連れ、京極《きょうごく》マリアが訪れた。マリアは一段と恰幅《かっぷく》がよくなっている。

「嫌ですよ、お初《はつ》殿。私の顔に何か付いていますか」

マリアは豪快に笑う。

「お義母上《ははうえ》があまりにも見久尼《けんきゅうに》さまに似ていらっしゃるので眼を疑っておりました」

「そうかの、この通り、足がありますぞ。同じことを小督《おごう》姫にも言われましたよ。あの姫は相変わらず、愛らしい。天衣無縫《てんいむほう》で」

「いつになったら大人になりますやら」

「いや、小督姫はあのままでおよろしいのですぞ。ところで茶々《ちゃちゃ》さまにもお会いしてまいりました。気苦労が多いのでしょうかね、お顔が青ざめて見えました。が、ますますお美しくなられたご様子で、私は思わず、お市《いち》さまと言いそうになり、慌てて口を塞いだのですよ。竜子《たつこ》といい、茶々さまといい、女も生きることは並大抵ではありませんな」

城中を隅々まで歩き、布教に努めるマリアの耳には様々な風聞が耳に入ってくるのだろう。

小督はマリアについて城中を歩いたらしい。その時、姉上は最近、少しもお部屋から出ようとなさらない。私、茶々姉さまには付きあいきれない、とこぼしていたそうだ。

マリア伯母さまと一緒なら思いきり華やかな小袖に着替えましょう、とわざわざ衣替えをした小督。その理由をマリアが尋ねると、伯母さまの衣は鈍色《にび》ですもの、と眉をひそめたらしい。マリアはその様子を真似てみせ、愉快そうに笑った。

マリアは、昨年キリシタン禁教令が出たことを憂えていた。公然と布教できなくなったという。高山右近《たかやまうこん》は禁教令が災いし、播州《ばんしゅう》明石《あかし》の船上《ふなげ》城主改易の憂き目にあっていた。その話は大溝《おおみぞ》城に来たばかりの頃、高次から耳にしていた。その時高次が、お母上は大丈夫かのう、と心配そうにしていたのを覚えている。

「私は、まだ右近さま、いえ、ジュストさまが摂津《せっつ》の高槻《たかつき》城主であられた時、高槻の城下を訪ねたことがあるのですよ。焼け落ちた安土《あづち》城下からジュストさまは天主堂とセミナリヨを移されていたのです。ああ今はどうしておいででしょう」

旅の疲れも見せず、マリアは饒舌《じょうぜつ》である。

「何よりも私が右近さまに魅かれるのは貧しい領民を大切になさることです。たまたま葬列に出くわし、驚いてしまったのですが、棺《ひつぎ》を担ぐ者の中になんと右近さまがいらしたのです。大名が民の棺を担ぐなど聞いたことがありません。私は高次にも右近さまのように民を大切にするお殿さまであってほしいと願っているのですよ」

マリアの話は興味深いものであったが、初の頭は茶々のことで占められていた。

姉上はもしやお子を身籠られたのではなかろうか。いつかお駒《こま》がお腹にややができると、蝋《ろう》人形のように透きとおった肌になると言っていたことがある。

初の予感は的中した。茶々と大蔵卿局《おおくらきょうのつぼね》は念願を叶えたのである。大坂城内は茶々のおめでたでもちきりだった。噂は瞬く間に城外に広がり、耳にした者は皆、驚きを隠さなかった。おねの侍女が、本当に秀吉殿のお子であろうか、と密かにさぐりを入れにやってきた。大蔵卿局はめざとく見つけ、怒声《どせい》を放った。

「そなたは関白《かんぱく》殿下を侮辱なさるおつもりか。茶々さまは誰もが成しえなかった快挙をなされたのだ。神仏のご加護の賜であるぞ」

局はすべてにわたって用意周到であった。そのせいか以後、不埒《ふらち》な言動は城内では見られなかった。が、城外ではおもしろおかしく話す者が少なくなかった。秀吉の配下の武将たちは先を競って祝辞を述べ、祝いの品を送ってきた。加賀《かが》の前田利家《まえだとしいえ》は祝いの船を仕立て、新鮮な魚を山盛り贈ってきたという。

「殿下のお喜びはそれはもう大変なものだ。政務を終えると京の町中に繰り出し、早々とおもちゃを調達なさっている。この前、聚楽第《じゅらくてい》に参ると殿下の居室が風車《かざぐるま》でいっぱいだった。なんでも店の風車を全部お買い上げになったということだ。某《それがし》の父上は母上が身籠ったことを知って能を舞われたというが。そんなものかのう」

京から戻った高次は憧憬《しょうけい》の眼で言うのだった。

鶴松誕生

翌、天正《てんしょう》十七年（一五八九）の正月、淀《よど》城の普請が秀吉《ひでよし》より大和《やまと》郡山《こおりやま》城主秀長《ひでなが》に命じられた。茶々《ちゃちゃ》のご産所である。大坂城内では産みづらいという事情もあったが、元々、産所は別棟で、という風習があったのである。実際には元々あった城を大改築するというものだったが、そこまでしなくても、という声はあった。が、秀吉の喜びの表れだろう。三月には完成の予定で、茶々は淀の城に移ることになっていた。

茶々の妊娠がわかってから大坂城内には喜びと羨望《せんぼう》、嫉妬《しっと》が渦巻いていた。茶々は城内に淀む空気を肌で感じ、二の丸はむろん、居室から出ることも嫌った。ところが、運動不足からか足に浮腫《むくみ》ができてしまったのだ。大蔵卿局《おおくらきょうのつぼね》は祈祷《きとう》師を呼び祈らせたが、いっこうに回復の気配がみえない。

すると長浜《ながはま》から呼び寄せられていた老女が言うのだった。「お茶々さま、歩きなされませ、城内を毎日、歩きなされ。さすれば浮腫などいっぺんに吹っ飛んでしまいます」

茶々は居室を出て二の丸をくまなく歩き始めた。かたわらには大蔵卿局が、背後には侍女が従っている。固い表情に包まれた茶々の一行がしずしずと通り過ぎていく。廊下から廊下へ、茶々は周囲を見向きもせず歩いていく。そんな茶々が十日あまり経ったある日、にわかに立ち止まって、喜びの声を上げたのである。

「動きまする、ややが動きまする」

茶々の眼は涙で溢れていた。身籠ってからの茶々は喜びと悲しみが胸の内で渦巻いていた。お市《いち》の嫌う秀吉の子を身籠ったことへの背徳の思いは消えていなかったのである。

小さな命を実感した今、茶々の内部からすうっと何かが消え、代わってふつふつとした感情が湧き起こっていた。

茶々の運動の域はしだいに広がっていった。西の丸から時には本丸まで出かけた。腹部をせり出し歩く姿は誇らしげでもある。茶々は笑みを浮かべ歩く。そんな時はきまって腹の中のややと語っているのだ。

「茶々姉さま、独り笑いなさって嫌ですこと」

ときおり同行する小督《おごう》は言う。

「小督もいつかわかる時が来ますよ、私の気持ちを」

もはや茶々は周囲からどのような視線が投げかけられても微動もしなかった。

淀城は予定通り、三月に完成した。以前の淀の城に石垣が積まれ、たいそう立派なもの

となっていた。宇治《うじ》川、桂《かつら》川、木津《きづ》川の合流する場所で、天然の堀を擁し、誰が見ても
たんなるご産所とは思えない。天下さまはご側室の茶々さまにご立派な城を与えなされた
と、世間でも評判となっていた。
その頃、小督から初《はつ》のもとに文《ふみ》が届いた。

初姉さま
ご息災であられますか。この文が届く頃には姉上は新しい城でお暮らしになっている
でしょう。私も姉上にご一緒いたします。竜子《たつこ》さまも今では滋養がつきそうなものを
ときおり、姉上のもとに届けてくだされたり、私が遊びに行くと決まって姉上のこと
を心配そうに訊ねてくださいます。そうそう、肝心なことを書き忘れてしまうところ
でした。織田有楽《おだうらく》叔父が姉上の後見役として淀城に入ってくださるそうです。私は信《のぶ》
包《かね》伯父の方がよかったのですが、命令には逆らえませんから仕方がありません。

読み終えた初は最後のところで笑ってしまった。確かに初も小督と同じ思いである。が、
伊勢十五万石《ごく》の城主信包に比べ、摂津《せっつ》に二千石を与えられていた有楽は身軽に動きがとれ
たからだろう。

茶々の出産が近づいてきた頃から、初の身の周りでも変化があった。乳母のお駒《こま》を中心に料理方が我然張り切りだしたのだ。侍女の一人に問い質してみると、お駒が奥方さまに滋養のある食べ物を探し、調理するようにと命じたのだそうだ。

「それで、そなたはどんなものを探してきたのじゃ。まさか蝮《まむし》の生き血ではあるまいの」

侍女は首を振るものの、困った顔つきをする。お駒が口止めをしているに違いない。

「お駒さまが、これはお家のためであるから黙っているようにと…」

初はそれ以上、詰問することを控えた。初自身も一時も早く身籠り、高次《たかつぐ》を喜ばせたいのは同じである。

食膳には強烈な臭いの和《あ》えものも出るようになった。初が我慢して食する様子をお駒が満足げに見つめている。

「帰城なされば高次殿にも同じ品を召し上がっていただきます」

「お駒、大蔵卿局に似てきましたね」

「とんでもございません、お初さま。局さまは私のごとき柔《やわ》なお方ではございません。それに乳母にしておくのはもったいないくらいの頭のおよろしい女人《にょにん》でございます」

「竹中半兵衛《たけなかはんべえ》殿、それとも黒田官兵衛《くろだかんべえ》殿の女人版ですかね」

「まあ、なんというお初さまの仰せられよう。じゃが、確かにそのようかもしれません。

しかもあのお方は茶々さま一筋、まさしく乳母の鏡でございます」

ゆったりした午後のひととき、笑いが湖面のさざなみのように女たちの中に広がっていく。このところ戦《いくさ》がないのがありがたい。が、高次によると戦の前兆はあるらしい。北条《ほうじょう》氏規《うじのり》が昨年、聚楽第《じゅらくてい》で秀吉に接見したが、どうもなびく様子はないらしいとのことである。徹底抗戦となればおっつけ戦が始まるだろう。安らかな時が続くなら、自分は蝮の生き血であろうが、蛇の卵であろうが蜂《はち》の子であろうが何でも食す。だが、戦だけはごめんである。

「こんなふうにそなたたちとお茶を飲み、ゆったりした時がいつまでも続けばよいのだが」

女たちは皆、うなずく。侍女たちの多くは初同様、戦禍をくぐってきたいわば同志なのだった。


春が巡り、湖が鈍色《にび》がかった紺から淡い紺色、さらには若草色に変わっていった。大溝《おおみぞ》の湊では漁師の船が行き交い、欄干に立つと威勢のいい声が聞こえてくることもあった。

「お方さま、淀城からの急ぎの文でございます」

初の胸は鳴った。どうかご無事の出産の知らせでありますように。やがて使いの者が現れた。

「若君でございます」

侍女たちがいっせいに拍手した。

文は小督からのもので、大蔵卿局が亡きお殿さまに生きうつしだと喜んでいるという。

ところが、小督には猿のように見えるという。

「生まれたばかりの赤子は皆、真っ赤で猿に似ているものですよ。が、局殿が長政《ながまさ》殿に似ておいでだと仰せなら、その雰囲気が感じられるのでしょう。めでたいことでございます」

そしてひと呼吸置き、初を見据え、言うのだった。

「今度はお初さまの番ですよ」


翌日、初はお駒と淀城に向けて出発した。京まで出て桂川を舟で下った。琵琶《びわ》の湖《うみ》と違い、流れが思ったより早い。舟が傾くたびに初はお駒の身体に身を寄せる。吐き気さえ催してきた。

「お駒、姉上が苦しまれた悪阻《つわり》というものはこうしたものであろうか。胸が悪くてどうしようもない」

「お方さま、もしかして」

お駒が顔を覗き込むが初は強くかぶりをふる。月のものが終わったばかりである。

淀城は三つの川が一緒になる地点に聳《そび》え立っていた。初はうなった。大溝城よりはるかに立派である。

「さすがに殿下のなさること、ご産所といっても桁違いでございますな」

それはありがたいことかもしれないが、今後茶々に対する風当たりがいっそう強くなるのではあるまいか。初の心配をよそに、お駒は言う。

「高次《たかつぐ》殿にもどんどん出世して、立派な城持ちになっていただかなくては」

初はそんなことより、父上と母上のように仲睦《むつ》まじい夫婦でありたいと願っている。

茶々は満ち足りた顔で伏していた。

「お初、よく来てくれました。私はついに母になりもうした。母の喜びをそなたにもぜひ味わってもらいたい。若君の顔を眺めているとすべてを忘れてしまいます。子というものがこんな不思議な力を持っているものとは…」

茶々には側室になってからの様々な葛藤も過去のものとして見えているようである。

我が運命に挑むといった情の強《こわ》さは微塵《みじん》も見られなかった。

「これはお初さま、ご遠方よりありがとうございます」

大蔵卿局が一段と威厳を備え、現れた。その後に若君を抱いた乳母が続いた。

「殿下のお世継であられます」

大蔵卿局の重々しい声が響き、初ははっとして局の顔を見た。局は早々と次の戦いに打って出ようとしているのだった。

「鶴松《つるまつ》君の鶴は千年、松は枝葉が繁ることから長寿を願ったおめでたい御名でございます」

乳母のかたわらで茶々は満足そうであった。

茶人の叔父、織田有楽に茶席に招かれた。茶室から眼下を見下ろすと三つの川が一つになり、その先は霞《かす》み、天へ続いているように見える。

「あの川は大坂へと流れています。いずれ若君も大坂城へ行かれることになるでしょう」

叔父はそう言い、茶席についた。

初はミケの存在が気になった。訊ねると淀城に連れられてきてはいたが、鶴松に近づかないよう一室に閉じ込められているという。ミケはもしかすると子授けの使者かもしれない。初の願いは即座に叶えられ、帰路は籠に入ったミケが、殿さまのように運ばれたのである。

近江《おうみ》に戻ったお駒は今まで以上に活気づいた。

「お方さま、ようございますか。お殿さまが帰城なされた折には、しっかり事を運ばれますように。これは乳母の責任でもあるのですから。淀城での大蔵卿局殿のあの勝ち誇ったようなお顔、ご覧になったでしょ。私はあのお方に責められているような気がしてなりませんでした。乳母としての役目が果たせてないと」

「そなたが何も責任を感じることはありません。お子は神仏からの授かりものですからね」

「それなら私どもは神や仏へのお参りが足りないということになるではございませんか」

「お駒、私は知っていますよ。そなたが毎日、勝野の地蔵さまに願かけに行ってくれていることを」

ミケは湖魚をたくさんもらうためか、まるまると太っていった。おまえは淀の城で何を食べていたのかえ、ミケはにゃおんと応え、外へ出て行った。城中を自在に闊歩《かっぽ》し、鼠《ねずみ》までくわえてくる。

「お方さま、女は変わっていくものでございますよ」

お駒は淀での茶々の満ち足りた顔を思い出しているのだろうか。鶴松君を見つめる茶々の眼差《まなざ》しは観音様のように尊くさえ思えた。

追善供養

晩秋の風が再び巡ってきた。やがてこの風が冷雨を、そして雪をもたらすことだろう。

「お方さま、お殿さまのご帰城でございます」

時雨《しぐれ》のそぼ降る午後であった。お駒《こま》が息せききって告げにきた。お駒は身づくろいをせかせる。

「このような地味なものばかりお召しになっていてはいけません。せめてお殿さまがお帰りになった時くらいはぱっと花の咲いたようなお召しものを」

ぶつぶつ言いながらお駒は気乗りしない着替えを手伝う。

「京の底冷えとはよく言うが、この大溝《おおみぞ》の城は京に勝るとみえる」

家臣に話す高次《たかつぐ》の声が聞こえてきた。なんとか着替えが間に合い、お駒が満足げに初《はつ》を見つめている。

「お茶々《ちゃちゃ》殿、いや淀《よど》の方さまが若君と一緒に九月十三日に大坂城へ戻られたそうな」

初はびっくりして高次を見た。茶々はこのまま淀の城でゆったりと子育てをしたいと言っていたからだ。

「どうして大坂城へ」

初は首を傾げる。

「鶴松《つるまつ》君はもはやたんなるお子ではない。豊臣《とよとみ》政権のお世継なのだ」

「姉上は承知なされたのでしょうか」

「承知するもしないも殿下の命令なのだ」

初は強い視線を高次に向けた。

「そんな怖い顔をして某《それがし》が命じたわけではないぞ」

確かにその通りだ。初は苦笑する。

「殿下は一日も早く、諸大名や公家たちに後継者としての鶴松君をお披露目なさりたいのだろう。じゃがお初、このことは淀の方さまにとっても良いことなのだ」

納得のいかない顔をする初に高次は続ける。

「これからはもう、お茶々さまではないぞ。淀のお方さまだ。お世継のお母上であられる。おそらく城中でも淀の方さまの立場は強くなるだろう」

高次の言葉に、淀城での大蔵卿局《おおくらきょうのつぼね》の重々しい態度が甦ってきた。

「今までは多少遠慮もあったであろう。だが、これからは違うぞ。お世継の母じゃ。大手を振って大坂城を闊歩《かっぽ》できようぞ」

初は複雑な心境になっていった。確かに姉上は鶴松君を得たことで生きる自信を得られた。依然、寄る辺ない身の自分とは大違いだ。

「某はお世継の若君の義理の叔父になるわけだ」

得意満面とした高次を見ながら、この人の心中には出世のことしかないのだろうか、久しぶりの共寝を前に初の気持ちは萎《しぼ》んでいった。

「お初、どうしたのじゃ」

高次に身体を引き寄せられ、初は我に返った。


この年の十二月のことである。初たち姉妹にとって悲願が叶えられようとしていた。茶々が秀吉《ひでよし》に願い出て、亡父浅井長政《あざいながまさ》の十七回忌、亡母お市《いち》の七回忌の追善供養を行うことが許されたのである。秀吉は十一月に北条《ほうじょう》氏に宣戦布告し、小田原《おだわら》城攻めの軍議を開くなど多忙を極め、聚楽第《じゅらくてい》を離れることはできなかった。

浅井の関係者のみ茶々の部屋に集い、高野山《こうやさん》から高僧が呼ばれることになった。喜八郎《きはちろう》も秀長《ひでなが》から許しが出たらしく、すでに席についていた。茶々が難しい顔をして入ってきた。

「このような喜ばしい日に、姉上、どうなされましたか、お顔が優れないように見えますが」

　喜八郎がにこやかに声をかける。

「喜八郎殿、聞きましたぞ。せっかくの殿下の申し出を断ったそうではありませんか」

　喜八郎は初と茶々を見つめ、頭をかく。

「姉上さまの不機嫌は某が原因でございますか」

　茶々はあきれ顔で喜八郎を見る。

　鶴松の出産を祝い、秀吉が秀長に喜八郎の石高《こくだか》の加増を命じたのだった。ところが、喜八郎は断った。

「姉上、某には五百石がちょうどよき石高なのでございます。三百石では今後、妻子をもった場合、少々心細く、五百石ならば十分過ぎるほどで、中間《ちゅうげん》、小者《こもの》も養えましょう。猫八郎と呼ばれ、勘定方を預かる身には五百石以上は不要でございます」

　喜八郎はもう一つ、本音を言いそびれていた。石高が増えれば、その分、率先して戦い、家臣にも勇ましく戦うことを強要しなければならない。幸い、主、秀長は喜八郎の本音を無理に訊きだそうとはしなかった。だが、主の苦笑から喜八郎は秀長に本心を見抜かれたと思った。

「喜八郎殿は困ったお人じゃ」

事の顚末《てんまつ》を理解した初は言う。が、いかにも喜八郎らしく、笑いを堪えた。茶々の身内として今後、鶴松のために励めよ、とした秀吉の意は覆されたのである。

「しかしながら姉上、某は石高に関係なく、鶴松君のために誠心誠意、尽くす所存でございます」

「喜八郎殿、そのお気持ちお忘れなきように。この場でお父上長政殿にお誓いくだされ」

いつのまに入ってきたのか大蔵卿局が念を押した。

浅井家ゆかりの者たちは今日の日が来るのをどれほど待ったであろうか。鶴松の出産で思いがけず、追善供養が実現することになったのである。

「それでは淀の方さま」

大蔵卿の言葉を機に、姉上は立ち上がり、戒名の記された二つの位牌を祭壇の上に置いた。用意されたものは位牌だけではなかった。父上と母上の画像が位牌の後ろに立てられた。初は、二つの画像を息を飲んで見つめた。お母上、と思わず声を上げそうなほど、生前のお市によく似ていた。懐に飛び込んでいった長政のゆったりした体つきと柔和な顔がうっすら甦ってくる。啜り泣きが聞こえ、大蔵卿局は咳ばらいをした。僧の読経《どきょう》がしめやかに始まった。

高僧の太い声にひときわ澄んだ声が加わった。喜八郎である。唱和の見事さにいつしか初も引き込まれ、経を唱えていた。

最後に茶々が深々と頭を下げ、追善供養ができた喜びを述べた。高僧を見送った後も場を離れる者は一人もいなかった。小谷《おだに》城落城後の自らの軌跡を辿るように一人ひとりが深い沈黙の中にいた。

二つの画像が高野山の持明院《じみょういん》へ収められることを知った小督《おごう》が、

「母上と父上がいつもおそばにいてくださると思ったのに」

と不満そうにつぶやいた。

疑　念

追善供養以来、姿を見せなかった喜八郎《きはちろう》が半年ぶりに訪ねてきた。淀殿《よど》(茶々《ちゃちゃ》)の文《ふみ》を携えているという。

「秀長《ひでなが》殿のご病状はいかがですか」

初《はつ》は高次《たかつぐ》から秀長が伏せっていることを聞いていた。

「京の薬師《くすし》のお陰で快癒の方向に向かっていらっしゃいます。某《それがし》はその後の養生のための薬を京、大坂から持ち帰る途中なのです。殿下は弟御のお身体をことのほか案じられ、名だたる薬を秀長さまのために手を尽くしてお探しです」

異父弟ではあるが、秀長は秀吉《ひでよし》が一番、信頼している家臣である。

「某も秀長殿のようなお方に生涯お仕えできればと願っていましたので、お倒れになった時は途方に暮れてしまいました」

北条《ほうじょう》氏討伐の軍がすでに小田原《おだわら》に向かい、山中城落城の報が入っていた。秀吉軍は小田原城を包囲し、戦《いくさ》とはいえ、余裕のあるものだった。

「某は主、大納言《だいなごん》秀長さまが大和《やまと》郡山《こおりやま》の城でご養生なされているので、全快のためにお世話をしています」

あのものにこだわらない喜八郎の表情が今日は冴えない。秀長の病状が心配のようだ。

「歳々年々《さいさいねんねん》、人同じからず」

喜八郎はつぶやいた。それから思い直したように、笑った。

「ミケはどこにおりますかな。ミケ大明神に病気平癒《へいゆ》のお祈りをしてまいりましょうぞ」

茶々の久方ぶりの文は鶴松《つるまつ》の成長の喜びを告げるものではなかった。常の端正な筆使いと異なり、乱れている。

お初さま

私は今、とても気持ちが動揺しています。聚楽第《じゅらくてい》のおねさまから文が参りました。若君をおねさまのもとに預け、小田原陣中に出向くように、というものです。それはほかならぬ殿下のご命令だとのことです。さらにおねさまは記されていました。小田原出陣はもとはといえば、殿下が天下を平定して鶴松君に譲りたいというお気持ちから出たもので、そのためにはそなたも最善の努力をする必要があると。確かに秀吉殿は鶴松は二人の母を持って良きことじゃなあ、と仰せでしたが、鶴松にとって母は私の他にありましょうか。大蔵卿局《おおくらきょうのつぼね》は、側室の子は当家の子、すなわち正室のお子でもございます、それが武家のしきたりでございますゆえ、おねさまの命に従いなさいますように、と言うが、私は納得しかねます。

しかし、お初、私がどうあがいても殿下の命令には従わざるを得ないのです。もし、万が一、留守中に鶴松によくないことが起きればと、考えただけで私は生きた心地がしなくなってきます。いつかそなたに申したように私は鶴松の誕生によって生きる力、希望を授けられました。運命に流されるのでなく、真っ向から立ち向かっていく力を与えられたのです。が、今やその気持ちも飛んでしまいそうです。決して強いとはいえない我が子の健康のことを思うと、おねさまに養育をおまかせするなどできましょうや。ましてやあのお方には養子や養女はおありでも、自らの腹を痛めてお産みになったお子はいらっしゃいません。

大蔵卿局は、竜子《たつこ》さまも小田原に行かれるそうだと、申します。この度の小田原攻めは一年近くにわたるそうです。北条氏は堅固な小田原城を死守するとのこと。局の心配は私にはよくわかっています。竜子さまにお子ができることを心配しているのです。ここは鶴松君の将来のためにご辛抱なされませ。間違っても若君が良くない薬を盛られるなどということはないでしょう。そんなことを言われると、かえって私は不安になってきました。長浜《ながはま》城時代におねさまは側室の南殿《みなみ》にたいそう嫉妬《しっと》なさったと聞いております。その石松丸秀勝《いしまつまるひでかつ》さまが三歳で夭折《ようせつ》されたことも不吉に思われてなりません。


茶々の文の終わりには、読後直ちに燃やすようにと記されていた。深い吐息の後、初は庭におりて文に火をつけた。闇の中に炎が揺らめき、見る間に燃え上がった。赤火の中に半ば狂乱状態の茶々の顔が見えるようだった。

喜八郎は早朝に発っていった。後姿を見つめながらお駒《こま》が言った。

「あのお方は浅井《あざい》の血を受け継いでいられるのでしょうか」

「情けの深いところが父上に似ておいでですよ」

「なるほど」

お駒はうなずき、笑った。ミケが前方から駆けてきた。太りすぎなのか腹部が地につきそうである。

「猫も土塀に穴が開いた城の方が住みやすいとみえまするな」

お駒はにたりとして、初の顔を見た。

鶴松奪還

小田原《おだわら》陣中には淀《よど》殿や竜子《たつこ》だけではなく、諸大名の奥方も呼ばれていた。高次《たかつぐ》のような小さな城持ちはお呼びでなかったのか、初《はつ》には声がかからなかった。

五月の半ば、茶々が小田原に下向したことが淀城の留守居の者から伝えられた。鶴松《つるまつ》との別れの前夜、姉上は泣き明かしたという。が、その後の高次からの文《ふみ》によれば、淀の方さまは殿下のご座所近くでご息災にお過ごしらしい、とあった。

文を読みながら初は、姉上の気持ちをわかろうとする者など、陣中にはいないに違いない、と思った。大蔵卿局《おおくらきょうのつぼね》でさえ、姉上に次子を身籠ることを強要しているようなものではないか。それが武家のならいであることくらい初にもわかっている。我が気持ちを抑え、秀吉《ひでよし》と共寝をする茶々のことを思うと初はいたたまれなくなってくる。母上と父上はそのようではなかった。初にとって長政《ながまさ》とお市《いち》は今も夫婦の鏡だった。

籠城三ヶ月後、小田原城は開城した。淀殿は二ヶ月あまりの滞在の後、七月に淀に帰城した。茶々にとって戦《いくさ》の結末など眼中になかった。茶々には小田原攻めは戦ではなく、物見遊山《ものみゆさん》と似たようなものであった。姉妹が経験した戦とは、生きるか死ぬかの凄絶なものだった。能役者まで引き連れた小田原攻めとは雲泥の差である。だが、茶々にとって小田原滞在は戦に等しかった。鶴松を介しておねとの一人いくさであった。

茶々の帰城は直ちにおねのもとに知らされた。が、鶴松はいっこうに返されなかった。殿下からの命が下っていないという理由だった。

「鶴松は私の子だ、よもや病にかかっているのではあるまいの。大蔵卿局、見てまいれ」

茶々は日に何度も絶叫するようになった。そのたびに大蔵卿局が宥《なだ》めすかすが、その言動はますます常軌を逸していった。

淀城に出入りする小間物《こまもの》商から茶々の噂を耳にした初は気が気でなかった。

茶々は聚楽第《じゅらくてい》のおねのもとへ特使を送る決心をしているという。殿下の命がまだ出ていないのでもう少し待つように、と大蔵卿局が説得しているとのことだ。

秀吉は目下、奥州《おうしゅう》仕置のため会津《あいづ》に遠征していることは初も知っている。茶々は秀吉からの返事が待てず、苦しんでいるのだ。

「鶴松が泣いている声が聞こえまする。そなたらには聞こえませぬか」と叫びながら城内をふらふら歩きまわっておいでです。茶々の気に入りの小間物屋は痛々しそうに話すのだった。


初が淀城へ呼ばれたのはそれからまもなくである。今までどんな苦境に立たされても冷静に処してきた姉である。鶴松を思うあまり、精神に異変を来《きた》したとしか考えられない。

淀城への道々、夢遊病者のように城内をうろつく茶々の姿が頭から離れなかった。城門が見えると輿《こし》からおり、転げるように城内へ入って行った。心の中で茶々の名を呼び続ける初。その茶々が廊下の向こうからふうらりふうらり現れたのである。初であることがわかっていないような虚ろな眼だった。初は駆け出し茶々を抱きしめた。姉の身体が一回り小さくなったように感じられた。

「お初さま、よく来てくだされた」

大蔵卿局が深々と礼をした。局は初に詳細を語るわけでもなく、ほどなく部屋を出て行った。

初を見つめる茶々の眼に涙が浮かんでいる。

「姉上さま」

初は再び茶々を抱きしめ、涙ぐんだ。部屋には姉妹の他には誰もいない。久方ぶりの二人だけの邂逅《かいこう》がこのように悲しいものになろうとは。初は胸を詰まらせた。小督《おごう》の顔が見えないが、どこにいるのだろう。こんな大切な時に姉上を一人にさせるとは。初は腹立たしくなってきた。

その時である。茶々の声が耳の奥で聞こえてきた。その声はしだいに大きく、確かな現《うつつ》の声となっていった。

「お初、迷惑をかけて申し訳ありません。どうか私を許してくだされ。実は私と大蔵卿局は二人で芝居を演じていたのです。こうでもしなければ鶴松君はおねさまのもとから返してもらえないでしょうから。けれど、私が恐れ心配し、毎夜眠れないでいるのは本当です。子どもは三歳を過ぎるまでは油断はできません。石松丸秀勝《いしまつまるひでかつ》さまは三歳の時、お亡くなりになりました。私は妙にそのことが気になり、小田原にいても心安らかに過ごせず、ましてや淀に帰城してからというもの鶴松会いたさに気も狂わぬばかりでした」

茫然とする初に茶々はひたすら詫びるのだった。京の小間物商が初に耳打ちした噂も実は大蔵卿局の入れ知恵であったのだ。

茶々と大蔵卿局の作戦は功を奏したようだった。鶴松はやがて淀城に戻り、茶々は四ヶ月ぶりに鶴松と対面したのである。秀吉が奥州から京へ戻り、淀殿のもとへ文を寄こしたのはそれからまもなくだった。

茶々は一読した後、大蔵卿局に渡した。

「鶴松君に一日でも早く会いたいとありますよ。二十日頃そちらへ行き、鶴松を抱きたいとも。その際、そなたもかたわらに寝かせてあげようと記してある。殿下は本当に調子のよいお方でありますこと。その一方、あのお方はおねさまや他の側室方にも甘い文を差し上げていらっしゃるそうです。私が知らないとでも思っておられるのでしょうか」

茶々は皮肉な笑みを浮かべたが、秀吉のそんな性格は嫌いではない。竜子が殿下、殿下と頼りにするのは媚《こび》ではなく、秀吉と一緒にいると楽しいからかもしれない。茶々もようやく秀吉という人間が少しわかってきた気がする。いつぞやの文にはずいぶんあからさまなことが記されていた。茶々は思い出すだけで頬が赤くなってくる。「早く会ってそなたの口を吸いたい」などとよくも平気で書けるものだと思ったが、そんな愛想が側室たちにとって憎めない点なのかもしれない。

「あの御仁は天下の女たらしでございますよ」

大蔵卿局が愉快そうに笑う。女だけでなく、男をも、たらす人である。

「おもしろい人物に出会うたものじゃ」

茶々と局は顔を見合わせ、うなずいた。

訃報

翌、天正《てんしょう》十九年（一五九一）の正月明け、鶴松《つるまつ》の病が近江《おうみ》の八幡山《はちまんやま》城に伝えられた。初《はつ》は昨年の暮れ、八幡山城に移ったばかりである。高次《たかつぐ》が小田原《おだわら》攻めや奥州《おうしゅう》征伐の功で、大溝《おおみぞ》城主から二万八千石《ごく》の八幡山城主に取り立てられたのだった。

長政《ながまさ》似の、丸顔の愛らしい鶴松の顔が瞼《まぶた》に浮かんでくる。三歳の年を乗り越えれば大丈夫と自分自身に暗示をかけるように鶴松を養育していた姉。秀吉《ひでよし》も茶々《ちゃちゃ》を上回る溺愛ぶりであった。遠く奥州の戦場にあっても鶴松のことを気にかけ、身体を冷やさぬようになどと、些細な点にいたるまでおねや茶々に文を送っていた。

初には気がかりなことがあった。おねのもとから返されて以来、鶴松君の便が緩み、いっこうに治らないと伝え聞いていたからである。そのことが原因でなければよいが。八幡宮の社殿に向かって初は一心にお祈りする。

「この神様は子授けの神でもありますよ。お方さまもご自分のためにお祈りなされませ」

お駒《こま》は大溝城でミケが子猫を産んでから、ミケに続けと躍起になっているのである。

「畿内の神社仏閣は皆、若君さまの病気平癒《へいゆ》の祈祷《きとう》を行っているそうだ。重臣たちも皆、お参りし、厄病神も退散せざるを得ないだろう」

久しぶりに戦から解放された高次はそれほど心配している様子でもなかった。が、豊臣《とよとみ》家の不運は確実ににじり寄ってきていたのである。

喜八郎《きはちろう》が心から慕い、尊敬していた秀長《ひでなが》の訃報が知らされた。昨年の一月には家康《いえやす》に嫁がされた秀吉の妹、旭《あさひ》が聚楽第《じゅらくてい》で亡くなっていた。

「大和大納言《やまとだいなごん》(秀長)がお亡くなりになった今、殿下と利休《りきゅう》殿の関係はどうなることだろう…」

高次の心中をよそに初は喜八郎のことを思っていた。最初の主、於次丸秀勝《おつぎまるひでかつ》が亡くなり、今度は秀長の死である。いずれも名君と尊敬され、慕われていた武将だった。喜八郎は不運に生まれついた人間なのだろうか。生涯五百石《こく》、と加増を拒み、鳥のようでありたい、とおどけて羽ばたいて見せた弟。武士の鏡からは程遠い喜八郎であったが、初は憎めないでいた。

その後、鶴松の病気は一時、回復したが、恐れていたことがついに現実となった。同年の八月二日、鶴松は再び病気に見舞われ、三日後、病気平癒の祈祷も名医の投薬の甲斐もなくあっけなく息を引き取ったのである。

小督《おごう》から短い文《ふみ》が届けられた。


秀吉殿も姉上さまも亡霊のようです。殿下にいたっては髻《もとどり》を切り落とされ、落ち武者の亡霊、もしくは切腹に臨む青ざめた武士のようです。茶々姉さまは言葉もなく虚ろな目を空に向けておいでです。とても尋常とは思えず、心配でなりません。どうか淀《よど》までおいでを願います。


初は、それからまもなく茶々に会った。姉上、と手を握り締めても言葉もなく、無表情のままだった。茶々は本当に心を病んでしまったのだ。冷え冷えとしたものが伝わってくる。心を失うと血も通わなくなるのだろうか。初は能面のような茶々の顔を見つめる。

「人はあまりにも悲しい出来事にあうと魂をさらわれてしまうと昔の人は言いましたが、

淀の方さまも今は、そのようです。が、茶々さまのこと、そのうち必ずご恢復《かいふく》なされます」

大蔵卿局《おおくらきょうのつぼね》は我が身に言い聞かすようにつぶやいた。

局の言葉通り、茶々の異様な状態は、初が訪れてから七日めに収まった。虚ろな眼は焦点を取り戻し、言葉を発することができるようになった。が、実際には茶々の心の傷は少しも癒えてなかったのである。

「お初、鶴松は毒殺されたのです。聚楽第から戻った後、何日も下痢が治らなかったのが何よりの証拠。あれ以来、鶴松のお腹《なか》は弱ってしまったのです。私が小田原に行っている間、少しずつ鶴松に毒が盛られていったとしか考えられない。微量なら毒味の者にもわかるはずがない。いや、その毒味として密かに鶴松に付けた里《さと》という女、確か今は大坂城にいるはずだが、その者に聞き質してみる必要がある」

茶々は物凄い形相で初にまくし立てた。

「姉上、もしこのことがおねさま側の耳にでも入れば大変なことになりますぞ」

茶々の耳には初の言葉など入っていない。

「そなた、大坂城まで行き、里に会って聚楽第で過ごした時の様子を仔細に聞き質してくれぬか。こんなことを頼めるのはそなたしかいない。大蔵卿局にもちかけたが、事を荒立てては大変なことになる、と反対された。局はそれよりも次のお子を身籠るようにと言う。

私には鶴松が毒入りの粥《かゆ》を食べさせられるのが目に見えるようじゃ。お初、お願いです。私を助けてくだされ。鶴松が悲しそうな眼をして粥を食べさせられる姿がこの眼から消えないのじゃ」

茶々は来る日も来る日もそう言い、泣いて訴えた。初もいつまでも茶々のもとにいるわけにはいかない。移ってまもない城の奥方として新しく雇った侍女や女衆たちに教えておくべきことが多々残っていた。だが、茶々の異様な言動を放っておくわけにはいかなかった。大蔵卿局の機転で、淀の方さまは悲嘆のあまり部屋に閉じ籠り、ひたすら菩提《ぼだい》を弔っている、ということになっていたのだったが。

初は急ぎ大坂城に発った。ところが里は城内にはいず、病で実家に下がったというのである。初は仕方なく、老齢のお駒《こま》を連れ、摂津《せっつ》の里の実家を訪ねた。そこで思いがけない事態に出くわしたのだった。里もまた鶴松の死の三日後に亡くなっていたのである。

そんなことがあろうか、初はお駒と顔を見合わせ、耳を疑った。おねは秀吉の糟糠《そうこう》の妻、しかも侍女や家臣からも慕われ信頼されている賢女である。だが、鶴松と毒味の女の死を偶然のことと片づけるにはあまりにも日にちが近接していた。さらに初をいっそう不審に陥れたのは死因であった。里は風邪をこじらせ、それがもとで腹痛に見舞われたという。鶴松も下痢による脱水症状による死であった。

「お駒、姉上にどのように報告すべきであろうか」

お駒はしばらく考えていた。

「里の死は隠しようがございません。けれど死因は、病でも腹痛でもなく心の病であったことになされてはいかがでしょう。確かな証拠がない限り、疑念はあくまでも疑念。今、肝要なのは淀の方さまの心の安定をはかることでございます」

淀城への帰途、初の心中は晴れなかった。もしかするとおねが毒を盛ったのではなかろうか、いや、そんなことはありえない、そのありえないことを一方では信じようとする自分がいたのである。

「お方さま、人の心はすべて悪に彩られることもなければ、すべて善に彩られているものでもありません」

「お駒、そなたも疑念を抱いているのか」

「いいえ、ただおねさまに内緒で取り巻きの侍女が企んだとも考えられます。しかしそれも疑念の域を出るものではございません」

初はますます混乱してきた。淀の城が目前に見えている。心の動揺を姉上には見せられない。初は深呼吸し、身づくろいを整えた。

茶々の部屋から読経《どきょう》が聞こえてきた。心が静まっておいでであればよいが。恐る恐る初は入っていった。

「お初、ご苦労であった。鶴松が私の眼から消えぬのじゃ。経を唱えても唱えても哀しい眼をしてもの言いたげに私を見ておる」

かたわらで大蔵卿局が軽く頭を下げた
「鶴松は私に何かを訴えておるのやもしれん」

「茶々姉さま、お里は心の病いにかかりそれがもとで自ら川に入水《じゅすい》し、亡くなったのだそうでございます」

「恐ろしいことじゃ。お里はなぜ気が触れてしまったのであろう」

「いずれにせよ、不確かなことを詮議《せんぎ》してもいたしかたございません。今、大切なことは一刻も早く、次の若君をご懐妊なさることでございます」

大蔵卿局は威厳のある声で茶々を諭す。

「わかっておる。だが、心が納得しないのじゃ」

一方、秀吉は悲しみを紛らわせるかのように政《まつりごと》に没頭していた。鶴松の死から十日後の八月十五日に肥前名護屋《ひぜんなごや》城築城命令を出し、十月には普請が始まっていた。

「殿下は以前から計画されていた唐《から》入りを来年には開始されるだろう。肥前の名護屋城はいわばそのための前進基地だ」

高次が話していたのを初は思い出す。

「姉上さま、私が聚楽第まで行ってまいりましょう。鶴松君の葬儀をはじめ、大変お世話になったそのお礼のために姉上から遣わされたということにして、それとなく聚楽第の様子を探り、おねさまともお話しするのです」

「それは名案でございますな」

局が真っ先に賛成した。

「そなた、大丈夫か」

初は深くうなずき、喜びを満面に表した茶々を見つめていた。

「しかし、お初さま、敵陣に一人で乗り込んでいくようなものでございますよ」

お駒が心配そうな顔をする。初はゆっくり首を振り笑んだ。実は、おねとゆっくり話してみたかったのだ。女の心の奥底をこの目で確かめてみたかった。子を生さなかった女の心境に触れてみたかったのである。結婚して四年近くなるというのに初は子に恵まれない。高次に側室をという声が重臣たちの間から出ていることも知っている。あるいはすでに高次には京の辺りに密かに女が隠されているかもしれない。

告白

いったん八幡山城《はちまんやま》に帰城した初《はつ》は二日後に、京に発った。お駒《こま》も一緒である。若い侍女を連れて行くつもりであったが、お駒はどうしても行くと言って聞かないのだった。八幡堀から船で琵琶《びわ》の湖《うみ》まで出た。晩秋の冷たい風が頬を撫《な》でていく。昨年までは比良山《ひらさん》の麓に近い大溝城《おおみぞ》にいたのだったが、ずいぶん前のことに思える。

「お駒、戦いは男ばかりではないのですね」

「その通りでございます、お方さま。女の戦いもございます」

「母上からはそのようなことを一度も感じませんでした」

「稀《まれ》にそうしたお方もございます。が、人の心の奥深くはわからないものでございます」

「この私も女の戦いに見舞われることがあるのでしょうね」

お駒はその意味することを知ってか、弱々しく笑んだ。

おねは丁重に初を迎え入れた。母上と同じくらいの年であろうか。地味な小袖がいっそう落ち着いた感じを与えていた。

「おねさまはいつまでもお若くいらっしゃいます。この私などはすっかりお婆になってしまいました」

お駒が愛嬌を振りまく。

「そんなことございませんよ。そなたこそ、いつまでもお元気でいらっしゃる」

四年前の初と高次《たかつぐ》の結婚式では秀吉《ひでよし》とおねは媒酌人《ばいしゃくにん》であった。一通りの挨拶が済むと、おねはしんみり話しだした。

「淀《よど》の方さまはずいぶん気落ちしていらっしゃるでしょうね。十五年前が思い出されます。石松丸君《いしまつまる》がお亡くなりになった時のことが…。石松丸君のことご存じですか」

初は大きくうなずく。

「長浜《ながはま》城時代は私にとって苦しい時でした」

おねはそう言い、虚空《こくう》を見つめた。

「子を亡くした母の悲しみがどのようなものであるか、私は初めてその時、知りました。日頃穏やかであった南殿《みなみ》が私に食ってかかられたのです。石松丸を殺したのはおねさまだと。南殿の涼しい眼は吊り上がり、らんらんと輝き、鬼のように見えました。私は南殿の罵声《ばせい》にひたすら堪えていました。なぜだと思いますか、お初さま」

初は黙って首を振る。

「私は石松丸が亡くなればいいと思ったことがあるからです。あの頃、私にとっても苦しいことばかり続く日々でした。ご存じのように秀吉殿は女人《にょにん》が大好きなお方、だからといって私を疎かになさったことはありません。常に正室として第一に置いてくださっていました。が、結婚当初は浅野の親の反対を押し切って結婚をしたこともあり、おねだけが某《それがし》の女房、と調子のよいことを申しておきながら、しだいに女人をこしらえていく秀吉殿に若い私は我慢ができませんでした。思いあまって主の信長《のぶなが》さまに直訴したこともございます」

「知っておりますよ、当時とても評判でございました」

お駒は口に手をやり、笑った。

「信長さまに諭されながらも、まだ本当にはわかっていなかったのですねえ。南殿が石松丸君を出産し、秀吉殿が喜びのあまり城内を駆け回る姿を見た時は、若君誕生の喜びどころか、その死を本気で願ったものです。ずいぶん恐ろしい女、と思われるでしょうね」

賢女のおねのどこにそのような感情が隠されていたのだろうか、初はおねをまじまじと見る。

「秀吉殿は私の気持ちを見抜かれたのか、南殿親子を一時、城から離れた町家に移された。そして私に養女をもらってよいぞと勧めてくだされた」

「そのお方が前田利家《まえだとしいえ》殿とまつさまの間にお生まれになったお豪《ごう》姫でございますね」

お駒は物知り顔に言う。

「誤解なさらないでくださいましね。私はそのうち己の非情を恥ずかしく思い、秀吉殿に南殿親子をお城に戻すようお願いしました。石松丸君が戻られてから、自分が抱いた恐ろしい思いに詫びるように私は若君に接しました。そのせいあって若君も私になつき、豪姫ともども心からかわいらしく思うようになりました。石松丸君がお亡くなりになったのはそれから一年後でした。悲しみにくれた私ですが、母親の悲しみには比べようもありません。南殿は私を若君殺しに仕立てることで救われたかったのでしょうか。それとも本当に私が殺したとお思いだったのか、私にはわかりません。ただ言えることは、この私がほんの一時であれ、石松丸君の死を渇望したことは間違いないのです」

初は息を飲んでおねを見た。

「南殿は元来、賢いお方です。ご自分の考えが理に合っていないと気づかれたのかもしれません。いつのまにか城を出て行かれたのです。風のたよりに悲しみのあまり病になったとか、石松丸君の後を追われたとも…」

複雑な思いが初の胸中を交錯していく。おねにどのように応じてよいのか途方にくれた。

「ご丁寧にご挨拶に来てくだされたお方にこのような話をして申し訳ありません。私の方こそ、淀の方さまをどうお慰めしてよいやら思案に暮れているのでございますよ」

初には、おねが嘘をついているとは思えなかった。人の心は変わるものだということを知っている。また、人はいつのまにか都合のよいことを真実と思いたがることも知っている。

「要するに時が解決するということでございましょうか」

お駒の言う通りかもしれない。秀吉が悲しみを封じ込めようと政務に勤《いそ》しんでいるのも、そのうち悲痛な思いが去ることを願っているからなのだろう。

「秀吉殿が石松丸秀勝《ひでかつ》君をいかに大切に思われていたか、その証をそなたたちもご存じでしょう」

「於次丸《おつぎまる》殿に秀勝と名づけられ、さらに於次丸殿が亡くなられるとまた養子になさった小《こ》吉《きち》殿に秀勝と名づけられた」

初は言う。

「そうです。懲りずにね。よほど石松丸秀勝君への愛着が強かったのでしょう」

おねの言葉に、初は長浜時代のおねの姿を瞼《まぶた》に浮かべる。

「ところで小督《おごう》姫の縁談ですが、秀吉殿から何かお聞きになりましたか」

いずれ小督も再嫁《さいか》するとは思っていたが、その話は初耳だった。

「今、話に出た小吉秀勝ですが、小督さまの婿にと思っているのですが、いかがでしょう。淀の方さまにこの話をするのは、今は控えた方がよいでしょうね。お初さまにちょっとお耳に入れておくことができて好都合でございました」

小吉秀勝は秀吉の甥で於次丸秀勝の亡きあと、その所領を継ぎ丹波《たんば》亀山城主となっていたが、今は岐阜城主として聚楽第《じゅらくてい》にも邸を構えていた。

聚楽第に一泊した翌朝、京見物をしていくようにというおねの申し出を断って初は翌日、八幡山城に向かった。姉上にどう説明したらよいだろう。茶々を混乱させるような言動だけは避けなければならない。そのうち姉上の心の痛手も癒されていくだろう。初は自らにそう言い聞かせた。

湖の水鳥

師走に入ったある日、高次《たかつぐ》が京から戻ってきた。

「秀吉《ひでよし》殿は関白《かんぱく》職を羽柴秀次《はしばひでつぐ》殿にお譲りになるらしい」

秀次は八幡山《はちまんやま》城の前の城主である。秀吉の姉ともと三好《みよし》殿の子であり、小吉秀勝《こきちひでかつ》の兄にあたる。高次によれば、次男の小吉に比べると覇気は感じられないが、学問好きな繊細な武将であるという。

「小督《おごう》姫の結婚も来年には実現されるだろう。おそらく唐《から》入りのための前線基地名護屋《なごや》城に出陣なさる前に挙行されると某《それがし》はみている」

初《はつ》にはすっきりしない思いが残っている。小督の先の夫、佐治一成《さじかずなり》はその後、大野城を追われ、伯父織田信包《おだのぶかね》のもとに身を置いていると耳にしていたからだ。

「お初、小督姫の結婚は我らにとってもありがたいこととなるであろう」

「小督は心から喜んでいるのでしょうか」

戦《いくさ》の世、政略結婚が世の常であるのは初も承知している。政略のための結婚でありながら父と母のような深い絆で結ばれていた夫婦はむしろ稀《まれ》といえるだろう。が、初は、高次の物の考え方に相容れないことが時としてある。

「小吉殿と小督姫は聚楽第《じゅらくてい》で顔見知りだと聞いておるぞ。小督姫が聚楽第の見学を秀吉殿にせがまれ、その時、案内したのが小吉殿であったそうだ」

秀吉のもくろみ通りにことは運んだようだ。この件に関してはおねもその一端を担っていたのかもしれない。

羽柴秀次は十二月二十八日、関白となり、秀吉は太閤《たいこう》となった。が、実権は依然、秀吉が握っていた。

翌正月明け、喜八郎《きはちろう》が久々に訪れた。尊敬する主、秀長《ひでなが》を失い、そのまま次の大和郡《やまとこおり》山《やま》城主を引き継いだ増田長盛《ましたながもり》に仕えていたのである。

「そなたは相変わらず、風のようにやってくるのですね」

「某は琵琶《びわ》の湖《うみ》の水鳥ですからね。どこへでも飛んで行くことができます」

喜八郎は寄ってきた子猫を撫《な》でる。その後ろからミケが泰然としてやってきた。

「貫禄がついてきましたな」

「ミケは私の分まで子を産みまする」

初は苦笑する。

「高次殿は良き城をおもらいじゃ。ここへ来る前、城下を歩いてきましたぞ」

初もこの町が好きである。八幡山の麓には美しい堀、八幡堀が琵琶湖に通じ、商いの船が行き交っている。堀の外側の町には縦横に道が作られ、安土《あづち》から移ってきた商人で賑わっていた。大坂城と比べることはできないが、大溝《おおみぞ》城から移った当初、初は嬉しくてならなかった。

「そなたも城が欲しくなりましたか」

喜八郎は、とんでもござらん、と首を振る。

「某は生涯五百石《こく》取り、この石高こそが喜八郎を保つのです」

初は喜八郎の話をした時の、高次の言葉を思い出す。喜八郎殿は変わったお方であるの。長政《ながまさ》殿の直系としての自覚が足りないのではないか。家を再興してこそ、武士というものじゃ。

「淀《よど》の方さまにお会いしてきました」

「姉上はご息災であられたか」

おねとの会見を報告して以来、茶々《ちゃちゃ》とは会っていなかった。

「はい、ご息災でした」

初は安堵した。

「太閤さまの出陣に付いて肥前《ひぜん》の名護屋城に出向かれるそうです」

「姉上が自らそう仰せられたのか」

喜八郎はうなずく。茶々は気力を回復し、再び運命に立ち向かおうとしているのだろうか。

「ところでそなたはいかがか、増田殿によく仕えていますか」

「それは、もう」

喜八郎はからからと笑った。石田三成《いしだみつなり》が大和郡山城を訪れた時のことを思い出したからだ。三成は淀の方の信頼も厚く、前もって喜八郎のことを耳にしていたようだ。「そなたが喜八郎殿でありますか」。まじまじと見つめる三成に主、増田長盛が言った。「世にも稀《まれ》な御仁であるぞ。太閤殿下からの加増を断る武士など前代未聞じゃ。そういえば、そなたも加増を断ったことがあると耳にしたことがあるが」「まあ、よいではないか、増田殿、少しでも石高を増やそうと競い合っている輩が多い中、喜八郎殿は貴重であるぞ。武士の領分は戦《いくさ》である、武力こそが武士の目指すものだと考えている連中がまだかなりおるが、頭を切り替えてもらわねば困る。某は喜八郎殿の出番を必ず作ってみせよう」

喜八郎が席を立った後、主と三成が何を話したのか知る由もないが、武力を重んじる武将の面々の名は喜八郎にもわかった。

「小督姫が結婚なさるそうですね。京の商人と楽しそうに反物《たんもの》を広げながらお話しでした」

「そうならよいのですが」

初は微笑んだ。小督が気に入っているのならそれでよい。小督は今、茶々のもとで花嫁道具選びに余念がないという。

「淀の方さまも小督姫の結婚をお喜びでした」

これで姉上も母上との約束が果たせるだろう。しかも今度の相手は太閤の甥、離縁させられることはあるまい。

八幡堀を二艘《そう》の船が発った。初は琵琶湖口まで弟を送った。ゆりかもめが乱舞する下で、喜八郎が飛ぶ真似をして見せた。

小督再婚

小督《おごう》の結婚が二月吉日に執り行われた。当然、媒酌人《ばいしゃくにん》は秀吉《ひでよし》とおねである。今回は茶々《ちゃちゃ》も初《はつ》も出席した。式の途中、茶々が涙を拭うのが見えた。小吉《こきち》殿は高次《たかつぐ》が言った通り、闊達《かったつ》な、やんちゃな次男坊と見受けられた。小督は終始笑顔を振りまいていた。

「小督殿にはもっと華やかな式をと思ったのだが、なにしろ来月には出陣を控えておるでの。婿殿が幾多の戦勝をあげ、帰還して後、今度は戦勝祝賀会を大々的にしましょうぞ」

小督も秀吉の言葉に満足そうであった。京の聚楽第《じゅらくてい》で暮らせることを楽しみにしているようだ。私、岐阜のお城より京のお邸で暮らしとうございます。小督は小吉にそう言ったのだそうだ。奥方はお殿さまの留守居として城を守るものですよ、と茶々に諭されたというが、小督は小吉に談判したらしい。

「小吉殿はきっと私の思いを聞いてくださると思っていました」

そう言う妹の率直さが、愛らしく、羨《うらや》ましくさえ思えた。自分の場合、気持ちを抑えてしまうだろう。今度こそ、幸せになっておくれ、小督。初は楽しく幼なじみのように小吉と話す妹を微笑みながら眺めていた。


三月二十六日、京の聚楽第から秀吉が名護屋城《なごや》に向かって出陣することが知らされた。茶々も竜子《たつこ》も一緒である。少し前までは戦場に女人《にょにん》を伴わないのが常識であったそうだが、秀吉の時代になり、変わってきた。

「小田原《おだわら》出陣の際、笠懸山《かさがけやま》城(石垣山城)に茶々を呼び勝ったので、今度もその先例にならうつもりじゃ、と太閤《たいこう》殿下は仰せであるそうな」

高次は初にそう言い、二人は笑った。

「殿下は実子を諦めてはおられない。だが、秀次《ひでつぐ》殿が跡継ぎとなられた今、もしお子ができればどうなるのだろう」

高次は独り言のようにつぶやいた。

初は前日より京に出かけ、出陣を見送ることにしていた。全軍を九番に分け、九軍編成だという。その第九番目が小吉秀勝軍と細川忠興《ほそかわただおき》軍の混成部隊一万一千五百人ということだった。結婚して二ヶ月にも満たないうちに夫を異国の戦場に送らねばならない妹を思うと心が痛んだ。が、小督は思いのほかあっけらかんとしていた。

「初姉さま、何を心配なさっているの。我が殿によると戦う前から勝負は決まっているそうですよ。天下の太閤さまの軍は負け知らずだとか」

「小督、秀勝殿とは十分名残を惜しみましたか」

小督はうっとりした眼を宙に浮かべた。それは初々しい新妻の眼だった。初はその眼を見つめながら小督と秀勝が身も心も固く結ばれていることを思った。

出陣の壮大さと華麗さは絵物語を見るようであった。軍勢に続き、淀《よど》殿たち女人の乗った輿《こし》が七挺も付き従っていた。初を見つけた茶々が輿から微笑んだ。その笑みは、お初、私は新たに運命に挑戦します、と宣言しているように見えた。

後に伝え聞くところによると、名護屋城に着いたのは四月二十五日であったという。ちょうど一ヶ月のゆるゆるした行軍であった。その間、安芸《あき》の宮島に寄り厳島《いつくしま》神社に参詣したとのことだ。戦勝祈願はむろん、きっと子授けの願をかけたのだろう。初は行列を思い浮かべ、朱の鳥居を前にして上機嫌の秀吉と決意を新たにする茶々の顔を巡らせていた。

その二ヶ月後、時を同じくして初のもとに二通の文《ふみ》がもたらされた。一つは淀殿からであり、四月二十五日に名護屋城に到着し、息災を告げるものであった。侍女の代筆であったが、姉の息災を嬉しく思った。もう一つは小督の喜びの文である。

初姉さま
ご息災であられますか。このところ体調がおもわしくないと思っていたのですが、どうやら赤子ができたようなのです。私もついに母になるのですね。もう甘えてばかりいられません。お子を育てる良き母にならなければ。老女は悪阻《つわり》は病ではないので心配することはないと、申します。それで私は吐いては食べています。茶々姉さまが鶴松《つる》君を身籠られた時のことを思い出します。でも、私は茶々姉さまのように蝮《まむし》の生き血や蜂《はち》の子などは食べませんでしたよ。茶々姉さまは名護屋城でもあのような気味の悪いものを食しておられるのでしょうか。

小督が母に。喜ぶ一方、初の胸中にしんみりした感情が湧いてきた。それはしだいに寂しさに変わっていった。繰り返し文を読んでいるうちに涙が溢れてきた。もう結婚して五年になるというのに初には全く妊娠の兆候はない。小督は一月あまりの結婚生活で小吉秀勝のお子を身籠ったのである。

「お方さま、何をもの思いに耽《ふけ》っておいでですか」

いつのまにかお駒《こま》がかたわらにいた。初は黙って文を見せる。

「まあ」

お駒は驚きと喜びの入り混じった声を上げた。

「お方さま、子は天下の授かりものと申します。あまり気にかけられますな。太閤《たいこう》さまが良き例でございます。鶴松君がお亡くなりになったのは悲しむべきことですが、またお授かりになるやもしれません。大蔵卿局《おおくらきょうのつぼね》は意欲満々でございましたよ。それに万が一の場合は養子をおもらいになればよろしゅうございます。秀吉殿は何人ご養子をおもらいになったでしょう」

お駒は養子の名を一人ひとり口にした。

初は、自分の心の中に小督の妊娠を喜びながらも妬ましい気持ちが生じているのが情けなかった。皮肉なことにミケだけは次々、子を産むのである。

「人の世はそれなりに回っていくものです。ご心配なさいますな」

お駒はそう言うが、高次は密かに女人を囲っているかもしれない。秘密にされるよりはいっそ側室として公にされた方が気持ちも休まるのではないか。不確かなことを危惧し、憂えるのは愚の骨頂と思うものの、初は問い質すことができないでいた。

八幡山《はちまんやま》の麓の館を出た初は、常は行くことのない城に上ってみたくなった。城への道はかなりきつい。お駒の荒い息が気にかかる。山は新緑から濃緑に変わりかけていた。

「お駒、人の心はどうして仏様になれないのでしょう」

振り向くとお駒は菩薩のような顔で笑っていた。

「この世が神や仏ばかりになってしまえばおもしろくないではありませんか。神様や仏様はわざと喜怒哀楽をもった人間をお作りになったのですよ」

なるほどその通りかもしれない。初は神や仏ばかりの国を想像し、おかしくなってきた。

「よろしいのでございますよ、悪もあり、善もある人間で」

城から眺める湖面は明るく草色に輝いていた。心中を巡っていた鈍《にび》色の煙霧《えんむ》が一気に雲散霧消していった。明日、小督に琵琶《びわ》湖《こ》の湖魚を届けよう。無邪気に喜ぶ妹の顔が瞼《まぶた》に浮かんだ。

唐入り

高次《たかつぐ》は名護屋《なごや》城周辺の守備についているとのことだが、そろそろ便りがあってもよいころである。そんな折、義母マリアが訪れた。以前のようにおおっぴらに十字架を下げてはいないが、首にそれらしき鎖が見えている。

「ご息災でありましたかの。八幡《はちまん》の町はなかなか良い町ですな。私には安土《あづち》の名残が感じられ、懐かしささえ覚えますよ」

「お義母上《ははうえ》はどうしておいでしたか」

マリアは金沢の前田《まえだ》家に客将となっている高山右近《たかやまうこん》、洗礼名ジュストに会いに行っていたのだという。

「ジュスト様はむろん、利家《としいえ》殿も内心は唐《から》入りは賛成ではないとのことです。今は日本軍の進撃が続いているようですが、大きな声では言えないが、いつまでも続かないだろうとのことでした」

日本軍は五月のはじめに朝鮮国都漢城《ハンソン》を占領し、秀吉《ひでよし》は早々と五月の末に大陸占領後の計画を発表していた。

「困ったことですな。戦《いくさ》好きには。ところで小督《おごう》殿が身籠られたそうで喜ばしいことです。竜子《たつこ》が羨《うらや》ましく思うでありましょうな。これは失敬、お初《はつ》殿を前にして」

マリアは屈託なく笑った。

「私はどうして子に恵まれないのでしょう」

「こうのとりが運んでくれればそれでよし、運んでこなくてもそれもまたよし。すべてはイエスさまのおぼし召しですよ、お初殿」

マリアと話していると心が安らいでいく。そのマリアも竜子がイエスの話に耳を貸そうとしないのが悩みのようだった。

七月に入り、日本の水軍が朝鮮の水軍に大敗を喫した報《しら》せが届いた。が、小督は知る由もない。小督から初のもとへときおり文《ふみ》が届いた。お腹《なか》のややが初めてぴくりと動いた時、自分の方が飛び上がってしまったこと、動くたびにじゃじゃ馬さんになってはいけませんよ、とたしなめたりしていることなどが楽しそうに記されていた。またある時にはお腹の子は活発なのでどうもやんちゃな秀勝《ひでかつ》殿に似ているのではないかとも記されていた。初はそんな文を読むたびに笑った。そしてお腹のややは間違いなく小督に似ているのですよ、と返しの文を送るのだった。

初雪が館の前庭をうっすら雪化粧した日の午後、喜八郎《きはちろう》が訪れた。

「そなたは名護屋城に行っておいでてでしたか」

事務方としての所用であったらしい。

「淀《よど》の方さまが再びご懐妊のご様子です」

姉上よくぞ…、涙がみるみる溢れ、言葉にならなかった。喜ぶ茶々のかたわらで勝ち誇ったような大蔵卿局《おおくらきょうのつぼね》の顔が髣髴《ほうふつ》としてくる。

「太閤《たいこう》さまは戦など目に入らないようなお喜びようです。淀の方さまも立ち居振る舞いに貫禄が備わっておいでででした。大蔵卿局が付ききっきりでいらっしゃるので淀の方さまとはあまりお話しできなかったのが残念です」

姉上はついに思いを遂げた。何と強い意志であることか。それに比べこの私の情けなさ。喜八郎の言葉もどこへやら、我が身の不甲斐なさに初は身も心も萎《しお》れていった。

気がつくと喜八郎がじゃれつく子猫と遊んでいた。三匹の子猫がかわるがわる喜八郎が垂らす紐に挑戦している。

「ミケにあやかりたいと姉上から譲り受けてきたが、私にはいっこうにご利益《りやく》がありません」

「ミケが姉上の代わりを務めているのだから、姉上はどんと構えておいでなされ」

「ミケは人間の子を産んでくれませんよ」

「いや、わかりません。そのうちミケはまるまるとした人間のおのこを産むかもしれません。昔話に蛇が人の子を産んだ話があったように思いますが」

初は苦笑いをし、できるものなら蛇になりたい、とつぶやいた。

朝鮮での戦いは苦戦を強いられているとのことだ。海峡の制海権を奪われ補給もできなくなっているという。

「こんな時、秀長《ひでなが》殿がいてくだされば」

喜八郎が珍しく愚痴を口にする。

「秀勝殿はご無事であろうかの」

喜八郎は黙って首を振る。戦死者だけでなく病死者も後を絶たないとのことである。

生と死

文禄《ぶんろく》元年(一五九二)の暮れも押し迫った頃、小督《おごう》は女児を出産した。初《はつ》は聚楽第《じゅらくてい》に小督を見舞った。おねが先客としてちょうど退くところであった。

「ご姉妹の重なるお喜び…」

そう言いかけておねは初を見た。初はにこやかに笑みを返す。

「淀《よど》の方さまは正月明けにはこちらへお戻りとのこと、豊臣《とよとみ》家にとって万々歳でございます。秀吉《ひでよし》殿のお喜びが目に浮かぶようです」

おねは一通りの挨拶を済ますと赤子を眺めた。微笑んでは眺め、飽かず眺めている。

「赤子は良いものですねえ。きっと美しい姫におなりであろう」

つぶやいては、おねはまた眺める。

「お母上に似ていると思われませんか」

誇らしそうに小督は言う。

「確かにお市《いち》さまに似ておられる。早、美形の相をしておいでじゃ」

おねは言う。

「でも小吉《こきち》殿にも…、ほらこの顎《あご》の線から首の辺り」

「おねさま、嫌ですこと、小吉殿は猪首《いくび》でございますよ」

おねが笑うと皆、笑った。小吉秀勝《ひでかつ》は見るからに頑丈なずんぐり型であった。

「さて淀の方さまはどちらであろうかの」

おねは微笑み、眼を細めた。その眼には邪悪な感情は少しも感じられなかった。いつか義母京極《きょうごく》マリアに聖母マリアの像を見せてもらったことがあるが、おねの眼差《まなざ》しはそのように慈愛に満ちていた。

「おねさま、姉上の懐妊を心から喜んでくださいますか」

「当然ですよ。お茶々さまが私や他の側室ができなかったことを再び成し遂げられたのですもの」

おねはそう言い初を見た。

「お初さま、人は変わるものですよ。確かに私は南殿《みなみ》に対して、鬼の心を持ったことがあります。若かったのですねえ。でも人は向上心さえあれば努力することで変わるものだということを知りました。もっとも直ちにというわけにはまいりませんでしたが」

そんなおねを初は愛おしく思った。

「私は鬼の心を持たれる人もなくてよかったですこと」

「これ、小督」

初にたしなめられ、小督は照れ笑いをした。

「いいのですよ。私は小督さまのそんな率直なところが大好きですよ」

今頃、小吉殿は完子《さだこ》誕生の文《ふみ》を異国の地で読んでおられるだろうか。

小督の眼には小吉殿の姿が映っているのだろう。


小吉秀勝死す、の訃報が伝えられたのはそれからまもなくだった。実際には九月九日、すでに朝鮮の唐島《からしま》(巨済島《コジェド》)で病死していたのである。完子を抱いて聚楽第《じゅらくてい》をさまよう小督の姿が初のもとに知らされた。

再び不幸に見舞われた妹。秀吉が唐《から》入りなどといった途方もない野心を抱かなければ悲しみの中に突き落とされることもなかったであろうに。秀吉への憤りが渦巻く中、戦《いくさ》のない世に生まれてきたかったと、別れ際につぶやいたお市の面影が再び浮かんできた。

二月に入り、淀殿がいったん淀城に帰城したとのことだった。だが、その月の終わりには大坂城に移ったという。鶴松《つるまつ》君が亡くなった淀城は縁起が悪いので、姉上は太閤《たいこう》に願い出て大坂城で出産することになったそうだ。

今度こそは、母の意志を通そうとする茶々の心構えが伝わってきた。姉上の正式の懐妊がおねによって名護屋《なごや》城の秀吉に伝えられた。その前に実は、茶々は秀吉に文を送っていたのだった。その文には、生まれてくる子どもはずっと私のもとで育てたいと記されていたという。

梅雨に入る前、初が懐妊祝いのために大坂城を訪ねると、茶々は意気揚々として城内を歩いていた。その表情には、紛れもない太閤殿下のお子であるぞ、という自信と誇りがみなぎっていた。

「お初、今度の子どもは私だけのものですよ。二人の母さまだなどと絶対に言わせない」

茶々《ちゃちゃ》はそう言い、秀吉の文を見せたのである。

お茶々、でかした。八月が待たれるぞ。そなたの申すよう、今度こそ万全の体制でもって出産、養育をするがよい。某《それがし》はおねに文を遣わした。我々には子が欲しくてもできなかった。鶴松はあの世へ逝ってしまったが、我々の子は鶴松だけだと思っている。今度の子は淀殿だけの子であるとおねにも告げてある。

文を読み終えた初は合点がいかず、茶々の顔を見た。

「お初、わかりませんか。殿下は今度の子は私だけの子、つまり母は私だけということを暗に仰せなのですよ。あの御仁らしい心配りなのです」

初はなるほどと感心した。茶々は嫌っていた秀吉との間にしっかりと夫婦の絆を作りつつある。温かいものが初の胸を包んでいった。一方、今なお聚楽第の中を夢遊病者のように完子を抱き、歩き回る小督の姿が、眼から離れなかった。

悲願成就

「お生まれになりました。若君がお生まれです」

喜びの声が大坂城内を走った。文禄《ぶんろく》二年（一五九三）八月三日、茶々《ちゃちゃ》が再び若君を出産した。拾君《ひろいぎみ》、後の秀頼《ひでより》である。

肥前名護屋《ひぜんなごや》城で出産の報を受けた秀吉《ひでよし》はもはや朝鮮での戦《いくさ》など眼中にないかのように、八月十五日に名護屋城を発ち、二十五日に大坂城に戻った。

「茶々、でかしたぞ、でかしたぞ」

城内に入った秀吉は二の丸の茶々の部屋に着くまでうわ言のように言い続け、走り通しであった。

秀吉は正坐して迎える茶々を見るや抱きつき、茶々の頬から口、首筋、黒髪を口で舐めまわした。大蔵卿局《おおくらきょうのつぼね》が何度か咳ばらいをするまで秀吉の行為は鎮まらなかった。

「太閤《たいこう》さまが狂うてしまわれたかと思いましたよ」

茶々に付き添っていた侍女は後に見舞いに参上した初《はつ》に秀吉の喜びようを告げた。

秀吉の子を再び出産したことで茶々は自信に満ち、城内にはもはや、鶴松《つるまつ》出産の時のように太閤の子であることを疑う雰囲気は微塵《みじん》も感じられなかった。茶々は鶴松を亡くした苦い経験から、拾君を自分のもとで育てる決心をし、秀吉に認めさせていた。おねのことをまんかかさま、と呼ばせはしても、おねに養育をゆだねるようなことは二度としないと。

茶々の出産はもう一つの慶事をもたらせた。亡父浅井長政《あざいながまさ》の菩提《ぼだい》寺、養源《ようげん》院建立の許可が秀吉からおりたのだ。来年は長政の二十一回忌、茶々は二つの悲願を成就させたのである。

秀吉は文禄二年（一五九三）五月に名護屋城で明《みん》の使節と接見し、その一月あまり後に和議七ヶ条を提示した。一連の講和交渉においては石田三成《いしだみつなり》ら三奉行や小西行長《こにしゆきなが》、とりわけ三成が交渉の中心的な役割を果たしていた。が、講和の内容は明、朝鮮側にとって受け入れ難いものであった。翌慶長《けいちょう》元年の明からの国書には、先の七ヶ条の回答は無視され、秀吉を日本国王とする、との文言だけが記されていた。これに激怒した秀吉が再出兵を決意し、翌年、慶長の役が始まるのである。

だが、秀吉はもはや名護屋城に行くこともなく、拾君のことしか目に入っていないような溺愛ぶりであった。

拾君がすくすく成長している様子はときおりの茶々からの文《ふみ》で知らされた。「太閤さまが若君のお腹《なか》を冷やさないように気をつけるようにとか、灸《きゅう》を据えてはいけないとか、育児についてこまごまと記しておいでなのですよ」と迷惑そうに書きながら、実は姉上がそのことを喜んでいることも初にはわかっていた。「今度の子は茶々だけの子、秀吉殿はおねさまへの文にもそう綴られたのですからね。だから私は、まんかかさまにご挨拶に行くか、と殿下が若君に仰せになると、即座に、今度の子は茶々だけの子でございます、とおねさまのもとにたびたび行くことを渋るのです」とも記していた。

茶々の明るく強くなっていく姿が目に浮かぶようだった。

文禄三年（一五九四）四月、伏見《ふしみ》城がほぼ完成し、大坂城から伏見城へ移るようにという命が秀吉から下った。が、茶々が抵抗した。二歳という拾の年齢に茶々がこだわったからである。

鶴松が二歳の時、淀城から大坂城に移ってまもなく、病になり亡くなった。二歳という年齢は縁起が悪い。だから来年まで待ちたい、と茶々は主張するのだった。

秀吉も事が拾君のことになると、折れざるを得なく、結局、茶々の考え通り、翌年のできる限り早いうち、しかも気候のよくなる三月頃に伏見城へ移ることになったのである。小督《おごう》もその頃、聚楽第《じゅらくてい》から伏見城に移るという。最近の小督は落ち着きを取り戻し、父を知らない完子《さだこ》も愛らしく育っているとのことである。

秀次事件

秀頼《ひでより》の誕生を不安な面持ちで迎える者がいた。秀吉《ひでよし》の養子、関白秀次《かんぱくひでつぐ》である。秀次は秀頼誕生の前後から気の病に陥り、湯治を繰り返していた。が、熱海《あたみ》の湯治先から淀《よど》殿へ出産祝いの文《ふみ》を送り、細やかな心遣いを忘れてはいなかった。茶々《ちゃちゃ》は病の詳細を知っていたわけではなかったが、秀次のそうした気持ちが嬉しかった。

喜八郎《きはちろう》が増田長盛《ましたながもり》から関白秀次の行状を調べるよう命じられたのは、それからまもなくだった。主が奉行という職務上、やむをえないとはいえ、仔細を知らされないまま役割を担わせられるのは不本意であった。不穏なことにぶつかりませぬように、喜八郎は密かに祈った。その後、しばらくしてある事実を知ったのだったが、それが大変な事件に繋がるとは夢想だにしなかった。

秀次は拾《ひろい》君誕生後、当代の名医、曲直瀬玄朔《まなせげんさく》の診察を受けていたのである。気の病ということだった。それを報告した時の増田長盛は満足そうに笑み、喜八郎は嫌な役を放免された。釈然としないものが残ったが、性に合わないことをするのは何よりも身体に悪い。タマ吉よ、そうでないかの。喜八郎は米蔵の周辺をうろつくオス猫に声をかけ、気を紛らわせていた。

初《はつ》が世の中を震撼《しんかん》とさせる事件を知ったのは、その年の八月、秀次に関わる人々がすべて残虐非道な方法であの世へ送られた後であった。高次《たかつぐ》からは何も知らされていなかった。

意図的に初の耳に入れないようにしていたのかもしれない。

そんなある日、喜八郎が訪れた。

「喜八郎殿、どうしたのですか。亡霊かとびっくりするではありませんか」

「姉上、某《それがし》は地獄へ落ちまする」

あまりの憔悴《しょうすい》ぶりに初はただ見つめるばかりだった。ひょうひょうとしてとらえどころのない弟のあまりの変わりようである。

「すべては秀頼さまのために企まれた謀りごとやもしれません。私もその一端を担わされたことを思うと、死んでしまいたい気持ちです」

初は事の真実をようやく理解することができた。侍女がいつか、「関白殿の行動が最近とみに奇怪きわまるとの噂ですよ」と、話していたことがあるが、噂好きの者たちがおもしろおかしく吹聴しているのだろうと思っていた。

秀次とは小督《おごう》と亡き小吉秀勝《こきちひでかつ》の婚礼の儀で挨拶を交わしたことがある。弟小吉と違って神経の細い印象を受けた。そしていかにもやんちゃそうな小吉を見て、小督には小吉のような性格が合っていると思ったことがある。

七月に謀反《むほん》の噂が流れ、その八日後には豊臣《とよとみ》家追放、領地没収、聚楽第《じゅらくてい》召し上げ、関白職剥奪。十三日には高野山《こうやさん》送り、その二日後、秀次殿切腹、殉死者五名。八月二日には愛児、妻妾《さいしょう》など三十九名が三条河原で斬首。初の頭の中を電光石火のごとく喜八郎の言葉がよぎっていった。当座は喜八郎でさえ、事の真相がよくわかってはいなかった。

「初姉さま、某は三条河原での処刑の一部始終を見ておりました」

喜八郎は数珠《じゅず》を取りだし、手を合わせた。

「髯《ひげ》づらの荒くれ男が若君を母の腕から犬の子のようにひっさげ、二刺しで殺してしまいました。それを見た愛らしい姫君が、我も殺されるのですか、と問うと、母である側室お辰《たつ》の方は、念仏を唱えなされ、そうすればすぐお父上秀次公にお会いできまするると仰せられた。姫がたどたどしく十ぺん南無阿弥陀仏を唱えた時、例の荒くれ男が母の膝から姫を奪い取り、胸元を二突きしたのです。まだぴくぴくしている姫の亡骸を見てお辰の方は気を失うどころか、まずまず我を殺しなされ、と西へ向かって坐った時、お辰の方の首が前へ落ちて…。三十九体の亡骸《なきがら》が一つ穴に捨てられ、秀次殿の首と一緒に埋められたのです。しかもその上に、秀次悪逆塚と刻まれた石塔まで建てられたのです」

初は気が遠くなっていった。姉上はこの事実をどのように思っているのだろう。茶々が止めることのできないほど秀吉は狂気に駆られていたのだろうか。初が目にしてきた秀吉とは全く別の、鬼の秀吉の仕業であった。震えを止めることのできない初の眼に、走りまわる秀頼を嬉々として追っかける秀吉の姿が映っていた。

しばらくして伏見城《ふしみ》の姉上から文《ふみ》が届いた。初の思いが通じたかのような文であった。

お初さま

ご息災のことと思います。私は今、苦しみの中にいます。すでにご存じと思いますが、恐ろしい事件のことです。確かに秀次殿は私が秀頼を出産してからというもの、私を見る目がどこか以前と違ってきました。たびたびお会いしたわけではありませんが、茶会の折だとか、能が催される折に、視線を感じ、ふと見るとあのお方でした。恥ずかしそうに微笑まれるかつての笑顔に代わって、不安そうな、いや、猜疑心《さいぎしん》に満ちた眼が私を見据えていたのです。

文を読み進めていくにつれ、神経質そうな秀次の顔が初の眼に浮かんできた。家臣たちの中に、秀次についていろいろと難癖をつける者がいる、と記されていたが、その張本人は誰なのか。喜八郎が事件の一端を担わされたということを考えると、主で奉行の増田殿あたりが関わっているのだろうか。まさか高次殿も…。即座に強く打ち消した初は、揺らぐ心のまま続きを読んでいった。

秀次殿が秀吉殿から幾度か女狂いをたしなめられたことも存じています。たまたまそんな時おねさまがおいでになっており、「秀吉殿、それならあなたさまにも教誡《きょうかい》状が必要でございます。なんなら私からお与えいたしましょうか」などと仰せになったものだから、居合わせた侍女たちが大笑いをしてしまったものです。秀頼君までが、わけもわからず笑うものだから秀吉殿は「おお若君よ、怖いまんかかさまであるぞ」と、うまくその場をごまかしてしまわれました。

私は事件の処罰を知り、恐ろしくて震えが止まりませんでした。あのお方は確かに秀頼を溺愛なさっています。しかし、秀次殿をまったく無視なさっていたわけではありません。日本全国を五等分し、五分の四を秀次殿に、五分の一を秀頼に与えたいとも仰せでした。また秀次殿の姫と秀頼を結婚させるとも…。それがあのような結末を迎えてしまい、私の心中は混乱しています。

確かに私はいずれ秀頼に天下さまになってほしいと願っていました。が、秀次殿が民を的に鉄砲の練習をしたとか、殺生禁断の比叡山《ひえいざん》で狩猟をしたために殺生《せっしょう》関白などと言われたりしていることを耳にするたびに、関白としての資質を疑ったこともあります。いや、お初、そなたにだけは正直に申しましょう。私はもし、秀次殿が秀頼をないがしろになさるようなら黙ってはいない、そんな気持ちになっていたことは事実です。

喜八郎は今度の事件で思い知らされたことが、いくつかあった。そして自分は生涯五百石《こく》取りを貫く決意を新たにしたのである。五百石の猫八郎と言われようが何と言われようが。

某は生涯、平凡を好む。たとえ勇将の父浅井長政《あざいながまさ》の血を引く男子であろうともその決心は変わらない。秀次殿はあほうどりになれなかったのだ。人の上に立つことが得手なものとそうでないものがある。一武将か文人としてならともかく、関白職に固執されたことが間違いであったのだ。それがために気の病になってしまわれた。喜八郎は秀次のみ霊《たま》を鎮めようと、朝夕、経を上げるのだった。

秀次は、子ども時代、秀吉のために宮部《みやべ》氏や三好《みよし》氏の養子に出され、常に叔父秀吉の戦略のために利用されてきた。長じて秀吉の養子となり関白にまでなったが、結局、秀頼が生まれたために用済みとなり、謀反の罪を着せられ二十八歳の若さで高野山で切腹させられてしまったのである。

秀次の家臣の中には、淀殿が秀頼かわいさのために秀吉をそそのかし企んだ事件だと、密かに言う者があるとのことだ。いずれにせよ、茶々が苦しい立場に置かれていることは確かである。

子を持つ親の闇というものがどのように理不尽なものなのか、子のない初にはわからない。賢明なおねも今回の事件を止めることができなかったのだろうか。誰が張本人であったのか、やはり秀吉なのか。初は帰城した高次に詰問したが、女が政に口を挟むものではない、と取りつく島もなかった。

初はむっとして無意識のうちに高次を睨《にら》みつけていた。女は本当に何もできないのだろうか。政は男の本分であって女には不向きなものなのか。この時の思いが、後に大坂の陣において初を奔走《ほんそう》させる原動力になっていく。

事件後、秀次の実父、三好一路《いちろ》(吉房《よしふさ》)は讃岐《さぬき》国に流罪となった。秀吉の姉で実母のともは、上洛して子らを弔うために嵯峨《さが》に住む。その後、京の辻に貼られた落書《らくしょ》が初の耳にも入ってきた。

天下は天下の天下なり。今日の狼藉《ろうぜき》はなはだもって許しがたし。行く末のめでたかるべき政道にはあらず。

さらに歌まで添えられていた。

世の中は不昧因果《ふまいいんが》の小車《おぐるま》や　よしあしともにめぐりはてぬる

おそらく落書は茶々の耳にも入っているだろう。ことのほか呪詛《じゅそ》を気にする姉上である。豊臣家、秀頼の将来を憂う茶々の顔が初の眼から離れなかった。

しばらくして秀次の存在を抹殺するかのように関白の政庁であった聚楽第が完膚《かんぷ》なきまでに取り壊された。

小督みたび

この頃、小督《おごう》に三度目の縁談が持ち上がっていた。

「小督殿に良き婿殿が見つかったぞ。相手は家康《いえやす》殿のご子息、秀忠《ひでただ》殿じゃ」

完子《さだこ》を連れて伏見《ふしみ》城に住むようになっていた小督は秀吉《ひでよし》から告げられた。

「茶々《ちゃちゃ》姉さま、せめて秀吉殿の権力の及ばないところに嫁ぎたいと思っていましたが、仕方がありませんね」

茶々は小督の言葉に驚いたという。夫を失い、いつまでも幼さの抜けなかった妹はいっぺんに大人にさせられてしまったのだろうか。しかも可愛い盛りの完子を伏見城に留め、身一つで秀忠に嫁ぐようにとのことらしい。

初は祝いの品を届けに伏見城におもむいた。久しぶりに見る妹は落ち着いて見えた。

「小督」

初は両の手で抱きしめた。相変わらずきゃしゃな身体つきであったが、どこかが変わったように思えた。面と向かって小督の顔をまじまじと見つめた時、その変化がどこからきているのか、初は気づいた。あの無邪気な瞳に代わって大人の分別を思わせる情が漂っていた。

「茶々姉さまが私のもとで完子を育てようと仰せです。太閤《たいこう》さまも賛成のようで…」

そう言い、小督はためらうような視線を初に向けた。

「何か」

「その際、私は約束事を交わしました。完子を武士のもとへ嫁がせないようにと」

「それで秀吉殿は納得なされたのですか」

「心から納得なされたかどうかわかりません。でも完子が嫁ぐまであのお方は生きておいでにならないでしょう」

初は思わず吹き出した。かつての小督の言い方である。が、その言い方も今では針が含まれていることを感じざるを得ない。実際、秀吉が最近とみに痩《や》せてきたことを茶々は心配していた。秀頼《ひでより》君が元服《げんぷく》を終えるまでは健在であってほしいとも口にしていた。

文禄《ぶんろく》四年（一五九五）九月十七日、小督と徳川秀忠の婚儀が伏見城で執り行われた。婿殿は十七歳、初々しさを感じさせる青年武将であった。花嫁は二十三歳、小柄なためか六歳年上には見えなかった。初めて秀忠を見た初は安堵した。実直で優しそうに見えたからだ。

「小督、なかなか良き婿殿ではありませんか」

と言うと、

「初姉さまもそう思われますか」

と嬉しそうに笑み、彼女もまんざらではなさそうだった。

「茶々姉さまが画工に描かせ、高野山《こうやさん》にお納めになった父上の画像に少し似ていらっしゃいませんか」

照れながら言う。そう言われてみれば確かにお父上を髣髴《ほうふつ》とさせるものが秀忠にはある。

父上は母上と結婚なされた時、こんなふうであったかもしれない。

「初姉さま、でもお父上はもっと美丈夫《びじょうぶ》であったとおっしゃりたいのでしょ」

「図星です」

二人は手を携え笑いあった。


その後、三度目の結婚をした小督と初は長い間、会うことがなかった。小督は徳川の領地関東へ下って行ったからである。が、ときおり届く文《ふみ》には、秀忠との仲はうまくいっているようにみえた。ただ、義父家康については小督らしい辛辣《しんらつ》さで、秀忠を赤子のように扱う傲慢な舅《しゅうと》だとし、秀吉の方がよほどましであると憤りが記されていた。具体的にはそれがどのような内容であるかはわからなかったが、妹が家康を快く思っていないことは確かだった。慶長《けいちょう》二年（一五九七）には長女千《せん》姫も生まれ、完子を置いてきた悲しみもしだいに薄れていったようだ。

文禄四年（一五九五）の終わりに高次《たかつぐ》が六万石の大津《おおつ》城主に任ぜられてからというもの、京への距離が短くなり、初は今までより茶々を訪ねることが多くなった。

「大津のお城はどのようじゃ」

「湖上に浮かぶ鳥のようです。朝夕、千鳥がお城の周りを飛び交ったり、湖面を群れをなして遊泳する姿を眺めていると、この世とは思えない清らかな心地になります」

大津城に移ったのは初にはありがたいことだった。八幡《はちまん》の館にいると先の城主、秀次《ひでつぐ》のことが思われ、辛かった。秀次の形を残すものは地上から消え去り、八幡山城は廃城となったのだった。

「高次殿は良きお城の主となられましたな」

「姉上、一度大津においでになってはいかがでしょう。湖を眺めていると小督ではありませんが、母上と過ごした伊勢の海を思い出します」

「そうですねえ、琵琶《びわ》の湖《うみ》をいつから見ないでしょう」

「安土《あづち》の天主跡から三人でよく眺めましたね」

「そうでした、あれからずいぶん時が経ったように思います」

八年の年月ではあったが、十数年経ったような気分であった。

茶々は憂いを帯びた眼を向け、溜息をついた。

「何か心配なことがおありなのですか」

「この度の地震、伏見のお城も大きな被害を受けましたが、秀次殿の祟りではないかと申す者がいて…」

「何をお気の弱いことを。天変地異は人事の領域ではございません」

初は秀次事件以来、淀《よど》の方が秀次や妻妾《さいしょう》たちの菩提《ぼだい》を密かに弔っていることを耳にしていた。

慶長二年（一五九七）に入り、秀吉はしきりに秀頼の将来を口にするようになっていた。今回の早い秀頼の禁中《きんちゅう》での元服《げんぷく》も、生きている間にという思いからであったのだろう。

元服した秀頼を拝見したいこともあり、慶長三年（一五九八）の五月、初は京の長政《ながまさ》の菩提寺養源院《ようげんいん》へお参りに出かけ、その足で伏見城を訪れた。天下人の側室という立場もあり、淀の方は初ほど気軽に外出ができないようだった。出かけて行くのはいつも初で、茶々も初もいつしかその有り様に慣れてしまっていた。

「秀吉殿のお身体が優れないのじゃ、それに」

茶々は口をつぐみ、考え込んでいる様子であった。

「そなた、醍醐《だいご》の花見のことを耳にしていますか」

竜子《たつこ》と淀の方が秀吉から受ける盃《さかずき》の順番を争い、おねと、前田利家《まえだとしいえ》の正室まつがその仲裁に入ったという話である。

「竜子さまとまずいことになってしまったのです。おねさまの次には世継を産んだ私が盃をいただくのが当然と普通考えるでしょ。それなのに竜子さまが、秀吉殿が二番目は竜子に授けようと約束なさっていたと言い張られたのです」

姉上は秀頼君の母として、若君のためにも引けないと思ったようだった。竜子にも寵《ちょう》妃《ひ》としての矜持《きょうじ》があったのだろう。

醍醐の花見の豪華さは大津の城下まで届いていた。伏見城から醍醐寺のある醍醐山までおびただしい警護の兵に守られ、秀吉、秀頼の輿《こし》を先頭におね、淀殿、竜子殿、三の丸殿、加賀《かが》殿、そして利家殿の正室まつさま…、さらに付き添う侍女たちのきらびやかな装い、噂の好きな都人《みやこびと》のもっぱらの評判であった。

つゆと消ゆ

茶々《ちゃちゃ》の危惧は徐々に現実のものとなっていった。慶長《けいちょう》三年（一五九八）、醍醐《だいご》の花見が終わった頃から体調を崩した秀吉《ひでよし》は六月には食事が喉を通らなくなっていた。おねや秀頼《ひでより》の奏請《そうせい》により内侍所《ないしどころ》で秀吉の病平癒《へいゆ》の神楽《かぐら》が奏されてもいた。もっとも幼い秀頼は名だけで実際には茶々が采配していたのだった。

八月に入り、初《はつ》は再び秀吉を見舞った。

「お初殿、よう来てくだされた。そなたに渡したいものがある」

秀吉は伏していた身体を制するのも聞かず起こし、側近から受け取った書状を手渡した。見ると朱印状であった。

知行《ちぎょう》方目録《がた》之事として「江州《ごうしゅう》蒲生《がもう》郡おさた村、同郡野田村に合わせて弐千四拾五石《こく》の所領を宛がう」というものだった。「慶長参年八月八日、大津宰相《おおつさいしょう》内《うち》へ」とあり、間違いなく初宛てのものである。

わけがわからず秀吉の顔を見つめていると、何度もうなずき、笑んだ。その眼は、某《それがし》が死んだ後も秀頼と淀《よど》の方をよろしく頼む、と言っているように見えた。

「殿下はもはや死期を悟っておいでのようです」

姉上の部屋に行くと、茶々は厳粛な面持ちで言い、その覚悟がうかがえた。少し前まで秀頼の将来のことなど不安を口にしていた茶々であったが、今はそのような姿はなく、これから若君を後見していかなければならないという悲壮感さえ漂っていた。

「お初、殿下は遺言をいくつか書いておいでです。そのうちの一つに、淀の方は大坂城に入り秀頼の養育をすべし、というのがあります。私に秀頼の後見役を、そしておねさまには菩提《ぼだい》を弔う役を申しつけられているのです」

初は淀の方の真剣な眼差しを見た。その眼は誇らしそうにも見えた。私は秀吉殿の遺言を守り、母として秀頼が成人するまで、その養育と補佐を立派に成し遂げてみせます。

茶々の眼は固い決意を告げていた。

その十日後、秀吉はあの世へと旅立った。姉上は少しも動じることなく若君の母としての役割を果たした。が、その沈着冷静さを陰で中傷する者もあったという。秀吉の遺体は京の東山《ひがしやま》の阿弥陀ヶ峰《あみだがみね》に埋葬されたが、なぜか盛大なものではなかった。が、六歳の秀頼の葬儀に際しての振る舞いが、大人も顔負けするほど立派なものだったというもっぱらの評判であった。初はそんな秀頼の様子を耳にし、姉上の養育がすでに始まっていることを思い、涙した。

葬儀の場で初は、喜八郎《きはちろう》から結婚の報告を受けた。突然の報はいかにも喜八郎らしい。


つゆと落ちつゆと消えにし我が身かな　浪速《なにわ》のことも夢のまた夢

喜八郎は秀吉の辞世の句を口にした。

「太閤《たいこう》さまも死ぬ前には人生を夢と思われたのでしょうか。人の一生は夢のようなものなのですね」

それから喜八郎は声を落として言った。

「ところで初姉さま、太閤さまの死を喜ぶ人もいると聞いています。七年間もの朝鮮との戦《いくさ》が終わるのですから。それに権力者の死は次の権力者を生むものです。淀の方さまもこれから何かと心労が絶えなくなってくるでしょう」

喜八郎はこの時、すでに政権内部の事情を耳にしていたのである。「今後、気になるのはやはり家康《いえやす》殿の動きだ。とにかく奉行衆がしかと手を結び、秀頼さまを中心とした強い豊臣《とよとみ》家にしていく必要がある」。喜八郎は主増田長盛《ましたながもり》のかたわらで石田三成《いしだみつなり》の話を聞いていた。

「姉上、三成殿は戦となる可能性も口にされていました。そうならないように豊臣家による平和を保っていかなければならないと」

喜八郎はそれ以上のことは口にしなかった。機密は保持しなければならない。寄る辺ない身にも義というものがある。三成と信濃《しなの》の真田《さなだ》家、会津上杉《あいづうえすぎ》家との間で密接な連絡が交わされていることは黙っていた。喜八郎は使者として二度、信濃へおもむいたことがある。真田昌幸《まさゆき》と三成はともに宇田頼忠《うだよりただ》の娘を妻とし、義兄弟でもあるが、かねてから二人は家康に警戒心を抱いていた。また三成は会津上杉家の家老、直江兼続《なおえかねつぐ》とも親交があった。兼続が家康に宣戦布告ともとれる「直江状」を送る慶長五年（一六〇〇）四月以降は、さらに密に連絡を取り合うことになる。

「そなたはどう思うのです」

初はいつになく沈黙を続ける喜八郎に問いただした。喜八郎はうーん、と大仰《おおぎょう》に困った仕草をしてみせる。

「某は、戦は嫌でございまする」

三成は戦をなくすためにも豊臣家を強くしなければならないと、常々口にしている。秀吉のもとで様々な改革を断行してきたのもそのためだという。大名同士の戦い「私戦」を禁じただけでなく、百姓同士の水や山をめぐる争いをも「私戦」として禁じ、平和な社会を築こうとした。三成の豊臣政権下での理想的な有り様を、喜八郎は幾度も耳にしてきた。が、なぜか大名の中には三成を誹謗《ひぼう》する者が少なくなかったのである。

「これからは誓紙《せいし》や起請文《きしょうもん》など、何の役にも立たなくなるでしょう。紙屑のようなものだと増田殿が仰せでした。それにすでに武将たちの間で火花が散り始めているとのことです」

豊臣、姉上の行く手はどうなっていくのだろう。

「しかし、姉上、所詮、人生は夢のようなもの。深くお考えなさいますな。なるようにしかなりません」

喜八郎は高だかと笑い、ミケを呼んだ。ミケは大津城へ来てからも家族を増やし続け、見事な女主となっていた。

「ミケは姉上を凌駕《りょうが》してしまいましたな」

初は苦笑した。ミケばかりが子宝の恩恵を受けているのだった。

慶長四年(一五九九)一月、喜八郎は、三成らが片桐且元《かたぎりかつもと》邸にいた家康の襲撃を企てたことを知った。知将三成の勇み足を危ぶんだ。急《せ》いては事をしそんじる、そんなことは重々承知であろうに。その一ヶ月半あまり経ったある日、三成はかねてから反三成勢力であった加藤清正《かとうきよまさ》、福島正則《ふくしままさのり》ら七将の襲撃を受けたのだった。その後、家康の勧告を受け、近江《おうみ》の佐和山《さわやま》城へ引退することとなった。

豊臣と徳川

喜八郎《きはちろう》の危惧を初《はつ》が感じるようになったのは、秀吉《ひでよし》の死から一年半ばかり経った頃からだった。家康《いえやす》の使者が大津《おおつ》城の高次《たかつぐ》のもとへ頻繁に訪れるようになった。家康は五大老の筆頭である。伏見《ふしみ》城で政《まつりごと》の核となり、その役割上、伝達しなければならないことはあっただろう。とりわけ前田利家《まえだとしいえ》が病死してからはその回数が増えていた。

ある日、高次が嬉々として初のもとにやってきた。

「お初、家康殿が城の修復をなさるようにと白銀三十貫文をくだされたぞ。いつか京への途中、お立ち寄りになった時、我が城があちこち壊れているのをご覧になったようだ。よくお気のつかれるお方だ。某《それがし》はどうも石田《いしだ》殿とは性が合わない。豊臣《とよとみ》家は今後、家康殿を頼った方がよいと思うのだが」

「それでも姉上さまはたいそう石田殿を信頼なされているようですが」

「お初、そのことだが」

高次は、周囲に誰もいないことを確認すると小声で言った。

「淀《よど》の方さまと石田殿とのことだが、良からぬ噂を耳にした」

不審な面持ちの初にさらに続けた。

「淀の方さまと石田殿が並々ならぬ関係にあるというのだ」

初はあまりのことに高次の顔を茫然と見つめた。

「噂だから事の真実はわからない。だが、火のないところに煙は立たないというではないか」

何か言おうとするのだが、唇が震えて言葉が出てこない。初はこの時ほど、高次の人となりが下卑《げび》て思えたことはなかった。

「あなたさまはそんな噂を信じておいでなのですか」

やっとの思いで口を開き、高次の顔を睨《にら》みつけた。

「そんなわけでもないが」

初の鋭い目つきに一瞬、ひるんだものの、高次は強く否定はしなかった。いったい、なぜそのような噂が立ったのだろう。初はしばらく考え込んだ。沈黙が二人の場をぎこちなくさせていく。そうでなくてもこのところ初と高次の間には夫婦の交わりが遠ざかっていた。二人目の側室が入ったことは知っていたが、高次からは何も聞いていない。初は感情が爆発しそうになるのを両の拳を握りしめ、必死で堪えていた。

「淀の方さまは亡き秀吉殿から秀頼《ひでより》君の養育を託されたお方。五奉行の実力者、石田殿が政治向きのことで秀頼君との関わり上、その母である姉上と何かと相談なさるのは当然のことでしょう。おそらく、下種《げす》の勘繰りでおもしろおかしく言う者がいるのでしょう」

初は不快感を抱いたものの、そのような噂が意図的に囁かれたものであるとは思いもしなかった。

「豊臣家の跡継ぎを立派に育て上げるという大変なお役目を、太閤《たいこう》さまより仰せつかり、一生懸命になっておられる姉上があまりにも気の毒です」

初の涙声に高次もそれ以上、何も言わず、場を立っていった。初はこんな場合、小督《おごう》ならきっと食ってかかり、相手が謝るまでぽんぽん言い続けるだろうと思った。初は小督が羨《うらや》ましかった。昨年は次女を出産し、慶長《けいちょう》五年（一六〇〇）の今年は三人目を出産予定だという。秀忠《ひでただ》はきっと小督のすべてを受け入れる優しい御仁なのだろう。

いつか小督からの文《ふみ》に愉快なことが記されていた。「あなたさまは私のお父上、美丈夫《びじょうぶ》な浅井《あざい》長政に似ておいでです。我が父はお母上お市《いち》をこの上なく愛しておいでだったと聞いております。秀忠殿、そのお父上にあやかってあなたさまも私を愛してくださいますか」。するとと秀忠殿は、喜んで承諾してくだされたとのこと。初はこのようなことは小督でなければ言えない、と思った。

自分の場合、どろどろとした不信の思いが堆積していながら、吐き出せないまま高次と対している。高次はそんな無言の刃《やいば》を受け止め難くて側室の方に行ってしまうのだろう。わかっているがどうしようもない。姉上に対する侮辱に加えて、高次への様々な思いが重なり、胸中でとぐろを巻いていたものが一挙に爆発した。初はかたわらにあった陶器の置物をやにわにつかみあげ思い切り投げつけた。大きな音がするともう一度繰り返しやってみたくなった。一つ、また一つ、いくつめかを手にした時、お駒《こま》が血相を変えてやってきた。

「お方さま」

お駒の声に初は幼子のように泣き崩れた。老いた乳母は何も言わず初を抱きしめ、背をさすり続けた。嗚咽《おえつ》する自分が自分でないように思えた。姉上、高次殿と結婚した私は不幸でした。あのお方は私を苦しめるだけでなく、姉上をも冒瀆《ぼうとく》なされようとしている。私は許さない、断じて許せない。

初の心の中の声が聞こえるかのように、お駒は初に向かってうなずいていた。

正気に戻った初の膝にいつのまにかミケが坐り、子猫たちが初の周りでじゃれあっている。ミケは女主を物言いたそうに見つめる。

その年の六月のはじめ、城の広間に高次は重臣や親族を集めた。

「やがて上杉《うえすぎ》討伐のための会津《あいづ》出兵となるだろう。その際、伏見城から出陣なさる家康殿にこの大津城を宿所にしていただくことにした。皆の者、饗応をよろしく頼みましたぞ」

高次はそう言い、一人ひとりの顔を見た。やはり、高次は家康側に加担するつもりなのだ。表情がこわばっていくのが、初はわかった。高次の弟、高知《たかとも》も、秀吉の逝去以来、ときおり大津城を訪れる竜子《たつこ》も、率先して頭を下げるのが目に入ってきた。

「お初、そなたはどうかな。家康殿は小督殿の舅《しゅうと》でもあられる」

初は慌てて頭を下げた。が、心中には納得できないものがあった。それなら大坂城の姉上はどうなるのか。秀吉の死の翌年正月、茶々は秀吉の遺言により伏見城から大坂城西の丸に移り、秀頼の養育に当たっていた。秀吉の遺言により、国事は家康を筆頭とする五大老と三成ら五奉行の合議で決められることになっていた。ところが五大老の一人、家康の牽制《けんせい》役ともいえる前田利家が病死してからというもの、豊臣家を無視した家康の独断的な国事代行が動き始めたのである。

一方、三成は慶長四年（一五九九）、佐和山《さわやま》城へ引退させられてはいたが、家康討伐に向けて策を練っていた。

翌年六月十六日、家康は手兵を率いて、再三の上洛命令に従わない会津上杉氏を討つため、大坂城を発ったのである。伏見城を経由して十八日大津城に入り、宿所とした。その夜は京極《きょうごく》家を挙げての接待であった。しかも熊麿《くままろ》を産んだ側室山田殿も宴の場にいた。山田殿は控えめではあったが、世継を産んだ女としての誇りが漂っていた。その姿を見た時、初の中に女主としての矜持《きょうじ》が湧き起こってきた。今宵の宴の主役は私である。初は家康の前で女主の風格を見せ、酌をした。

「お初殿、これから何が起こるかわからない。よろしく頼みますぞ。京極殿は良き正室をお持ちじゃ」

家康はそう言い、初を讃えた。

城の主

慶長《けいちょう》五年（一六〇〇）七月初め、三成《みつなり》は佐和山《さわやま》城で大谷吉継《おおたによしつぐ》、安国寺恵瓊《あんこくじえけい》と会い、家康《いえやす》打倒の密議を行った。西軍の盟主に毛利輝元《もうりてるもと》を仰ぎ、輝元は同月十七日、大坂城西の丸に入った。また同じく五大老の一人宇喜多秀家《うきたひでいえ》も三成に応じ、西軍に加わった。五奉行の長《な》束正家《つかまさいえ》・増田長盛《ましたながもり》・前田玄以《まえだげんい》は家康の罪状十三ヶ条を列挙した「内府《ないふ》ちがひの条々」を諸大名に送り、三成を中心とする西軍は宣戦布告したのである。

高次《たかつぐ》のもとへも石田三成からの使者がたびたび訪れるようになっていた。ある夜、高次は珍しく初を湖に突き出した楼閣《ろうかく》に誘った。湖水を渡ってくる風がひんやりと頬を撫《な》でていく。いつのまにか初秋の風が吹き始めていた。

「お初、一月もしないうちに戦《いくさ》が起こるだろう」

「石田殿と徳川殿との戦いですか」

「二人の戦ならば某《それがし》も気が楽なのだが、石田殿は大坂方を率いての戦いだ」

大坂方としてなら秀頼《ひでより》君や淀《よど》の方ともおおいに関係がある。

「某は迷うておる。気持ちとしては家康殿に傾いている。だが、三成殿からも味方になるよう何度も文《ふみ》がきておる。石田殿は秀頼君を担ぎだそうとしておいでのようだ。家康殿の秀吉殿以来の掟破りを咎《とが》めておられる。しかし、どうであろう。秀吉《ひでよし》殿は織田《おだ》家から政権を奪い取ったお方だ。いつか亡き父上が仰せになったことがある。奪い取ったものは必ず奪い返されると」

初はその言葉にむっとした。

「許せ、勘違いしないでほしい。浅井《あざい》家のことを言っているわけではない」

高次は言い訳をしたが、高次の父、京極高吉《きょうごくたかよし》が浅井家に政権を奪われたことを怨んでいたことは確かである。初は何度か義母マリアから聞いたことがある。

「それでじゃ、最初から徳川殿に付けば、たちまち大津《おおつ》城は攻め落とされてしまだろう」

「ということは最終的には大坂方と袂《たもと》を分かつおつもりですか」

「そういうことになるだろう」

覚悟はしていたものの、初は目の前が真っ暗になった。よろけそうになった初の腕を高次が支えた。

「どうした」

初は怒りをぐっと飲み込んだ。この人は妻の気持ちなど少しもわからない人なのだ。初はしばらく月光に照らされた湖面を見つめていた。

「私どもは秀頼君や姉上を敵にまわすということですか」

震える妻の声に高次は困ったような顔をした。

「しかし、お初、どちらに付いても身内を敵にまわすことになる。大坂方に加担すれば小《お》督《ごう》殿を悲しませることになる」

高次の言う通りである。だが、一歳違いの茶々とは辛苦をともにし、手を携えて生きてきた深い絆で結ばれている。いわば一心同体のような思いがあった。

「某も苦しい立場なのだ。家康殿には何か事が起こればよろしく頼むと言われ、いただいた白銀で城の修復もできた。徳川殿の腹の底はともかく、これから豊臣《とよとみ》家を支えていくのは、あのお方が妥当だろう。とにかく徳川殿は今は関東においでじゃ。が、石田殿挙兵と聞けば即刻引き返して来るはず。お初、某は賭けに出るのだ。いったん石田方に従うそぶりを見せる。そのため熊麿《くままろ》を人質として大坂に送る。熊麿の母も納得してくれた」

初の胸は激しく揺れた。側室の山田殿が幼子を人質に送ることを承諾したというのである。初の眼に幼いながら礼儀をわきまえ初のことを「お母上さま」と呼ぶ熊麿の姿が浮かび上がってきた。そのかたわらで眼に袖をあてる実母山田殿の姿が。

「お初、どんなことがあってもよろしく頼むぞ。某が出陣すればそなたがこの城の主じゃ」

そうだ、私はこの城の主なのだ。この役割は正室の自分にしかできない。正室としての矜持《きょうじ》が胸中でみるみる場を占めていった。

「かしこまりました」

初はそう言い、深くうなずいた。

二人はいつまでも夜風に身をさらし、来《きた》るべき事態に対して迎え撃つ覚悟をともにするのだった。

大津籠城戦

三成《みつなり》挙兵の報は家康《いえやす》のもとに届き、下野小山《しもつけおやま》で評定《ひょうじょう》を開いた家康は、諸将に去就を問うた。評定は福島正則《ふくしままさのり》の一言によって東軍参加が決まり、家康軍は急ぎ西へ向かったのである。

三成の挙兵によって、高次《たかつぐ》は大坂方としていったん北国《ほっこく》へ出陣していった。が、やがて「家康の大軍が西に進軍中」との報を得て、まさしく頃合いを見て海津《かいづ》から船で大津《おおつ》に戻ったのだった。

初《はつ》は高次の首尾のよさに感服し、高次殿は逃げ足が早いと、北ノ庄《きたのしょう》城でお市《いち》が言った言葉を思い出した。高次には、京極《きょうごく》家という家名を死守しようとする精神が染みついているのだろうか。が、義の人といわれた長政《ながまさ》を父に持つ初には、そんな高次に違和感を感じないではいられなかった。

九月三日、京極高次は大津城に籠城し、大坂方との戦闘の準備に入ったのである。驚いた淀《よど》殿から直ちに使者として木下備中守《きのしたびっちゅうのかみ》が遣わされたが、高次は文《ふみ》を見ようともしなかった。初は破られた文をこっそり拾い読みした。翻意を促す短い内容であったが、初には茶々の仰天し慌てふためく姿が見えるようだった。姉上さま、お許しください。私はどうすることもできなかったのです。初の耳に茶々の声が聞こえてきた。あなた方はどんな時も私の味方だと思っていましたのに。

初は震えが止まらなかった。姉妹仲良く、助け合って暮らしていくようにと遺言したお市の言葉が中空で木霊《こだま》していた。

だが、そんな感情に苛《さいな》まれているのもほんの一時であった。

「なんとしても徳川軍が到着するまで大津城を守りぬかなければならない。皆の者、その覚悟でおられよ」

高次は大声で家臣を励まし、城中を歩き回った。初はむろん、竜子《たつこ》もたすき掛けで城中の女たちを指揮した。高次は九月六日、城を守るため大津の町を焼き払った。天守からめらめらと燃え上がる町家を見ながら、初は無性に悲しくなった。民の暮らしを守るのがお殿さまの役割だ、とお市から聞かされていたからだ。もちろん、それは浅井《あざい》長政の信条であった。

翌七日からいよいよ籠城戦となった。毛利元康《もうりもとやす》を大将に立花宗茂《たちばなむねしげ》、筑紫広門《つくしひろかど》らの一万五千の大軍が城を包囲したとのことだ。天守から蠢《うごめ》く軍勢の様子が見えた。気が立っているのか、あるいは女たちの先頭に立ち戦わなければならないという使命感からか、不思議と恐ろしさはなかった。兵たちもよく戦った。十一日夜には山田、赤尾らが寄せ手に夜襲をかけ、戦果をあげた。しかし十二日には西軍によって堀が埋められ、いよいよ決戦の時が来たのだった。

九月十三日早朝、大坂方の総攻撃が開始された。大筒《おおづつ》が城に命中した時の轟音《ごうおん》と地響き。率先して女たちを誘導するものの、初は何度も床に叩きつけられた。その日の夕刻、二の丸が落とされ、本丸だけになってしまったが、城内の兵たちの士気は衰えなかった。女たちは食糧や弾薬を兵たちのもとに運び、初はその指図に城内を走り回った。が、今しがたまで武器を持っていたものが倒れ、死に行く姿を見るのは耐えられなかった。

「敵の立花軍が三井寺《みいでら》の高所から大筒で天守をねらっているぞ、皆の者、気をつけよ」

伝令の言葉が終わるか終らないうちに大強音が耳をつんざいた。初はしばらく橙《だいだい》色の光の中にいた。高次殿は無事であろうか。ぼんやりとした感覚が戻ってきた。叩きつけられた時の足の痛みを堪えながら初は、高次の名を呼び歩いた。天守の二重目にきた時、足が竦《すく》み、動けなくなってしまった。眼前に竜子が横たわり、その周りに侍女が木端《こっぱ》微塵《みじん》になって飛び散っていたのだった。かろうじて残された二つの頭から竜子の側近の侍女であることがわかった。

「竜子さま、竜子さま」

夢中で名を呼び身体を揺するが、応答はなかった。そこへお駒《こま》がやってきて竜子の脈をみた。

「お方さま、大丈夫でございます。気絶なさっているだけです」

お駒は持ってきた桶から竜子に向かってばさっと水をかけた。竜子は武者ぶるいしたかと思うと初にしがみついた。

「お殿さまはご無事でございます。ただ二ヶ所に矢傷が。たいした傷ではないようですからご安心を」

初は安堵した。だが、誰の目から見ても敗北は間違いなかった。

「京極家の名を汚さないよう最後まで戦い抜こうぞ」

高次は城中で討ち死にする覚悟のようだった。

しかし、翌日、事態は急展開した。饗庭局《あいばのつぼね》を使者に淀《よど》の方が、孝蔵主《こうぞうす》を使者におねが、秀吉の側室だった竜子を救出するようにとの勧告状を寄こしたのである。しかも饗庭局に付き添っていたのは喜八郎《きはちろう》であった。さらに高野山《こうやさん》の木食上人《もくじきしょうにん》により正式の講和交渉がなされたのだった。

喜八郎の主、増田長盛《ましたながもり》は大坂留守居として秀頼《ひでより》馬廻りや前田玄以《まえだげんい》とともに大坂城を四万二千の兵で守っていたのである。喜八郎は淀殿の命で私的な役割を仰せつかっていたのだった。

姉上は私をお忘れではなかった。初は涙ぐんだ。思慮深い茶々《ちゃちゃ》のことゆえ、竜子の名を借りて、本当は初を救おうとしたのだろう。おねも当然、竜子の救出を考えてのことであったのだろうが、おそらく茶々の気持ちも考慮していたに違いない。

はじめ、高次はあくまでも城を死守する意気込みであった。が、淀殿やおねの勧告、そして何よりも木食上人の粘り強い説得によって講和に応じる決意をしたのだった。

「お初、某《それがし》は恥ずかしい。淀の方さまに対しても顔が向けられない。某は法体《ほったい》となって高野山に上るが、そなたは竜子姉と一緒に京へ行ってほしい」

「とんでもございません。私も高野山へ参ります」

「高野山は女人禁制の地だ。そなたは姉のもとで暮らしてくれ。これで京極家もおしまいじゃ。父上に申し訳が立たぬ」

翌早朝、高次は三井寺で法体となり、七十人あまりの兵とともに高野山へ向かって出立《しゅったつ》した。高次の後姿が亡霊のように見えた。これが見納めになるかもしれない。初はいつしか後を追って駆けだしていた。

その数時間後、九月十五日午前八時、天下分け目の戦いが関ヶ原で始まろうとしていた。

関ヶ原その後

その日の午後三時頃には関ヶ原戦の決着がついた。初《はつ》が家康《いえやす》率いる東軍の勝利を知ったのは、京に到着してまもなくであった。高次《たかつぐ》はこれからどうなるだろうか。家康は開城という不首尾を理由に切腹を命じるだろうか。いや、あのお方はそこまではすまい。だが、領地召し上げは確実だろう。

初を竜子《たつこ》の住まいまで送り、役割を果たした喜八郎《きはちろう》は、京の市中で西軍の敗北を知った。淀《よど》川を下り大坂へ戻ろうにも街道筋にはすでに東軍の兵士が目を吊り上げ、落ち武者狩りを始めていた。初のもとへ引き返すこともできない。喜八郎は山越えで近江《おうみ》に出ようと考えた。いつか福田寺《ふくでんじ》の住職と京から近江へ山中を通り帰ったことがあった。

上杉《うえすぎ》軍による家康追撃は実らなかったのだ。喜八郎は、三成《みつなり》の話した、家康軍を東の上杉軍と西の三成軍が挟撃する作戦を思い起こしていた。三成の生死もわからないまま、喜八郎は繁茂した樹木を分け入り、ひたすら歩いた。喜八郎は上杉との密約が成就しなかった理由を、かなり経ってから知るのである。

三成との共闘の密約を交わしていた上杉家の家老、直江兼続《なおえかねつぐ》は、主景勝《かげかつ》に西上する家康軍を追撃することを進言したが、景勝に反対されたのだった。目前から逃亡する敵を追撃するのは、上杉の「義」に背く、というのである。結局、兼続は東北の局地戦に終始している間に、関ヶ原戦は終わってしまったのである。

山越えで近江に辿りついた喜八郎は、湖辺で一艘《そう》の小舟を見つけた。夜を待って月の光をたよりに福田寺のある長沢を目指して舟を漕ぎだしていた。

喜八郎が三成の捕縛《ほばく》を知ったのは、福田寺に着いてから四日目の九月二十七日、佐和山《さわやま》落城に続く報であった。

「三成殿は古橋《ふるはし》の山中の岩に潜んでおられたとのことだ。皮肉なことに田中吉政《たなかよしまさ》殿が家康殿から捕縛の命を受けられたということじゃ。三成殿も田中殿も元は浅井《あざい》氏家臣の家系、しかもお二人は出生地も近く、親しい間柄であったという」

住職は猫を撫《な》でながら言うのだった。喜八郎の足が自然と福田寺に向かったように三成もいつしか生国を目指していたのだろうか。

三成は同じ北近江の井口《いのくち》村で三日過ごした後、田中吉政に連れられ東山道《とうさんどう》(中山道《なかせんどう》)を上り、家康のいる大津《おおつ》の陣営に到着した。井口を発つ三成を近村の民たちが遠巻きに見送ったという。井口までおよそ四里、行けない距離ではなかったが、喜八郎は見送ることができないでいた。

「皆、泣いておったそうな」

本堂に籠る喜八郎に住職は言った。水鳥は真っ逆さまに墜落し、翼を羽ばたかせる力を失っていたのだ。家康は大津で三成を手厚くもてなしたということだったが、その二日後の二十六日には家康とともに大坂へ入ったとの噂だった。

京の初は眠れない日々を送っていた。高野山《こうやさん》に上った高次からは何の消息もない。大坂の茶々《ちゃちゃ》についても噂のみで真実ははかりがたかった。三成から出馬の要請があったが、秀《ひで》頼《より》はこの戦《いくさ》には直接関わらなかったと聞いている。幼いことを理由に淀《よど》殿が断ったのだ。

そんなある日、高野山から思いがけない使者が訪れた。

「お方さま、お喜びください。朗報でございます。お殿さまは家康殿から若狭《わかさ》一国八万五千石《ごく》をいただきました」

合点がいかない初の表情を見ながら使者はなおも言葉を続けた。

「家康殿はたびたび高野山へ使者を遣わされ、一万五千もの大軍を大津に足止めした功労を称されたのです」

高次は、徳川軍が到着する前に開城してしまったことを恥じ、山をおりようとしなかったが、再三の説得によってようやく家康と会ったという。

「さあ、これから忙しくなりますぞ。若狭に移る準備をしなければなりませぬ」

初は夢を見ているようであった。

「お駒《こま》、私の頬をつねっておくれ」

お駒は笑いながら軽くつねった。確かに痛みが感じられた。

「ところで淀の方さまはご無事であろうか」

「はい、そのことでございますが」

使者はためらっているようだったが、初に促され言いづらそうに口を開いた。

「およそ二百万石あった豊臣《とよとみ》家の直轄地が摂津《せっつ》・河内《かわち》・和泉《いずみ》と六十五万七千石となり一大名になってしまわれたのでございます」

激怒する茶々の顔が浮かんできた。と同時に怒りの矛先が自分たちにも向けられていることを初は痛切に感じた。

「西軍敗北の責任はすべて石田三成殿が負われ、小西行長《こにしゆきなが》殿とともに京の市中を引き回しの上、処刑とあいなられました。石田殿の態度は実にご立派でありました。西軍の大名の中には責任逃れをするお方もあったようですが、石田殿は豊臣家には責任は全くないことを強調なされ、すべての責任はこの自分にあると仰せられたとのことです」

三成は二心《にしん》のない忠義者じゃ。が、家康殿はどうであろうか。初は、いつか茶々が秀吉の遺言状を前にして独り言のようにつぶやいていたのを思い出す。

初の心にもう一人、気にかかる人物がいた。浅井喜八郎である。主、増田長盛《ましたながもり》は所領を没収されたと聞いている。喜八郎は今頃どうしていることだろう。増田長盛はもはや家臣を抱える身分ではない。正真正銘の流浪の身となり、さまよっているのだろう。それに関ヶ原戦の残党狩りも苛酷さを極めているというではないか。

高次の思いがけない武運は無上の喜びであった。が、姉上に対してどう処すべきか、まず謝罪し、開城勧告により命を助けられたことを感謝すべきだろう。もしあのまま籠城を続けておれば初も高次も間違いなく命を落としていた。

初は逸《はや》る心を抑え、大坂城の茶々のもとへ文《ふみ》を遣わした。が、待てども返事は来なかった。再び筆を執ったが返事はなかった。祈るような気持ちで三度筆を持った。姉上、どうかお許しください。怒りの言葉でも何でもかまいません、上《うえ》返書をくださいませ。が、茶々からは梨のつぶてであった。このことを知った高次も心を痛めていた。

「恥ずかしいことだが、おねさまと淀の方の開城勧告がなければ某《それがし》は今頃、あの世へ逝っていた。こうして生きている上に思いもしなかった石高《こくだか》の加増まで授かることとなった。こんな自分を淀の方さまはどう見ておられるか。そう思うと辛い」

初もうなずくより言葉がなかった。

数日後、思いがけず喜八郎から文が届いた。ありあわせの紙を使用していることを見ただけで境遇が測り知れた。

初姉さまが心配してくださっていることを思い、ようやく一筆認《したた》める気持ちになりました。某は今、鴨《かも》川のゆりかもめとなって河原を寂しく飛んでおります。群れから離れた一羽のゆりかもめをご覧になることがあれば、喜八郎だと思ってください。

十月一日、ご存じのように六条河原で三成殿が処刑されました。某はその日から鴨の河原から飛び去ることができず、周辺を飛び続けています。時には三条河原の秀次《ひでつぐ》殿と妻妾《さいしょう》たちが眠る塚まで飛んでいきます。いつまで飛んでいるのか某にもわかりません。こうなった以上は気がすむまで飛ぶ以外にありません。

しかしながら、どうかご心配のなきよう。こうして群れから離れ、飛んでいると野良猫のようなしたたかさが培われるものなのでしょう。何とか生きて食べております。

それではミケによろしく。


初は笑い泣きの顔になり、喜八郎の面影を追った。

第三章

小浜の海

高次《たかつぐ》が八万五千石《ごく》を与えられ、日本海に面する若狭《わかさ》に入ったのは、関ヶ原戦から一月あまり経った十月の半ばだった。住まいとなった後瀬山《のちせやま》城からは入りくんだ小浜《おばま》の海が眺望できた。慣れるまで初《はつ》は琵琶《びわ》の湖《うみ》を見ているような錯覚に陥った。茶々《ちゃちゃ》からは依然、何の音沙汰もなかった。

「どうだ、小浜は気に入ったか。来年には新しい城を築くことになろう」

海を眺める初に高次《たかつぐ》が声をかけてきた。

「琵琶の湖を眺めているようです」

「そうか、そなたもそう思うか」

「お城の造りは大津《おおつ》の城の方が洒落《しゃれ》ています。でも私は小浜が好きになれそうです。海の幸が豊かで土地の人も親切で」

初の心の中に戦《いくさ》の凄まじさを忘れたい気持ちと、大津の町を焼いてしまった罪悪感が抜けきらないでいた。

「某《それがし》は小浜の海が琵琶の湖と似ているだけに心が痛む」

高次は眼を閉じ、黙った。高野山《こうやさん》からおりてきた高次は、どこか変わったように感じられる。初は今まで高次の口から、心が痛む、といったような言葉を聞いたことがなかったのである。

高次は京極《きょうごく》家のため功を上げることだけに突っ走ってきたのかもしれない。強くなることが、父高吉《たかよし》の何よりの願いであったのだ。お父上は、男子だけでなく女の私にまで竜の名をつけたのですよ。竜子《たつこ》が苦笑しながら話したことがある。

「実はお初、高野山からおりて大坂城で家康《いえやす》殿からこの地に加増を賜わった時、淀《よど》の方さまにお許しを請いに参りたいと思った。だが、どうしても行けなかった。茶々さまのお顔を見るのが怖かった」

姉上からは今だに返書がない。

「考えてみれば、淀の方さまにとってそなたと某が一番身近な存在だったのではなかろうか。その我々が翻意するようにとの再三の文を無視してしまったのだからな。こうして落ち着いてみると、自分のとった行動が無情に思われてならぬ」

高次という人は、心中の弱さを見せない人だっただけに意外であった。が、初にはそんな夫が今までになく身近に感じられた。高次と自分との間には深い川が流れているような気がずっとしていたのである。

マリアの述懐

十一月に入り、寒風が吹く中、京極《きょうごく》マリアが後瀬山《のちせやま》の城を訪れた。老体の身にも関わらず、背筋は伸び、齢を感じさせない。

「お義母上《ははうえ》さまは本当にお元気ですね」

「これもイエスさまのお陰ですよ。なにしろ私は一日に五里、六里を歩くことも珍しくないのですからね。皆が私を待っていてくれるのですよ」

今日もマリアは布教に余念がなかったようだ。マリアの顔には熱気が漂っている。

「幸運の高次《たかつぐ》殿、浮かない顔つきをしてどうなされたのですか。今回のこと、天国でお父上はきっとたいそうお喜びでしょう。私には天空でお父上が能を舞われているのが目に見えるようですよ」

マリアはしばらく高次と初《はつ》を見つめ、語り始めた。

「そなたたちに、私と高吉《たかよし》殿との長い間の夫婦の葛藤を話しても何の役にも立たないかもしれないけれど…。婚儀を挙げたその夜のことでした。高吉殿は私の顔をじっと見つめ、そなたも気の毒にのう、と仰せになった。私はその一言にむせび泣いてしまったのです。長い初夜でした。高吉殿は私の身体に触れようともなさらないで、泣く私をいつまでも見つめておいででした」

高吉の心の奥底には家を浅井家に乗っ取られたという恨みが常にあり、たびたび針で刺すような言葉がマリアに向けられたという。が、高吉の境涯を思うとマリアはただ責めることはできなかった。高吉は兄とも断絶し、奥方も先に亡くし、その上、浅井家によって京極家までなきものにされて、近江《おうみ》柏原《かしわばら》の清滝寺《きよたきでら》で身の不遇をかこっていたのである。そんな人が自分を温かく迎えてくれるわけがない。だからこそ、母の阿古《あこ》がひたすら耐え忍び、心から高吉殿に仕えてくだされと、懇願したのだと思った。

「しかし、氷のような心もいつかは融けていくものですよ」

マリアはそう言い愉快そうに笑った。

竜子《たつこ》が生まれ、高次が生まれするうちに高吉はしだいに人の心を取り戻していった。が、浅井家に対する憎しみだけはなかなか消えなかったようだ。織田と浅井が決裂した時、織田家に付いたのも浅井家への恨みからであった。幼い高次が信長の幼名、小法師《こぼうし》の名をもらった時、高吉は、これは将来の吉報なるぞと喜んだ。感涙にむせび、能を舞ったのは、宇治槇島《うじまきしま》城での初陣の功として信長から近江奥島《おくしま》に五千石与えられた時であったという。

マリアは天正《てんしょう》九年（一五八一）にヤソ教の信者となった。関ヶ原での母の刑死の姿が眼底に残り、助けることのできなかった悔恨に苦しみ続けていたからだ。高吉は多くを語る人ではなかったが、マリアと同じような思いを抱いていたようだ。マリアの入信とほぼ同じ時期に、イエスさまに許しを請いたいと願い出たのだという。

「高吉殿も戦《いくさ》というものの理不尽さを身に染みて感じていられたのでしょう」

マリアの声はしんみりとなった。

ところがそれからまもなく高吉は天へ召されたのである。かつてはみ仏に仕えた身であったため、口さがない者は仏罰が当たったのだと言ったという。

「高吉殿は安らかに天寿をまっとうなされた。私の手を握り、消えるような声ではありましたが、何度も何度も、某《それがし》は人生を二度生きることができたと仰せられた」

マリアは話し終えると十字を切った。明日、次男の高知《たかとも》の領する丹後《たんご》へ発つという。

「丹後の宮津《みやづ》も海の畔、あそこにも私を待ってくれる人がいるのですよ」

マリアの眼は輝いていた。大柄のマリアはいつしか近江平塚実宰庵《じっさいあん》の見久尼《けんきゅうに》の姿に重なっていった。尼は熱心な仏教徒、マリアは敬虔《けいけん》なキリスト教徒、二人の伯母が神々しく、慕《した》わしく思え、初は涙ぐんだ。

小督の舅

関ヶ原戦の翌年の春、喜八郎《きはちろう》から文《ふみ》が届いた。息災であったのだ。立派な料紙《りょうし》に伸びやかな達筆が続いていた。喜八郎は讃岐《さぬき》丸亀城主となった生駒一正《いこまかずまさ》のもとに身を置いているという。詳細は記されていないが、文面から妻の縁戚による紹介であったのだろう。

この年、初《はつ》と高次《たかつぐ》はキリスト教に入信した。マリアの勧めもあったが、それ以上に姉上を裏切ったことへの心の苦しみが原因していた。初は母お市《いち》にも許しを請いたかった。茶々《ちゃちゃ》を助け、姉妹が協力して生きていくようにというお市の最期の言葉を叶えることができなかったからである。高次も淀《よど》殿に対して心の責めを感じていた。うしろめたさが陰となって表情に表れているのを初と高次は互いに感じ取っていたのだ。

「某《それがし》はやはり京極高吉《きょうごくたかよし》の息子じゃ。今になって父上が入信なされたお気持ちがよく理解できる。父上は阿古《あこ》の婆さまに手を差し伸べられなかった自分を責めておられたのだろう。剛毅《ごうき》な気性のお方ではなかったのだ。某もその気性を受け継いでおるのだな」

初はそういう高次をしみじみ愛しく思った。

小督《おごう》からは何の音沙汰もなかったが、姉上のことを心配しているに違いない。が、初もなぜか、妹に文を送る気持ちにはなれなかった。

小督は昨年、三女の勝《かつ》姫を出産していたが、男子はまだである。

その小督から関ヶ原戦後、初めての便りが届いた。最初の一文を読み、胸が騒いだ。一読した後、直ちに焼却くだされたし、と記されていたからである。

家康《いえやす》というお方には、どうも馴染めそうにありません。私には秀吉《ひでよし》殿が今更ながら慕《した》わしく思えます。秀忠《ひでただ》殿が気の毒です。秀忠殿は信州上田《うえだ》で真田《さなだ》軍に足止めさせられ、関ヶ原戦に間に合わなかったことを、いつまでも家康殿に責められておいでです。また私には今後、気安く大坂へ文を送ることのないように、と命じられたのです。初姉さま、私はあのお方の思い通りにはなりません。茶々姉さまは今ごろどんな思いで過ごしていられるでしょう。私は辛くてたまりません。

小督の怒りは続いていた。それも家康に対するもので、女子ばかり産む小督を憂え、秀忠に側室を持たせよとの命が再び側近に下されたとのことだった。最後に小督は、秀忠が側室を持ち男子を産むなら私は呪い殺すと記し、その後、思いなおしたように、いや、絶対男子を産んでみせると書いていたのである。

深い溜息をついて初は文をかたわらに置いた。小督の口吻《こうふん》が胸を波立たせていく。初は文を燃やした。黒っぽい燃えかすの向こうに妹の顔が浮かんできた。無邪気に頬を膨らませたかつての彼女ではなく、大きな動かし難いものに抵抗しようとする大人の顔であった。その難物が家康という一人の人間なのか、豊臣《とよとみ》を封じ込めようとする徳川という大きな勢力なのかは、初にはわからなかった。

大坂へ文を送るなとは、姉上と縁を断てということなのか。初は、小督の複雑な立場をあらためて知った。

一方、初の小浜《おばま》での暮らしは結婚後初めて安らかで満ち足りたものとなっていた。結婚して十五年、初は三十三歳になろうとしている。戦《いくさ》続きの日々が、お互いを思いやる心の余裕をなくしていたのかもしれない。初はたえず矛先を高次に向けていた自分を顧《かえり》みた。

新たな側近

関ヶ原戦後、大蔵卿局《おおくらきょうのつぼね》は豊臣《とよとみ》家の行く末に不安を抱くようになっていた。豊臣恩顧《おんこ》の大名があっけなく徳川《とくがわ》方についたことは、淀《よど》殿だけでなく局にとっても思いがけないことであった。が、大蔵卿局にはそうした大名を非難できない弱みがあった。事情があったとはいえ、我が息子、大野治長《おおのはるなが》も東軍に付き、武功を上げていたからである。

治長は秀吉《ひでよし》に三千石《ごく》の馬廻り衆として取り立てられていた。秀吉の死後、秀頼の側近として仕えていたが、慶長《けいちょう》四年（一五九九）、家康《いえやす》暗殺疑惑事件の首謀者の一人として家康に罪を問われ、下野《しもつけ》国、結城《ゆうき》氏のもとへ配流になっていたのである。だが、会津《あいづ》討伐の直前、結城晴朝《はるとも》の斡旋《あっせん》で罪を許され、浅野《あさの》氏や結城氏から兵馬を借りて会津討伐や関ヶ原戦に参戦していた。

関ヶ原戦では福島正則《ふくしままさのり》のもとで宇喜多秀家《うきたひでいえ》の鉄砲頭を討ち取るなど、家康は治長の働きをおおいに褒め、その信頼を得た。そして戦後、治長は家康の使者として「豊臣家への敵意なし」という書状を持参し、大坂城へやってきたのである。

これを知った大蔵卿局は絶好の機会と喜んだ。治長を何としてでも大坂へ留めねばならぬ。我が子を前に大蔵卿局は身を引き締めた。

「治長殿、お役目ご苦労であります」

二年ぶりに見る息子の頼もしい武者ぶりに局は目を細めた。聞けば家康から旗本のような処遇を受けているとのことだ。大蔵卿局は深呼吸をするとおもむろに切り出した。

「母は、淀の方さまと秀頼《ひでより》さまに最後のご奉公をするつもりでそなたと向きおうておる」

治長は怪訝《けげん》な面持ちで局を見た。

「もはや、いつあの世からお迎えがあってもおかしうない齢になった」

「母上ともあろうお方が、どうなされました」

大蔵卿局は息子の心の内を洞察するかのように治長の眼を凝視した。そして脈があることを直観した。息子は心の髄まで家康のものとなったわけではない。それから我が意を述べ始めたのである。

治長は黙って母に耳を傾け、母の言葉が道理に叶っていることを思った。長政《ながまさ》殿とお市《いち》の方から受けた恩義と厚い信頼は幼い頃より聞かされてきた。乳母子《めのとご》としてともに育った茶々《ちゃちゃ》、淀の方への肉親のような思いも、今なお失ったわけではない。

「治長殿、豊臣の行く末が不安じゃ。石田三成《いしだみつなり》殿亡き後、豊臣家には秀頼さまと淀の方さまを補佐するこれといった側近がいない。確かに片桐且元《かたぎりかつもと》殿は浅井《あざい》家以来の忠義な家臣。だが、ちと弱い。強力な側近が豊臣には必要なのじゃ。その点、徳川殿にはあまたの側近がおる。そなたが一人いなくなったくらいでどうということもないであろう」

母の言うことはもっともである。が、思いがけない言葉に治長は返答に窮した。家康が自分を使者に選んだのは、豊臣家との縁の深さを考えてのことだろう。だからこそ、家康の思いを上手く伝えてくれると考えたに違いない。治長も徳川と豊臣が末長く共存していくことを思って重要な役目を引き受けたのである。

「それにしても母上、この場で某《それがし》の一存では決めかねまする」

大蔵卿局はそのこともよくわかっていた。が、あえて強硬な言動に出た。

「そなた、母を棄てるおつもりか。関東へ戻ってしまえば、大坂のことなど忘れてしまうは必定《ひつじょう》じゃ」

「母上、それはあまりなお言葉」

治長は絶句した。

「さあ、母をとるか、家康をとるか、この場で決断なされ」

その時である。局の居室を訪れる人の気配があった。大蔵卿局は立ち上がった。茶々が一人で現れた。

「淀のお方さま、ご息災であられましたか」

治長の言葉に茶々は黙って涙を浮かべるばかりであった。治長は幼い頃より茶々の涙を見たことがなかった。いつか母が寄こした文に、信頼していた京極《きょうごく》殿ご夫妻にも背かれ、茶々さまが気弱になられている、と書かれていたことがあったが、嘘ではなかったのだ。

治長は痛々しい茶々の姿を言葉もなく見つめていた。元はといえば秀頼さまの側近の一人であった身である。それが家康暗殺事件の疑惑をかけられ、徳川に身をゆだねることになってしまった。運命の悪戯《いたずら》と考えられなくもない。

「治長殿、頼みましたぞ。そなたがそばにいてくれるのは老母には何よりもありがたい」

大蔵卿局には息子の心中の動きが目に見えるようだった。大野治長はそのまま大坂城内に留まり、豊臣家一万石の家臣として復帰することになったのである。

が、治長ははじめのうちは、豊臣と徳川の橋渡しをするつもりでいたのだった。実際、治長はその役目を忠実に果たし、家康からも感謝されていた。


慶長八年（一六〇三）のことである。高次が急ぎ足で初の居室へやってきた。

「お初、良き報《しら》せじゃ。千《せん》姫さまが秀頼公のご正室となられる」

「秀頼君は十一歳、千姫さまにいたってはまだ七歳ではありませんか」

そう言い、初は千姫の妹の珠姫《たま》のことを思い起こした。二年前の年末、珠姫は三歳という幼さで加賀《かが》前田家の利常《としつね》に嫁いでいるのだった。この時も小督は家康への憤りの文を初のもとへ寄こしていた。しかも秀忠に側室を押し付け、その女がすでに子を身籠っていることも記されていたのだった。

「淀殿もこれで少しは安らかさを取り戻されるだろう。家康殿の将軍宣下《せんげ》が三月に二条城で執り行われた時、お聞きになった淀殿がたいそう取り乱され、家康殿をののしられたという」

小督が感覚的に好きになれないという家康。関ヶ原戦の後、厚遇されたこともあり、初夫婦は感謝していたが、秀頼と千姫の婚儀の報に胸を撫《な》でおろした。

「家康殿は豊臣家をないがしろにするようなことはなさらない。小督も少しは舅《しゅうと》殿を好きになってくれなければ困ります」

初の言葉に高次は笑ったが、秀吉に甘やかされた小督は、愛想の一つも言わない家康は苦手なのかもしれない。

憤懣

その年の四月の半ば、小督《おごう》から再び文《ふみ》が届いた。妹の文には家康《いえやす》への不満が滔々《とうとう》と綴られていた。

初姉さま
私のやるかたない思いをお聞きくださ い。ご存じのように私は身重《みおも》の身で千《せん》姫に付き添い、江戸を発つ予定でございます。私は秀忠《ひでただ》殿に早くからそのことをお願いしておりました。私が京へ行くということは、千姫のことをよろしくお願いしたいこともありますが、大坂の茶々《ちゃちゃ》姉さまにお会いし、関ヶ原以来の胸のしこりをお互いになくしたいという思いがあるからなのです。
秀忠殿は私の心中の思いをご存じで、私は茶々姉さまとお出会いできることになっていたのです。ところが、家康殿が「御台《みだい》は伏見《ふしみ》城で待機しているように。婚儀の場に出向くことはならん」と仰せになったのです。秀忠殿は家康殿に逆らうことなどおできになりません。思うに、家康殿は私が茶々姉さまに会うことをよしとしないのでしょう。わざわざ江戸から出向いているのに婚儀にも参加させない、いったいどういうことかと、秀忠殿を問い詰めましたが、あのお方は困惑の表情を浮かべられるだけです。このたびの千姫と秀頼《ひでより》君の結婚は私にとっても大変嬉しく、おそらく茶々姉さまも同じ気持ちでありましょう。にもかかわらず、母の私を婚儀に列席させない。それならせめて、その場まで付き添っていくことはできないかと談判したところ、それも駄目、私は今後の豊臣《とよとみ》と徳川《とくがわ》の行く末に暗雲が待ち受けているような気がしてまいりました。私と姉上が出会い、話すことが、何か大問題に繋がるとあのお方はお思いなのでしょうか。秀忠殿を責めるのは気の毒と思いながら、私は我が夫に当たらざるを得ません。

小督が立腹するのも無理はない。私はお父上とお母上のような夫婦になりたいと口にしていた妹。確かに秀忠殿は優しいお方である。が、小督の前には家康、さらに徳川という大きな壁が立ちはだかっているのだ。高次《たかつぐ》からも秀忠が大御所《おおごしょ》家康に頭が上がらないことは耳にしていた。なぜ、小督は姉淀《よど》殿と会うことすらできないのだろう。実の姉になぜ千姫をよろしく頼みます、とも言えないのだろうか。

家康の言は誰にも翻《ひるがえ》すことができなかった。江戸を出発した小督の一行は五月十五日、伏見城に到着した。そこには大蔵卿局《おおくらきょうのつぼね》が大坂城から出向いていたのである。

「姉妹といっても淀殿と小督さまは豊臣と徳川という家を背負うておられる。家康殿はそうしたけじめをつけられたのだ」

高次は言う。

「もはや姉妹という血の繋がりより家が優先するべき、ということなのですね」

初は腹立たしさをぶつける。

「豊臣と徳川、二つの勢力の間にはたとえ、姉妹であろうとも情が入る余地などないのだ」

高次はそう言い、初の顔を見て黙った。関ヶ原戦で、淀殿との間で初が同じ思いをしたことを彼は痛いほどわかっていた。高次自身も茶々への背信の思いは未だ消えていない。

「なんと辛いことだろう、姉上も小督も」

初とて淀殿とのわだかまりが融けてしまったわけではない。一日も早く以前のように慕いあい、支えあう姉妹に戻りたい。そう思うとじっとしていることができなくなった。まずは伏見の小督に会いに行こう。後に家康に悶着をつけられないように、小督に伏見城の近くの知人宅まで出向いてもらう。伏見には手広く商いをしている八幡山《はちまんやま》在城の時からの昵懇《じっこん》の商人、八幡屋がある。小浜《おばま》に移ってからも八幡屋は反物《たんもの》を持参していた。最近、離れを新築したとも話していた。初の頭の中で企てが瞬く間に出来上がっていった。

小督からの承諾の文が届くや、数人の従者を連れ、初は京の伏見へ向かった。婚儀を前にした七月の暑い日であった。

「お方さま、大丈夫でございますか」

峠路にさしかかりあえぐ籠の中の初に、侍女が言う。確かに暑くて辛い。が、心中には炎暑を吹き飛ばすものが渦巻いていた。

密　会

「小督《おごう》」

八幡《はちまん》屋の離れに現れた妹を初は抱きしめた。

「初《はつ》姉さま、苦しゅうございます」

「そなたのお腹《なか》のややも抱いてしまいましたな」

八年ぶりの再会である。このほっそりした身体でよくも次々出産したものである。

「今度こそ、若君を産みたい。意地でも産んでみせますぞ」

空《くう》を睨《にら》みつけるように小督は言う。初は昨年、秀忠《ひでただ》が家女に産ませた長子が二歳で亡くなったことを高次から聞いていた。

「家康《いえやす》殿はまた側近に命じて秀忠殿に側室を持たせようとしておいでじゃ。初姉さま、私は男子ができるまで生み続けるつもりです。いや、子を産むことができる限り産み続けます る」

初は小督の執念の凄まじさに驚かされた。妹はもうかつての、甘やかされた末の姫ではないのだ。

「今度もまた姫であれば…」

「初姉さままでがひどいことを。もしそうなら京極《きょうごく》家に差し上げましょうか」

「小督、本当ですか」

言葉の弾みであったことには違いない。茶々からミケをもらったようにはいかないのだ。小督の一存で決められるものでもない。加えて、長女の千《せん》姫は豊臣《とよとみ》家に、珠《たま》姫は前田家に、幼い勝《かつ》姫もそのうち家康の命で大名家へ嫁がさせられるだろう。

「後悔するかもしれませんよ、小督」

「いいえ、よいのです。舅《しゅうと》殿の命で赤の他人にやられるのなら、初姉さまのもとで養育される方がどれほどありがたいでしょう」

思いがけない話の展開に初の頭を占めていた婚儀のことはどこかへ飛んでしまった。初は嬉しくてならない。この件は家康にひれ伏してでもお願いしよう。高次《たかつぐ》にも絶対反対をさせない。いや、あのお方は必ず賛成するだろう。徳川《とくがわ》家との縁がいっそう深くなると喜ぶに違いない。

初は心中でほくそ笑んだ。偶然にも高次を見返すことができるのだ。というのは昨年、高次の二番目の側室が男子を産んでいた。が、高次は直ちに徳川家に出産報告をしなかった。小督との縁を思い、徳川家に遠慮していたのだろう。世継の男子が一人というのはお家のためによくない、と側近たちがしきりに高次を説得していることを初は知っていた。確かにその通りだろう。

「小督、名案があります。もし今度も姫なら、熊麿《くままろ》の正室にする、ということでどうでしょう。家康殿にも異存はあるまい」

「いやですこと、初姉さまは姫と決めてかかっていらっしゃる」

小督は頬を膨らませた。

「ああ、懐かしい、小督のその顔」

「もう本当に初姉さまったら意地悪ですこと」

二人は手を取り合って笑い転げた。小督が江戸に下ってから八年の月日が経ったことが嘘のように思えた。ここに茶々《ちゃちゃ》がいれば。だが、小督の大きく膨らんだ腹部は現実を見せつけ、茶々の不在は三姉妹が置かれた状況を否が応でも思い出させた。

「伏見《ふしみ》にいると秀吉《ひでよし》殿を思い出してしまいます。昨夜、私は殿下の夢を見ました。金銀の縫いとりのでんちを召した殿下が、おいでおいでをなされ、小督姫、息災であるかの、と仰せになるのです。私ははい、と言い、それから少し、首を傾《かし》げました。そして一つだけ不満がございます、と申し上げたのです。なんじゃ、その不満というのは、と仰せなので、私がしばらくためらっていると小督姫らしくない、と眉を顰《ひそ》められたのです。私は仕方なく、秀忠殿は大好きですが、家康殿は大嫌いです、と申しました。すると殿下は愉快そうに呵呵《かか》とお笑いになったのです」

秀吉は小督が喜ぶのを見るのが好きだった。三姉妹の中で一番秀吉に甘え、欲しいものを次々買ってもらっていたのが小督であった。

初は一度だけ秀吉の夢を見たことがある。関ヶ原戦の後、家康から小浜《おばま》に領地を与えられた時である。やせ衰えた秀吉が暗闇に立ち、何も言わず初をじっと見つめるのだった。初はあの時、秀吉から、お初殿、某《それがし》がそなたに化粧料を与えたのはお茶々の支えになってほしかったからだ。それなのにそちら夫婦は何ということをしてくれた、と罵倒されたかった。が、秀吉は黙って消えていったのである。

「小督、茶々姉さまのことは私にまかせてください。母上の遺言をないがしろにするのは私も心苦しい」

しかし、初の思いも空しく、茶々と小督の出会いは叶わなかった。大坂城内では大坂方の思惑が働いていたのである。茶々ももはや単なる初の姉ではなく、豊臣家を背負う人であったのだ。本当に徳川と豊臣は婚儀によって和を保つことができるのだろうか。

邂逅

初《はつ》と茶々《ちゃちゃ》は三年ぶりに出会うことができた。初は婚儀の祝いの品を自ら届けたのだった。大坂城は秀吉《ひでよし》の生前に比べると、どことなく華やかさに欠けているように思えた。城内は婚礼の準備もあり、人がひっきりなしに出入りしていた。小督《おごう》がいればどれほど喜ぶだろう。贅沢に慣れた小督は江戸の暮らしに不服を漏らしていた。江戸の品物は雅やかさに欠けると秀忠《ひでただ》殿に愚痴ると、そのうち京や大坂の商人がたくさん江戸にやってくるだろう、と仰せになったとのこと。小督の心のどこかには秀吉を慕う気持ちが消えやらないでいるのだろう。

「姉上さま」

淀《よど》殿の居室を訪ねた初は、茶々の顔を見るなり、足もとにひざまずいた。とにかく姉上に詫びなければならない。初はしばらく顔を上げることができなかった。

「お初」

淀殿も絶句したまま初の手を取った。涙が溢れ出、二人は少女のようにいつまでもさめざめと泣いていた。

「姉上さま、お許しください」

「お初、そのことはもうよい」

茶々の声は自分に言い聞かせるかのようにややこわばって聞こえた。

「姉上さまをはじめとする方々の開城勧告がなければ、私は今頃、母上のもとに逝っていたでしょう」

「高次《たかつぐ》殿はご息災か」

「はい、あのお方も淀の方さまには顔を向けることができない、と仰せです」

「そなたとはもう会うこともあるまいと思うていたが、こうして話すことができて嬉しい」

茶々はそう言い、空《くう》を見つめた。

そんな茶々を見つめていると初はたまらなくなってきた。確かに姉上は妹である自分との再会を喜んでいる。が、以前とどこかが違っていることを感じるのだった。

「小督は息災でしたか」

はい、と返事をしたものの、小督の愚痴を伝えてよいものかどうか、初はためらった。

「小督も辛いことがあるのでしょう」

茶々は再び黙った。

「小督は、秀忠殿とは仲睦《むつ》まじく暮らしているようでした。あのお方は優しいお方ということです。ただ舅《しゅうと》殿が…」

いきなり、茶々の笑い声がした。

「お初、わかっていますよ、私には、すべてが」

初は思わず茶々を見た。

「高次殿が東軍についた経緯も、この度の千《せん》姫と秀頼《ひでより》の婚儀も。だからこそ、私は、大蔵《おおくら》卿局《きょうのつぼね》を使者として伏見《ふしみ》城に遣わしたのです。家康《いえやす》殿は私を、いや、豊臣《とよとみ》方を懐柔なさったのです。あのお方は私を宥《なだ》めすかしたとお思いかもしれませんが、徳川の手の内を知らいでか。今後、どうお出になるか、この目でしかと見つめていますぞ。高台院《こうだいいん》(おね)さまは豊臣と徳川の婚儀を諸手を挙げてお喜びですが、私はそれほど単純には考えていません。そなたも浅井《あざい》家の娘、女だからといって決して粗略に扱われないようにしっかりしなければなりません」

茶々の顔には何かをひしと見据える鬼気のようなものが揺らいでいた。

「それでもお初、私は小督が京まで来てくれたことが嬉しいのですよ。私とて、小督に会いに飛んで行きたい気持ちでした。じゃが、それはできない。豊臣が頭を下げることになる。それに万が一家康殿の耳に入れば小督の立場が悪くなるでしょう」

姉上はただたんに私どもの姉上ではなく、豊臣家を背負って立つ人であることを初は新たに実感させられた。

初と初姫

茶々《ちゃちゃ》との邂逅《かいこう》から、初《はつ》と淀《よど》殿の間には再び文《ふみ》が交わされるようになった。今後、どんなことがあっても姉上から遠ざかるようなことはすまい。初は自らに誓った。

千《せん》姫と秀頼《ひでより》の婚儀も滞《とどこお》りなく終わり、生まれたばかりの小督《おごう》の四女が京極《きょうごく》家にやってきた。

「初と名づけたいと思います」

初はかねがね、姫なら自分と同じ名をつけることを小督に伝えていた。

「よかろう。初姫は赤子のうちから熊麿《くままろ》の正室じゃな」

高次《たかつぐ》はそう言って喜んだ。初姫を養女として迎えることで、初にも将軍家にも顔が立つ、と思ったのかもしれない。二番目の側室から生まれた男子が、高政《たかまさ》と名づけられたことを初が知ったのは、数ヶ月後である。

初は熊麿が生まれた時ほど打ちのめされ苦しむことはなかった。初姫を育てる喜びに夢中であったからだろう。高次にとっても姫は初めてである。初姫をあやす高次の姿を見ていると、今まで覚えたことのない満ち足りた安らかさに包まれていく。

後瀬山《のちせやま》には楢《なら》の木があちこちに自生している。ある日、高次はどんぐり拾いに初を連れ出した。城は後瀬山の中腹に築かれ、少し歩くと頂に到着する。

「近江《おうみ》の柏原《かしわばら》にいる時、母上がよくどんぐり拾いに連れていってくだされた。たくさんのどんぐりを籠いっぱい拾った。拾っている時、母上が木の陰で涙を拭っていられるのを見てしまった。幼いながら大変な姿を見てしまったと思った。夢ではない、確かに母上は泣いておられた。どんぐり拾いの興がいっぺんに覚めてしまい、少し離れたところで一人坐ってぼんやりしていると、母上が例のいつもの元気のよい調子で声をかけてくだされた。某《それがし》はあの光景だけは忘れることができない。放浪時代の苦しさは靄《もや》のように霞《かす》んでしまったがの」

マリアと子どもたちはどんぐりに穴を開け、いくつも首飾りを作ったのだという。

「これだけどんぐりがあれば、三つや四つは首飾りができるぞ」

高次は眼を輝かせる。

「初姫が喜ぶでしょうか」

「けど、口にくわえないようにしないとな」

転びそうになる初に高次は手を差し出した。

小浜の冬は早い。時雨《しぐれ》が降り始めたと思うと、雪が舞い降りてくる。寒風が吹きすさぶ、来《きた》るべき冬を思い、初は初姫のために自ら針を持つ。綿入りの着物を縫っていると遠い小《お》谷《だに》の記憶がぼんやり思い出される。阿古《あこ》が、赤い小さな半纏《はんてん》を手にしていた。

二代将軍

翌年の七月のことである。高次《たかつぐ》が嬉々として初の居室にやってきた。

「お初、今年は秀吉《ひでよし》殿の七回忌だ。家康《いえやす》殿が秀頼《ひでより》殿を盛りたて、八月十四、十五の両日に豊国《とよくに》社臨時祭を執り行われるそうだ。もちろん祭礼の施主は家康殿と秀頼さまだ」

「家康殿は豊臣《とよとみ》家をないがしろにするおつもりではないのですね」

「千《せん》姫さまのお輿《こし》入れに続き、この七回忌の催しだ。家康殿とて秀頼をよろしく頼むと、秀吉殿から重ね重ね頼まれたことをお忘れではあるまい」

「今度こそ、姉上はお喜びであろう。秀頼君が施主の一人におなりなのだから。早速姉上に文《ふみ》を届けなくては」

小浜《おばま》の夏のむし暑さに気力も萎《な》えがちであった初《はつ》の心中に、にわかに力がみなぎってきた。姉上は少しばかり心配性ではなかろうか。秀頼を前面に立て、豊臣家を守る身としては当然かもしれないが。それにしても、高台院《こうだいいん》さまは気楽でいらっしゃる。何かにつけ矢面に立たされるのは淀《よど》殿、姉上なのだから。初はおねが嫌いではなかったが、とかく巷ではおねと淀殿が比較され、おねに軍配が上がるのを耳にするのはおもしろくなかった。

この年の七月、小督《おごう》は初めての男子、竹千代《たけちよ》を出産したばかりであった。小督の執念が実ったのである。喜びに溢れる妹の顔を瞼《まぶた》に浮かべていた初のもとへ意外な文が届いたのだった。

それは竹千代の乳母について異議を唱えたものだった。小督夫婦に何の相談もなく家康が若君の乳母を決めてしまった、というのだ。しかもその乳母というのが、明智光秀《あけちみつひで》の家老、斎藤利三《さいとうとしみつ》の娘で、稲葉正成《いなばまさなり》の妻、福(のちの春日局《かすがのつぼね》)ということである。小督夫婦は結局、自分たちが決めていた乳母でなく、家康の息のかかった乳母に大切な若君をゆだねなければならなかったのだという。ようやく生まれた若君まで、家康に牛耳られるのではないか、と小督は憤懣《ふんまん》やるかたない思いを綴っていた。小督は最後に、私は必ず次子も男子を生んでみせる、次の若君は必ず自分たちの決めた乳母に養育をゆだねる、と結んでいた。秀忠《ひでただ》殿も妻と父の間に立って辛いことであろう。

海辺に築城中の小浜城も順調にはかどっていた。声を立てて笑うようになった初姫をあやしながら初は、この戦《いくさ》のない安寧な日々がいつまでも続いてくれることを願った。父上、母上、私は幸せに暮らしています。見てください、初姫のまるまるとした顔。浅井《あざい》のお父上に似ていると高次殿は仰せです。

後瀬山《のちせやま》城から、新しい海辺の城がしだいに形を成していくのが見える。城が完成したら姉上や小督を招待したい。家康も三姉妹が久々に会うことを反対することはないだろう。完成した城で姉妹が談笑する姿を初は思い描いていた。

ところが、慶長《けいちょう》十年（一六〇五）、淀殿、いや豊臣方を驚愕《きょうがく》させる出来事が起こったのである。

「お初、秀忠殿が朝廷より二代目将軍となることを認められたそうだ」

高次の言葉に、初はまだ事の重大さが理解できないでいた。

「もうはっきりと豊臣の政権は終わりを告げ、徳川の時代になったという証だ。二月に秀忠殿が十万余の大軍を率いて伏見《ふしみ》城へやってきたのは、朝廷と豊臣方への示威行動であったに違いない」

「戦が起きるのでしょうか。姉上がどれほどご立腹か」

初はようやく秀忠の将軍職の継承が意味するところを知った。

「賢い淀殿のことだ。こうした危惧は抱いておられたかもしれない。おとなしく豊臣方が一大名になることを納得すればよいのだが」

「納得しなければ、戦が起きますか」

「お初はよほど戦が嫌いとみえる」

高次は笑った。

「私はこの小浜で、生まれて初めて戦を忘れる平和な日々を送っています。戦と聞いただけで身ぶるいするのです。大津《おおつ》城に撃ち放たれた大筒《おおづつ》の轟音《ごうおん》を二度と経験したくありません。もし徳川と豊臣の間に戦が起こるようなことがあれば、私は身を挺して和平のための力になりたいと思っています」

高次はしばらく考えていたが、苦しそうに初を見た。

「我々もその時のために覚悟を決めておかなければならないだろう」

高次はそれ以上、口にしなかったが、初には高次が家康の方を向いていることはわかっていた。

翌年、小督の執念が実ったのか、二番目の男子、国松《くにまつ》が誕生した。乳母は小督の意向で決定し、竹千代の場合とは異なり、絶えず我が子をかたわらに置いている様子であった。しかも小督の文によると国松は赤子のうちからたいそう聡明だということだ。

実子を持たない初には、竹千代より国松がかわいくてならないと綴る小督を、何と贅沢なことよ、と羨《うらや》ましく感じられた。

因果応報

慶長《けいちょう》十一年（一六〇六）の三月、熊麿《くままろ》が忠高《ただたか》と名乗り、若狭守《わかさのかみ》となった。健康に不安を抱くようになった高次《たかつぐ》が隠居したのである。その三年後、慶長十四年の五月三日、高次は四十七歳であの世の人となった。覚悟していたものの、初はなかなか心の空白を埋めることができなかった。

「最後の天守閣の完成をあれほど待ち望んでおいでだったのに」

初《はつ》は京から訪れた竜子《たつこ》に言った。

「弟は幸せな生涯を送りましたよ」

そうかもしれない。高次は小浜《おばま》に来てからさらに加増され、九万二千石《ごく》の領主となっていた。

「お父上があの世で両手を広げ、高次殿を迎えておいでだろう。二人でお能を舞っていられるかもしれませんよ。そしてそなたの墓は他の誰の墓より大きなものを建てるように、と仰せになっているかもしれません」

竜子は微笑み、空《くう》を見つめた。亡き高吉《たかよし》は京極《きょうごく》家の誰よりも小さな墓を建立するよう遺言していたのである。

「お父上は京極家が地に墜ちたことを嘆いておられた。私たち子どもは嫌と言うほど京極家再興の願いを聞かされたものですよ」

竜子もその父の願いに添うた一生を送ってきたといえる。初は自分の中で一つの時代が終わったことを思わないではいられない。姉上からも小督《おごう》からも悔やみの文《ふみ》が届いていた。さらに家康《いえやす》から戸田備後守《とだびんごのかみ》が小浜に遣わされ、葬儀料として銀千枚が贈られたのである。ありがたく思う一方、初の心中は波だった。関ヶ原戦の前も家康から城を修復するようにと、白銀が贈られたことを思い出したからである。

「竜子さまは家康殿をどのようにお思いですか」

「まあまあ、ずいぶん難題ですこと」

初の唐突な問いに竜子は笑った。が、困惑しているふうでもない。

「同じ権力者でも秀吉殿《ひでよし》とはずいぶん異なっているように見受けられます。高次殿がよくしていただいたお方ですから、悪く言うつもりはありません。実際、たいそう優れた統治者ですものね。けれど、夫としてなら私は秀吉殿を選びます」

竜子はそう言い、愉快そうに笑った。おそらく、在りし日の秀吉とのひとときを思い出しているのだろう。

「でもはじめは嫌々、秀吉殿のもとに参ったのですよ」

初は竜子の言葉に茶々《ちゃちゃ》を重ねた。茶々もしだいに秀吉を好きになっていったのだろうか。

「秀吉殿は楽しいお方でした。はじめのうちは私を笑わせようと必死でした。固くなっている私に、幼子をあやすように百面相をなさるのです。このお方は、私をなんとお思いなのだろうと、むっとしていると、その顔を真似てひょっとこ踊りをなさるのです。私の表情が崩れるまで実に粘り強く百面相やねじり鉢巻きでひょっとこ踊りをなさいました。それでも私はこわばった表情を崩さない。そしてある日、とうとう秀吉殿は涙を出してお泣きになった。私はその姿を見てついに笑ってしまいました。おかしいというより、心中で、何かが吹っ切れたのでしょう」

竜子の眼には在りし日の秀吉の姿が映っているのだろう。微笑む表情が愛らしい。秀吉はこんな竜子が好きであったのかもしれない。

「それにあのお方は心配性でもありましたよ」

身体を冷やすなとか、お灸《きゅう》が身体によいから据えてもらうようにとか、子どもに言うようにお節介だったそうだ。それに大変なやきもちやきであったと。

「けれど、存分に楽しませていただきましたよ」

「それなら好いておいでだったのですね」

「好くも好かぬもありません。退屈をしなかっただけは確かです。でもやっぱり好いていたのでしょうか」

竜子は娘のように首をすくめ、笑った。

「秀頼さまはこれからどうおなりでしょう」

初は竜子の顔を覗く。

「お初殿、因果応報という言葉があります。小谷《おだに》のお城で阿古《あこ》の婆さまがよく仰せでした。悪いことをすれば必ずその報いがくる。良いことをすれば良いことが起きるものだ。仏さまはそれを因果応報という言葉で諭される。竜子も良い行いを心がけるようにの。私はわけがわからないまま因果応報、因果応報と口にしていたのを思い出します。それなら婆さまはなぜあのような苦しみを受け、あの世へ旅立たれたのか、私は今でもわからないのですけれどね。阿古の婆さまは本当に観音様のようなお方でした」

話はいつしか阿古のことになっていた。

豊臣の紋章

竜子《たつこ》が京へ戻った翌日、入れ替わるように喜八郎《きはちろう》が訪れた。もはや青二才ではない。壮年の喜八郎が九年ぶりに初《はつ》に顔を見せたのだ。子も何人か生まれ、貫禄もついていた。

「喜八郎殿、立派におなりじゃの。もはや湖面の水鳥ではありませんな」

「いえ、水鳥であることには変わりません。この度は伏見《ふしみ》城に参る用事もあり、高次《たかつぐ》殿に経を奉りたいと思いまして」

喜八郎は関ヶ原戦後、浪人暮らしの後、讃岐《さぬき》丸亀の生駒一正《いこまかずまさ》の家臣に取り立てられていた。一正の父、生駒親正《ちかまさ》は西軍の武将であったが、関ヶ原本戦には参加しなかった。病気と偽り、北国口《ほっこくぐち》の守備や細川幽斎《ほそかわゆうさい》が籠城する丹後《たんご》田辺城攻撃のために代理を派遣していた。

戦後、高野山《こうやさん》に入り剃髪《ていはつ》したが、助命され、讃岐で蟄居《ちっきょ》。所領は慶長《けいちょう》六年（一六〇一）に子一正に宛がわれていた。

「某《それがし》は今も五百石《こく》を背負った水鳥でございます」

喜八郎は重そうに羽ばたいて見せる。この弟もそれなりの苦労を味わっているのだろう。その額にはいくつもの皺《しわ》が刻まれていた。

高次は表面上はキリスト教を棄教し、仏教徒であることになっていた。当然葬儀も仏式であった。

経を上げると、喜八郎は伏見城で見聞きしたことを話しだした。

「秀頼《ひでより》さまは早、十七歳におなりになったそうですね。ずいぶんご立派に成長なされたと城内でも評判でした」

利発であることは初も耳にしていたが、最近とみに輝くような聡明さが加わってきた、と母、淀《よど》殿も文《ふみ》に記していたことがある。

「大坂城ではもはや、国事を秀頼君に返しても何の心配もない、と言う者が多いということです。徳川《とくがわ》殿はいつまで国事代行を続けるのか、と不信の目で見ているようです。三人目の将軍が豊臣《とよとみ》秀頼となるかどうか、大名たちも興味津々のようで、実は我が藩でもそれとなく動静を探るようにとの命で、私が京、大坂に遣わされたのです」

初は亡き高次の言葉を思い起こした。高次は三代目将軍もおそらく徳川から出るだろうと話していたのである。何事も起こらなければよいが、初は不安な面持ちで喜八郎を見る。

「関ヶ原戦の前に三成《みつなり》殿は気になることを口にされたことがある。今度の戦《いくさ》に負けることは徳川に政権を譲ることになる。我々は是が非でも勝利せねばならないと。だが、賭けは失敗に終わってしまった。家康殿はそろそろ最後の時を探っておいでなのではあるまいか」

家康は七十近くなっていた。健康には異常なほど気をつかっていることを、小督《おごう》は文の中で冷笑していた。

「秀頼君にお出会いされたか」

「いえ」

「それなら姉上にはお会いなされたであろう」

喜八郎は微笑んだ。

「ちょっとした用件を終えた後、お会いせずに帰るつもりでいました」

喜八郎は心が咎《とが》めていたのである。奉公先が見つかったとはいえ、主は徳川に付く生駒一正であったからだ。ところが、城内の廊下で偶然にも大蔵卿局《おおくらきょうのつぼね》に出会ってしまったのである。

「それでほんのしばらくでしたが、淀殿とお会いすることになりました」

喜八郎は先日の茶々《ちゃちゃ》とのやりとりを思い浮かべた。

「生駒一正は親正の子息ですね」

淀殿は西軍から東軍となった生駒家の内情にも通じていた。が、それ以上のことは言わず、懐かしそうに喜八郎を見つめていた。

「そなたは三成の最期を目にしたのですね」

喜八郎は頭を下げた。佐和山《さわやま》城落城の様子も逐一耳にしていた。

「月日の経つのは早いものじゃ。あの頃、秀頼は八歳であった。せめて今の年齢であったらと思うが、三成は無念であったろう」

喜八郎と淀殿の会話に大蔵卿局が割って入った。

「よろしいですね、喜八郎殿。秀頼さまこそ、国事を担うにふさわしいお方。十七歳とは思えない思慮深さ、それに浅井《あざい》のお殿さまに似てなかなかの美丈夫《びじょうぶ》ですぞ」

大蔵卿局は息子治長《はるなが》に淀殿親子の舵取りをまかせたものの、ときおり口を出しては存在感を示すのだった。

「淀の方さまからこのような品をいただきました」

喜八郎は大事そうに懐から包み物を取り出し、初の前で広げて見せた。真紅の地に豊臣の紋章が縫いとられた立派なものだった。

「これを姉上だと思い、大切にする所存です」

喜八郎は再び懐にしまい、両手を合わせた。紋章入りの布はそのまま豊臣の旗印になるものだった。万が一の場合、喜八郎に大坂へ馳せ参じるようにという思いが、茶々にはあったのかもしれない。

二条城

高次《たかつぐ》が亡くなったことは、ある意味で初《はつ》に自由をもたらしていた。初は今まで以上に淀《よど》殿を訪ねるようになった。茶々《ちゃちゃ》もまた初の来訪を楽しみにしていた。

「お初、そなたは出家して常高院《じょうこういん》とおなりだ。私は秀吉《ひでよし》殿から秀頼《ひでより》のことを頼まれたがために、いつまでもみ仏の世界へ入ることができない。そなたが羨《うらや》ましい」

「姉上さま、羨ましいのは私の方、秀頼君という立派なお世継をお産みになったのですもの。忠高《ただたか》殿は私に気をつかってよく尽くしてくれますが、実の子のようにはまいりません」

「初姫は息災ですか」

「最近、小督《おごう》によく似てきました。ほっそりとした体つきで、目鼻立ちも少女の頃の小督を見るようです。でも性格は秀忠《ひでただ》殿に似たのでしょうか。おとなしくおっとりしています。ただ小督のように丈夫でないのが気がかりです」

茶々は初を見て心配そうにうなずく。その時、誰かが廊下を急ぎ足で来る気配がした。

「淀の方さま、大野治長《おおのはるなが》殿が至急、ご会見したいとのことです」

侍女の出現に茶々は即座に表向きの顔になった。初は姉の置かれている立場を目《ま》の当たりにする思いだった。

しばらくして治長が入ってきた。淀殿の顔が一瞬、和らいだが、母大蔵卿局《おおくらきょうのつぼね》によく似た治長の美しい切れ長の眼は曇っていた。初は一礼した後、その場を立ち、千《せん》姫の居室へ向かった。あらかじめ侍女を介して出会う約束ができていたのである。

「伯母上、ようこそおいでくださいました」

深々と頭を下げる千姫は、見るたびに背丈が伸びてはいたが、まだあどけなさが残っている。

「お母上に連れられて京へおいでになった時はわずか七歳、あれから八年の歳月が経ったのですねえ」

感慨深そうに言う初に千姫は微笑む。

「いつであったか、お城を訪ねると、そなたは侍女と一緒に雛《ひな》遊びをしていたことがありますよ。それがこんなに美しく大きくおなりじゃ」

「伯母上、初姫は息災にしていますか」

会ったことのない実の妹を思うのはやはり血のつながった姉妹なのだろう。千姫も初姫も三歳で前田家に嫁いだ珠姫《たま》もお互いに顔を知らない。姉妹というのは名だけである。考えてみれば初たち三姉妹は十数年の間、ともに暮らすことができたのだ。いかに幸せであったかを初は思わないではいられない。

「淀の方さまは大事にしてくださいますか」

千姫は微笑み、うなずく。

「先日も私のためにお能を催してくださいました。そうそう、その時は九条さまにお輿《こし》入れになった完子《さだこ》さまもおいででした」

父の異なる姉妹を会わせたのは姉上の計らいであっただろう。

「完子さまはご息災でしたか」

「はい、九条さまもおいでで、仲睦《むつ》まじいご様子でした」

初は目頭が熱くなってきた。小督の二番目の夫、小吉秀勝《こきちひでかつ》の戦死の報を受けてから生まれたのが完子であった。朝鮮で屍《しかばね》となった父を知らない娘はその後、淀殿のもとで養育されたのである。

「年をとるといけませんね、涙もろくなってしまって」

初は、涙を拭う。いつのまにか四十二歳になっていた。

「お母上のようにたくさんお子を生みなされ」

千姫は即座に返事をしたが、ややあって首を傾《かし》げた。それからおもむろに言ったのである。

「伯母上、でも私は幼い姫を嫁がせるようなことはしたくありません」

千姫の言葉に初は思わず、彼女の両の手を握り締め、何度もうなずくのだった。

淀殿の居室に戻ると、茶々が一人、坐していた。頬が紅潮し、興奮気味である。

「どうなされたのですか」

「やはり、あの家康《いえやす》殿は油断のならない御仁だ。秀頼に二条城へ挨拶に出向くようにとのことじゃ。六年ぶりの上洛とのことじゃが、それならそちらから大坂へ出向き、秀頼に挨拶するのが筋ではないか。秀頼はもはや十九におなりじゃ。家康殿の国事代行など不要。当然、国事代行を降りるべきであるのに、未だにその座にしがみつき、さらに秀頼に挨拶に来いとは何事ぞ。もしかすると、これを良き機会と暗殺を企んでいるやもしれん」

茶々の声は怒りで震えていた。

「将軍職は降りても駿府《すんぷ》城で依然、政《まつりごと》を操っていると聞いている。秀忠殿は名ばかりの将軍で、そのことは小督も不愉快に思っているようじゃが」

初は一両日のうちに小浜《おばま》に帰る予定をしていたが、事が決着するまで延期を決めた。まさかとは思うが、秀頼が殺《あや》められるようなことになれば一大事である。

淀殿の周辺はにわかに慌ただしくなった。片桐且元《かたぎりかつもと》が呼ばれ、白井龍伯《しらいりゅうはく》という軍配者に吉凶を占うよう淀殿は命じたのである。

その間、淀殿は仏間に控え、み仏にお祈りするのだった。初も付き添い、秀頼君を守ってくださるよう祈った。龍伯は七日間潔斎《けっさい》して香を焚き、その煙で吉凶を占うのだという。姉上は食事もそこそこに一心に祈り続けた。その後ろ姿を見ながら初は深い親子の情を思った。

仏間に籠っていると、近江《おうみ》平塚の実宰庵《じっさいあん》の本堂が浮かび上がってきた。見久尼《けんきゅうに》と祈った一月あまりの日々。尼さま、どうか秀頼君をお守りください。茶々はますます信心深くなり、寺社の造営や修復にも熱心になっていった。

七日間が過ぎ、片桐且元が占いの結果を告げに淀殿のもとに来た。

「淀のお方さま、お喜びなされませ、吉と出ましてございます。三度行い、三度とも吉であったとのことでございます」

その時の茶々の安堵した表情を初は忘れることができない。

慶長《けいちょう》十六年（一六一一）三月二十八日、秀頼は二条城の家康を訪問し、会見した。京に発つ前、姉上は心配が消えなかったのだろう。福島正則《ふくしままさのり》が付き添いとして同行し、福島正則は「万が一のことがあれば某《それがし》は家康殿と差し違える」と誓ったのである。

初は秀頼が無事大坂へ帰城するのを待って、小浜へ戻った。秀頼の無事がわかるまでの茶々の尋常とは思えない落ち着きのなさ。立ったり坐ったり、初が数えただけでも日に二百あまりもその動作を繰り返していたのである。当然、食は喉を通らなかった。白井龍伯の占候《せんこう》に関しては後日譚があり、初がそれを知ったのは、茶々があの世に逝った後である。

魂胆

翌、慶長《けいちょう》十七年の春のことである。江戸から戻った初《はつ》が小浜《おばま》城の海辺を散策していると後ろから呼ぶ者があった。

「姉上、姉上ではありませんか」

振り向くと喜八郎《きはちろう》である。突然、訪れるのはいかにも喜八郎らしい。

「息災のようですね」

「尼姿がすっかり板につかれたようですね」

かつての僧は初を見つめる。

「姉上は江戸へおいでだったと聞いておりますが」

喜八郎にどの程度話してよいものか、初はためらった。

「京へ所用があり、久しぶりに姉上にお会いしたいと思いお寄りしたのですが、お会いできてよかった」

喜八郎も何やら話したいことがあるようだ。この弟は本当に鳥のようだ。いや、仙人かもしれない。ふらりと飛んできては気流に乗ってまたふらりと飛び去っていく。

「そなた、昼餉《ひるげ》は済ませましたか」

「街道の茶店で」

「それならお茶でも進ぜよう。私の部屋においでなされ」

喜八郎は初をしげしげと見つめる。

「高次《たかつぐ》殿がお亡くなりになってから早三年、常高院《じょうこういん》さまとお呼びしなければならないのでしょうが、つい初姉さまと呼んでしまいます」

「それでいいのですよ。私はまだまだこの世での役目があるようですから」

新築された小浜城の初の居室は海側にあり、木の香が薫る心地よい部屋だった。冬が去り、暗い小浜の海も光の乱舞が見られるようになった。

「ところで、姉上、豊臣《とよとみ》家に関して気がかりなことを耳にしました」

喜八郎は小声になり、目を細めた。

「徳川《とくがわ》殿は豊臣家を近い将来滅亡させる魂胆《こんたん》だと」

初の眉根《まゆね》がぴくりとなった。茶々《ちゃちゃ》が最も恐れていた噂である。数ヶ月前、江戸へ向かう少し前のことだった。茶々からの文《ふみ》に、「家康《いえやす》殿には心を許さないように」と告げる者がいる、と記されていた。折も折、小督《おごう》の要請があり、江戸へ出立《しゅったつ》した初であったが、小督もまた舅《しゅうと》家康と戦っていたのである。

家康が小督に与えた訓誡状については、喜八郎には話すまい。余分な心配をさせるだけだ。初の耳には今も小督の怒りの声が残っている。「国松《くにまつ》を寵愛《ちょうあい》しすぎるな、とは何事ですか。姫たちは幼くして次々他家へ嫁がされ、ようやく生まれた若君竹千代《たけちよ》は舅の息がかかった乳母に奪われ、なかなか会うこともできない。国松こそ、私に与えられた子です。それに国松は親の眼から見ても利発な子。家康殿は淀《よど》殿憎しのあまりに、この私までを嫌っておいでなのです」。感情的になっている小督に家康の意図などすんなり納得できる余裕はない。初は、泣いて訴える妹の背をさすって落ち着かせるより方法がなかった。が、初は小督の気持ちも十分に理解できた。初も小督の産んだ姫を赤子の時から養女として迎え、取り上げてしまった一人である。

「小督さまは、いや御台所《みだいどころ》は息災でいらっしゃいましたか」

「小督は秀吉《ひでよし》殿は好きだったが、家康殿はどうも嫌いらしい。秀吉殿は小督にたいそう甘かったですものね」

初は困ったように喜八郎を見た。

「某《それがし》も覚えがあります。あれは秀忠《ひでただ》殿との婚儀の前でした。主、増田長盛《ましたながもり》のお供をして婚礼の祝の品を持参すると、秀吉殿のかたわらに小督姫がいて、婚礼の衣装の品定めをなさっているようでした。殿下はまるで我が娘のようにまなじりをさげ、小督姫、特上のものを選びなされよ。そなたには今度こそ、幸せになってもらいたい。お茶々もそう言うておるぞ、と商人の手から自らも反物《たんもの》を手に取り、仕立て上げればどれほど華やかな衣になるだろう、などと目を細めておいででした」

喜八郎は一晩泊り、翌朝、四国の丸亀に発った。もう少しゆっくりすれば、という初に、

「某はどうやらさまようのが本性のようです」と笑い、一礼して去っていったのである。後ろ姿が見えなくなるまで見送りながら、初は血の繋がりの情味をしみじみ思うのだった。

それから二ヶ月近く後である。淀殿から千姫《せんひめ》の鬢《びん》そぎが行われたことを記した文が届い

た。きっと江戸の小督のもとにも報《しら》せがいっていることだろう。女として一人前になった千姫に祝いを届けたい、と初は早速用意して、使いの者に持たせた。本当は自分で持参したかったのだが、初姫が病で伏せっていたのである。

秀頼《ひでより》には側室があり、側室との間にお子も生まれていたが、これで千姫にお子ができれば、茶々の心配も少しは和らぐかもしれない。徳川と豊臣の橋渡しとなった千姫の行く末を、初は思った。万が一、事が起これば、千姫の立場はどうなるであろうか。千姫の姿が亡きお市《いち》に重なっていく。

関東不吉

事件が起きたのは翌々年、慶長十九年（一六一四）のことだった。初《はつ》はその前から大地震で壊れた方広寺《ほうこうじ》の再建を望む淀《よど》殿の意向を耳にしていた。茶々《ちゃちゃ》は「一日でも早く再建したい。そうしなければ殿下に申し訳がたたない」と文にも何度か記していた。

「母上、良くないことが持ち上がったようでございます」

めったに初のもとを訪れない忠高《ただたか》が緊張した面持ちでやってきた。

「方広寺の大仏殿が竣工したのはご存じでしょう。その大仏殿の鐘銘《しょうめい》の件で悶着があったようです」

忠高は、京極《きょうごく》家の主として重々しい口調で告げた。

「おかしな話じゃな。姉上からの文では、大仏開眼供養の日時を家康《いえやす》殿に打診したところ、八月三日がよかろうということで、八月三日をその開眼供養の日と決めた、と知らされていたのだが」

「ところが、母上、家康殿が鐘銘に不吉な文字があるということでたいそうご立腹とのことだそうです。この度の件が大きなことに発展しなければよいのですが。我が京極家はいずれにしても苦しい立場に立たされるでしょう」

忠高が去った後、重苦しい空気が残った。初は障子を開け、海からの風を入れ、忠高の言葉を反芻《はんすう》していた。

鐘銘文の「関東不吉」の語とは、「国家安康」と「君臣豊楽」であるという。家康方が言うのには、前者は家康の名を「安」という字で切っており、後者は豊臣《とよとみ》家だけが栄えることを願っている、というのである。何と愚かな言いがかりか、初はそう思ったが、一笑に付すことはできなかった。背筋を震撼《しんかん》させるものが走った。喜八郎が話していた噂が、現実のものになりつつあるのだろうか。しかも京の五山《ござん》の僧までが鐘銘の不当を訴えたというのである。

五山の僧と家康との間には、内々に話が通じていたに違いない。小督に訓誡状を与えたほどのお人だ。姉上や秀頼《ひでより》を陥れることなどたやすいことである。

秀吉《ひでよし》が亡くなってから十六年の歳月が経とうとしている。家康はいよいよ動きだしたのである。このままあの世に逝っては禍根を残すことになる。徳川《とくがわ》家を盤石《ばんじゃく》なものにするためには、豊臣の息の根を止めなければならない。家康は自分の余命を考えた。悠長に構えている時はない。大名たちの間でも、秀吉の存在は日々薄れてきている。家康は情勢をしかと見据えていたのである。

初はただならぬ気配を直観した。「女は政《まつりごと》に口をはさむものではない」と一喝した高《たか》次《つぐ》の声が甦ってきた。が、その声も初の気持ちの高ぶりの中で消えていった。姉上を支えるのは自分しかいない。初は、数人のお付きの者を伴に、急ぎ大坂城へ向かったのだった。

大仏開眼供養の延期を伝えられた秀頼は、即、弁明のための使者片桐且元《かたぎりかつもと》を駿府《すんぷ》に送っていた。淀殿はさらに大蔵卿局《おおくらきょうのつぼね》をも駿府に向かわせたということである。茶々は初の顔を見ると、涙を浮かべ、その場に崩《くず》折《お》れた。

「姉上さま、しっかりなさってくだされ」

「淀の方さまはこの数日、あまり眠っておいでにならないのです」

かたわらで侍女が言う。言いがかりとしか考えられない言い草に、茶々はついに来《きた》るべき時が迫っていることを感じたのだ。

やがて片桐且元から報《しら》せがもたらされた。且元は家康に会うこともできず、さらに難題を突き付けられ、困惑しているとのことだった。その難題とは、秀頼が江戸に参勤するか、もしくは淀殿を人質として江戸に差し出す。あるいは秀頼が大坂を退去し、国替えに応ずるか否か、という大坂方にはとうてい考えられないものであった。

そして一方で、妙なことが起きていたのである。大蔵卿局は駿府城に入ることを許され、しかも家康から「心配することはない」と言われたというのだ。

「これは変ですぞ。片桐殿は徳川に寝返ったのではあるまいか」

豊臣の側近たちの間で、そんな言葉がささやかれるようになった。

幸い、茶々は冷静さを取り戻し、噂に左右されることはなかった。

「家康は姦計《かんけい》の人じゃ。私は三成《みつなり》が戦場に発つ前、残した言葉を忘れはしない。家康には細心の用心をなされますようにと。それが結局、三成の遺言になってしもうた。それに治《はる》長《なが》も、この頃ようやく家康の魂胆がわかってきたようじゃ」

その後、且元は大坂に戻ってきたが、二の丸の私邸に閉じこもり、やがて居城の茨木《いばらき》城に戻ってしまったのである。

「且元には気の毒なことをした。お初、且元は罠に陥れられたのです。豊臣はまた一人忠臣を失ってしもうた」

茶々の唇は震えていた。

淀殿が悲しむように、且元は確かに以前から淀の方の気持ちを汲むことのできる忠臣であった。白井《しらい》龍伯《りゅうはく》の占いの後日譚とは、その結果に関して真実が告げられていなかったことである。龍伯は三度占い三度とも大凶であったが、且元は淀殿の信心深さを思い、龍伯に白銀百枚を与え、三度ながら吉と出た、と言わせていたのだ。

この間、京のおね、尼となった高台院《こうだいいん》からも淀殿や秀頼宛てに何度か文が届いていた。

「お初、私はおねさまの忠告を聞くつもりはありません。あのお方はもはや豊臣の人間ではありません。家康殿はそのことを承知の上で、おねさまにいろいろと便宜をはかっておいでなのです。私は鶴松《つるまつ》の死以来、おねさまを信頼できなくなっています。家康殿は恐ろしいお方、豊臣家をいずれ根絶させるおつもりなのです。たとえ一大名になったとしても必ず、次の手を考え、潰しにかかってくるに決まっておる」

「姉上さま、千姫は家康殿の孫ですよ」

「お初、武士の世界にはそんなことは通用しません。織田《おだ》の信長《のぶなが》伯父も妹の夫を殺し、甥の万福丸《まんぷくまる》を串刺しの刑に処したではありませんか。秀吉殿も同じでした。秀次《ひでつぐ》殿のことを思うと私は報いの恐ろしさを思わないではいられません。今になって京に貼られた落書《らくしょ》が思い出されます」

茶々はつぶやいた。

「世の中は不昧因果《ふまいいんが》の小車《おぐるま》や　よしあしともにめぐりはてぬる」

秀次事件の後、京の辻に貼られていた落書に添えられていた歌だった。

初は、この時、茶々がいかに十九年前の凄絶な事件の結果に心を痛めていたかを思い知らされた。茶々が秀頼の名で頻繁に寺社の造営や修復を心がけてきたのは、神や仏の許しを得たいといった思いもあったのかもしれない。

「姉上さま、何を気弱なことを仰せられます」

初は淀殿の手を取り、叱咤《しった》した。

四十六歳になった茶々はいつまでも初の手を放さなかった。姉上に添うことができるのはこの自分をおいて他にない。初は茶々に向かって言った。

「姉上さま、長逗留《ながとうりゅう》の準備のために一度、小浜へ帰り、すぐこちらへ戻ってまいります」

先日、小浜のお駒《こま》から、至急お帰りいただきたい、という文が届いていたこともあるが、初は身の周りの始末をしておきたかったのだ。

関ヶ原戦ではできなかったことが、今は可能な境遇にある。後を継いだ養子の忠高は徳川方ではあるが、出家の身の自分には、ある程度の自由がある。今度こそ、茶々の力になる。熱い思いが初の心中を満たしていった。

前夜

小浜《おばま》城ではお駒《こま》が初《はつ》の帰りを待っていた。留守中、お駒にすべてを託して発ったのだったが、足もとは弱くなってはいるものの、お駒の采配ぶりは少しも衰えていなかった。城内は以前と少しも変わらず整然としていた。

「お方さま、実は小督《おごう》さまから文《ふみ》が…」

お駒は人目を避けるように初の居室に急いだ。懐から文を取り出すと、厳しい表情をした。宛名はお駒になっていた。が、初宛てであることは自明である。短い文面に目を通しながら初の手は震えていた。

「家康《いえやす》殿はいよいよ大坂城を攻撃なさるのじゃな」

「明言はされていませんが、秀忠《ひでただ》殿が家康殿からの命をそれとなく小督さまに漏らされたようです。小督さまの立場としてはどうすることもできないのでしょうが、せめて胸の苦しみをお方さまに吐露したいお気持ちなのでしょう」

お駒は、部屋の隅に置かれていた火桶に密告の文を置いた。たちまち煙が立ち、炎が噴き出した。炎を見つめているうちに初の脳裏に炎上する城が甦ってきた。火炎に包まれた北《きた》ノ《の》庄《しょう》城である。母上、どうか姉上と秀頼《ひでより》さまをお守りください。いつしか不吉にも初は燃える大坂城を眼に浮かべているのだった。

「お駒、もしかするとそなたとも、今回が最後となるやもしれません。後のことはよろしく頼みましたぞ。忠高《ただたか》とももう会うことはないかもしれません。万が一の場合は、十二になったばかりのか弱い初姫をよろしく頼む、と私が申していたと伝えてくだされ」

お駒はどこまでも気丈であった。深々と頭を下げると、

「お方さま、後のことは一切心配なされませんように。存分にお働きなされませ」

初はお駒に一部始終を話したわけではない。が、お駒は初の心中を隅から隅まで見通していた。

翌々日、初は大坂へ発った。大坂に近づくにつれ、浪人風情の者の数が多くなっていくのが籠の中からもわかった。大坂に入ると、物売りの声もどこか殺気立っていた。山の動物が災害を予兆するように、人々は戦《いくさ》が近づいていることを肌で感じているのだろう。初

の胸の鼓動もしだいに高鳴っていった。

大坂城内は十日前とかなり様相が変わっていた。浪人と思《おぼ》しき武士が城内を行き来し、尼僧姿の初を奇異な目で眺め、通り過ぎていく。

「お初さま、常高院さま」

振り向くと白髪の武士がひざまずいている。

「富田でございます。実宰庵《じっさいあん》で姫さま方のお世話を仰せつかった…」

よく見ると確かにかつての富田の面影があった。

「老体ではございますが、馳せ参じましてございます」

富田はそう言うと一礼し、急ぎ足で立ち去った。

「富田殿…」

初はその後ろ姿に向かって手を合わせた。

その後、茶々《ちゃちゃ》の居室に出向くと、入口のところで侍女に足止めをされた。

「淀《よど》の方さまは今、大事な用件で大野治長《おおのはるなが》殿と会見中で、どなたも入れないようにとのことでございます」

茶々の乳兄妹《ちきょうだい》である治長とは、初も何度か言葉を交わしたことがある。

初は自分の部屋に戻り、待った。新しい情報が入ったのかもしれない。しばらくすると、侍女が呼びにやってきた。初は呼吸を整え、淀殿の居室に向かった。

「姉上さま、ただ今、戻りました」

初が部屋に入って行くと、潤んだ眼の淀殿が立っていた。茶々は視線を外し、言った。

「小浜はどうでしたか」

「皆、息災で、城内もとりわけ変わった様子もございませんでした。私も安心して姉上のもとに戻って来ることができました」

初はあえて忠高については触れなかった。徳川《とくがわ》方に与《くみ》して、すでに大坂近辺に布陣していることは確かだった。

富田のことを話すと茶々はさらに眼を潤ませたが、きっぱりとこう言った。

「治長が早急に籠城の準備をするよう進言してきた。秀頼にも、今までに増して諸国に兵を募るように申しておるそうじゃ」

治長は茶々とほぼ同年で、四十六、七歳になっていただろうか。

「やはり乳母子《めのとご》というものは信頼できる。この城内にはどれほどの人がいるだろう。女人《にょにん》だけでも一万人、日々人数は増えている。しかし、私はいったい何人を信じていいのか、わからなくなってくる。織田《おだ》の有楽《うらく》叔父でさえ、徳川方に通じているという噂があるそうじゃ。城内の疑心暗鬼の目に耐えきれず、片桐且元《かたぎりかつもと》もとうとう豊臣《とよとみ》家を見限ってしまった」

すでに城内には浪人に身を隠して幾人もの徳川の手の者が入り込んでいるのかもしれない。侍女から良くない噂が次々、初の耳にも入っていた。その許し難い一つが茶々と治長の密通の噂だった。徳川は外部からだけでなく、内部からも豊臣を崩壊させようとしているのだろうか。

初とて情勢がどのように傾いているのか、熟知している。今さら、豊臣を追いつめる必要があるのだろうか。あるいは家康は淀殿という人間を知った上で、じわじわと戦を仕向けていきつつあるのだろうか。

初が部屋を出た時である。五、六メートル先に男が歩いてくるのに気づいた。もしや、と思った瞬間、声がかかった。

「喜八郎《きはちろう》殿、どうしてここに」

初は喜八郎を連れ、慌てて自室に引き返した。

「主、生駒《いこま》殿にいとまをいただいたのです。バタバタと淀川河口まで飛んできてしまいました」

生駒一正《かずまさ》は父と異なり、関ヶ原で東軍として戦い、今も徳川方である。喜八郎は家族を捨て、馳せ参じたのだろうか。初の眼はいつしか涙で溢れていた。ひょうひょうとした水鳥も苦渋の決断をしてきたのである。

「長宗我部《ちょうそかべ》殿、後藤又兵衛《ごとうまたべえ》殿、仙石《せんごく》殿、明石《あかし》殿、松浦《まつうら》殿も馳せ参じていられるということです。この後、真田幸村《さなだゆきむら》殿、毛利勝永《もうりかつなが》殿も入城されるそうです。しかし姉上こそ、このようなところにいてよろしいのですか」

「私は出家した自由の身、今度こそ、姉上のお役に立ちたいのです」

初と喜八郎が淀殿の居室に入ると、部屋には眩《まばゆ》いばかりの女ものの鎧兜《よろいかぶと》や戦の装束が広げられていた。息を飲んで見つめる二人に茶々は言う。

「喜八郎、そなたも来てくれたのですね。礼を言いまする」

茶々はさすがに涙声であった。

「お初、私の侍女、お菊を知っておりますか」

「近江《おうみ》の出という侍女ですね。もとはお父上長政《ながまさ》殿に仕えていた千二百石《こく》取りの武士の娘であったとか」

「その父親が藤堂《とうどう》家を脱して大坂城へ馳せ参じてくれたということです。お菊は旗印を自分の手で作ってさしあげるのだと張り切っています。戦の勝敗はその時の運、天のみぞ知る。豊臣は、徳川の大軍に決して怖気《おじけ》づいたりしませんぞ」

茶々は、きらびやかな武具をしかと見つめ、言った。

その時、前触れもなく秀頼が訪れた。

「叔母上もおいででしたか。ちょうどよい、母上、ご報告に参りました。兵の数が十一万人にもなりましたぞ。豊臣恩顧《おんこ》の大名は徳川に付いても、こちらには真田幸村をはじめ、長宗我部盛親《もりちか》、毛利《もうり》勝永《かつなが》といった勇将三人衆が馳せ参じてくれております」

「聞いておりますぞ。秀頼殿、こちらは我が弟、浅井《あざい》喜八郎殿じゃ。わざわざ讃岐から駆けつけてくれたのじゃ」

秀頼は自ら喜八郎の手を取り、頭を下げた。

「もったいないことでございます。某《それがし》、全身全霊でもって挑む所存でございます」

喜八郎は秀頼の眼をしかと見つめた。

冬の陣

慶長《けいちょう》十九年(一六一四)十一月十九日、豊臣《とよとみ》、徳川《とくがわ》の戦いは始まった。いわゆる大坂冬の陣である。豊臣方が籠城の準備を始めてから一月半あまり後のことだった。覚悟はしたものの、初《はつ》の心中は揺れ動いていた。淀《よど》殿に味方することは、小督《おごう》を敵に回すことになる。戦わずに事を収める方法はないものだろうか。姉上がどんなに強がっても、大坂方が劣勢であるのは、誰の目にも明らかである。戦って負ければどうなるか。時は刻々と迫っている。

京の高台院《こうだいいん》から淀殿へ使者が来ていたのを初は知っていた。戦う前に屈せよ、と言うのか。茶々《ちゃちゃ》が吐き捨てるように口にしたのを、初は覚えている。あの時、頭を下げてでも茶々に徳川が出した条件をのむように説得すべきであった。自分なら、戦《いくさ》が回避され、豊臣家がたとえ一大名になろうとも、存続が許されるなら関東へでもどこへでも人質となって行くだろう。が、茶々は言ったのだった。「私は家康を信用しない。あれこれ懐柔して、結局、最後は豊臣を亡きものにするに違いない。私の耳には三成《みつなり》の言葉が今も残っている。徳川を信用なさいますなと」

茶々は滅びを覚悟で戦に臨んでいるのだろうか。

京極《きょうごく》家での初の立場も、ときおり脳裏をかすめた。確かに出家の身ではある。が、京極家を再興した亡き京極高次《たかつぐ》の正室には違いないのだ。養子忠高《ただたか》は徳川の軍として動いている。初の脳裏に亡き夫、高次やお市《いち》の姿が現れては消えていく。

伝令が絶えず城内を駆け巡った。尼姿の初を見ると皆、頭を下げて意気揚々と通り過ぎていく。今のところは有利に戦が運んでいる証であろう。忠高が布陣している陣地は大丈夫であろうか。

「常高院《じょうこういん》さま、お喜びくださいませ。徳川二十万の大軍も真田《さなだ》さまが惣構《そうがまえ》の南に真田丸を作り、城内には一歩も入れまいと奮戦とのことで、徳川方は多くの犠牲者を出しているとのことでございます」

喜びの表情を浮かべながらも、初は心の隅に不安を抱いていた。その勢いがいつまで持続するか、である。

「さすが太閤《たいこう》さまがお作りになったお城、惣構が豊臣を守ってくれます」

侍女たちは興奮気味に口々に難攻不落の城を褒め、亡き秀吉《ひでよし》を讃えた。

「じゃが、油断はなりませぬぞ。あの謀略に長《た》けた家康がこのまま落ちぬ城を指をくわえて眺めているはずがない」

鎧《よろい》姿の淀殿が叱咤激励して城内を回る声が聞こえていた。確かに真田幸村《ゆきむら》をはじめ、関ヶ原戦でのかつての西軍の勇将や浪人たちが奮戦している。が、徳川方には豊臣恩顧《おんこ》の大名をはじめ、ほとんどの大名がついているのだ。戦のいろはもわからない初にも、いずれ豊臣が敗れるであろうことは認めざるを得ない。じっと戦の状況を見つめているのは、耐え難かった。自分にできることはただ、茶々のそばにいることだけなのか。

今福《いまふく》・鴫野《しぎの》で両軍が衝突する本格的な戦いが始まってから三週間近く経った十二月十六日のことである。突如、轟音《ごうおん》が鳴り響き、初は思わずその場に這いつくばった。幸い、身辺は何事もなかったが、廊下に出るや、ざわめきが耳を覆った。得体の知れない狂騒は、たちまち地獄の阿鼻叫喚《あびきょうかん》の様相を呈していった。

初は血で塗りたくられた者が板に載せられ運ばれてくる方向に向かってひた走りに走った。姉上、どうかご無事で。

「淀のお方さまはご無事でございます」

侍女がそう言い足早に通り過ぎて行った。さらに走り続けていると、

「敵は淀の方さまの居室の近くをねらったようでございます。が、お方さまは仰天なさってはいますが、かすり傷一つございません」

そう言い残し、負傷した侍女を抱え、顔見知りの侍女が通り過ぎて行く。生臭い血の臭いが漂ってきた。もうすぐ茶々の居室だ。早鐘《はやがね》のように心臓が鳴っている。

「姉上さま」

着弾した部屋の近くから、茶々が白昼夢を見ているような眼で侍女に支えられ、ふらつきながら出てきた。初の姿も目に入っていない。口も半ば開いたままである。初をいっそう震え上がらせたのは、目前の部屋の惨状であった。周囲は血の海と化し、すでに息絶えた侍女の頭髪がべったり床に貼りついていた。体からもぎ取られた白い腕や足が散乱し、武士ですら眼を背け、「息のある者を先に」と言いながらもその中に入って行くのをため

らっているのだった。負傷者はむろん、砲弾が命中した部屋から遠く離れた場所にいた者でさえ、浮き足たち、じっとしていることができないでいた。とりわけ女たちの恐怖は極限に達し、震えの止まらない侍女たちが壁や柱にしがみついていた。薬師《くすし》は城内を走り回り、休むことができないでいる。さらに「徳川軍が大坂城内に向けて地下に道を掘り始めた」と、大声で叫ぶ者までいたのである。

「たんなる威嚇《いかく》射撃ですぞ。命中したのは一発だけ。皆の者、慌てなさるな。敵の作戦に乗ってはなりませんぞ」

城内を大声で触れて歩く武士が何人かいたが、女たちの恐怖は容易に収まらなかった。死者は八人であったが、血の海の凄惨さを目にした侍女たちの中には、立ち上がれない者も少なくなかった。初は茶々にずっと付き添っていた。気丈な淀殿でさえ、正気に戻るのに一日要したのである。

何とかしなければならない。地下道ができれば大変なことになる。初は良き策が浮かびつかないまま、城内を巡り歩いていた。

翌々日、家康からの使者が初のもとに来た。意外にも和睦のための使者を要請したものであった。

初はこれこそ神仏の助け、長政《ながまさ》やお市が天から与えてくれたのだと思った。茶々や秀頼《ひでより》がどのように言おうが、この役目を引き受け、絶対に和睦を成功させてみせる。悶々としていた心中は一挙に晴れ、冬の清澄《せいちょう》な晴天が、初の胸いっぱいに広がっていった。

「お初、よろしく頼みましたぞ」

淀殿は思いのほか、抵抗なく受け入れた。もしかすると徹底抗戦を主張される可能性もあるとみていただけに、初はいくぶん気持ちが軽くなった。姉上は豊臣家が生き残る方向に考えを変えてきたのかもしれない。秀頼の側近たちもやむなし、という判断を下したのだった。

十二月十八日、初は第一回和平交渉に臨んだ。緊張で身体が自分のものでないように思えた。会談場所は徳川に付く養子の京極忠高の陣所である。安堵する一方、初は妙な圧迫感を覚え始めた。忠高をはじめ、京極家の重臣たちが挨拶にやってくる。応対しているうちに、息苦しささえ感じるようになったのである。

初は幾度も深呼吸した後、徳川の使者、家康の側室阿茶局《あちゃのつぼね》と対面した。最初は両者の主張が折り合わず決裂してしまった。大坂方が、惣構だけの破却を主張したのに対して、徳川方は惣構だけの取り壊しには応じなかったのである。初は徳川方の条件を持ち帰り、大坂方はそれを検討した。初はできるだけ口を挟むことは避けたが、淀殿を江戸へ人質に出すことについては反対した。自分なら人質にも耐えられる。だが、初は茶々の誇りの高さを熟知している。人質になるくらいなら、死んだ方がましだ、と茶々なら言いだしかねない。戦を避け、姉上や秀頼を救いたい。初は大坂方の決着がつくまで祈るような気持ちで見守った。その結果、大野治長《おおのはるなが》をはじめ、重臣たちは徳川方の和議の条件にかなり譲歩したのである。ただ、秀頼が難しい顔をして場を去ったのが気がかりだった。

翌日、初は再び忠高の陣所に出向き、ようやく和睦が成立した。

豊臣方の重臣から人質を出すこと

城の堀を埋めること

淀殿を人質として江戸に取ることはしない

和睦の条件を反芻《はんすう》しながら、初はつぶやいた。姉上、よくぞこれらの条件をのんでくだされた。初は心の中で淀殿に手を合わせた。そして今後もどんなことがあっても生きてほしいと願った。

初は家康からの誓書《せいしょ》を大坂城に持ち帰った。満足とはいえない和議であったが、精一杯尽くした。淀殿は初の手を取り、労をねぎらったが、秀頼は初を避けるように、早々に席を立った。初にはその理由がよくわかっていた。真田幸村たちが堀を埋めることに強硬に反対していたからだ。

家康は翌二十日、全軍に停戦命令を出した。

初の心中には重苦しさが残っている。頭を軽く下げただけで無言のまま立ち去った秀頼。この和議が歓迎されたわけではないことが痛いほどわかった。初はしだいに消え入りたい気持ちになっていった。

「お初、ごくろうさまでした。私どもが劣勢に立たされている限り、この和睦はやむをえないでしょう。秀頼のことは気にしなくてもよい」

「姉上さま、私の力不足でございました」

淀殿はゆっくり頭を振り、許しを請う初の肩に手を置いた。

裸の城

その日の午後、喜八郎《きはちろう》が初《はつ》を訪ねた。負傷することもなく、元気そうに見えた。

「姉上、お話が…」

喜八郎は周囲を見回し、小声で言った。侍女たちは、遅い昼餉《ひるげ》をとるために出たところで、初は一人、虚ろな心中をもてあましていた。

「今回の和平ですが、姉上は本当に和平が成立したとお思いでしょうか」

いつもの喜八郎に似合わぬ詰問口調が、初には悲しかった。

「姉上、身の程知らずの言葉、お許しください。が、姉上には、どうしても耳に入れておきたいことがあります。某《それがし》の知る者の中に、あの和睦は偽謀である、必ず家康《いえやす》は時を経ずして何かをふっかけてくるに違いない、と言い張る者が少なくないのです。なぜ、淀《よど》殿も秀頼《ひでより》さまもあのような条件をのまれたのでしょう。城の堀を埋めるなど、まるでどうぞ攻めてくだされ、と言っているようなものではありませぬか」

喜八郎は珍しく興奮し、唇さえ震わせていた。腹立たしく聞いていた初であったが、だんだん喜八郎の言うことがもっともに思えてきた。

「おそらく家康は今後、次々難題を突き付けてくるに違いありません」

初は家康の和睦の誓書《せいしょ》を淀殿母子に手渡した時のことを思い起こした。あの時、秀頼は喜八郎と同じことを考えていたのかもしれない。

「真田《さなだ》殿は仰せだそうです。家康の手にまんまとのってしまった。こうなったからにはいずれ徹底抗戦をするまでだと」

和平交渉が偽りであったとは。全身から血の気が失せていった。交渉の場所を京極忠《きょうごくただ》高《たか》の陣地に設定したことも、もしかすると豊臣《とよとみ》の使者である初への牽制《けんせい》であったのだろうか。確かに初は交渉の席上、居心地の悪さを感じていた。初の頭には忠高は徳川《とくがわ》方であるという意識が常にあったからだ。

「私は最後まで姉上から離れない、姉上を守らなければ。私は姉上と秀頼さまを守らなければなりません」

初は悲痛な叫びを上げる一方、女の意地のようなものが頭を出してくるのを感じていた。

喜八郎が恐れていたことがあまりにも早くやってきた。その数日後、城の堀が埋められ始めたのだった。しかも豊臣方が担当することになっていた内堀までが次々埋め戻されていったのである。城内から徳川方の行動を見ていた者たちは慌てふためいた。大野治長《おおのはるなが》をはじめ豊臣方は驚き、急ぎ抗議したが、時すでに遅し、であった。

数日して徳川方が去った後、初は城外に出て堀を失った裸の城を見つめた。見つめているうちに涙が溢れてきた。初の脳裏に秀吉《ひでよし》が得意満面の顔で、大坂城の外堀、内堀、二の丸、三の丸を案内した姿が甦ってきた。大坂城に来たばかりの頃は本丸だけがかろうじて建っていた。秀吉の死後、たかだか十六年あまりで本丸だけになってしまったのである。

和睦後の姉上は比較的、落ち着いて見えた。秀頼と側室との間に生まれた国松《くにまつ》や奈阿《なあ》姫を呼び寄せ、二人の遊ぶ姿に目を細めていることもあった。そんな折、初が訪ねると、

「お初、そなたは覚えておいでですか。私は幼い二人を見ていると万福丸《まんぷくまる》兄君と遊んだことが昨日のように思い出されます。兄君はお茶々《ちゃちゃ》、お初、と私たち妹をとてもかわいがってくだされた。私たち三人が相撲《すもう》ごっこをしていると、それまで子らを眺めていたお父上までが、よし、三人いっぺんにかかってこい、などと仰せになり、お母上はそんな私たちを微笑んで見ておられた」

初もうなずきながら遠い記憶を手繰《たぐ》り寄せていた。この頃、初の気持ちは揺らぎ、落ち着きを失っていた。喜八郎が言ったように、どう考えても再び事が起これば豊臣方が赤子のようにたやすくつぶされることは自明である。姉上はその時をすでに覚悟をしているのだろうか。が、初の方からそのようなことを口にすることはできない。

「京極殿やそなたを今さら詰《なじ》るつもりはありませんが、関ヶ原の戦いの後の数年間、私は大変寂しい思いをしました。人が人を信じられなくなることほど悲しいことはありません。けれど、そなたは今、こうして私のそばに居てくれる。たとえどのようなことがあろうとも、私は救われる思いです」

「姉上…」

声が詰まり、初はそれ以上言うことができなかった。

初と茶々は気がつくとともに過ごした頃のことを語り合っているのだった。近江《おうみ》平塚実《じつ》宰庵《さいあん》の見久尼《けんきゅうに》の思い出を語り合っていると、治長がやってきた。

「治長殿はよく悪さをして大蔵卿局《おおくらきょうのつぼね》に叱られていましたね」

大きな治長が頭をかき、子どものように笑う。治長はもはや主戦派の中核として側近の中でも淀殿の信頼が最も厚い。

「今は大蔵卿局に代わってそなたが私の指南役じゃ」

「恐れ多いことでございます」

豊臣家を背負って立つ大野治長は、何か話があったようだが、早々に去った。

初と茶々は束の間の安らぎを楽しんだ。茶々は京から完子《さだこ》を呼び寄せ、千姫《せん》も加えて女ばかりで能を観賞したりもした。茶々の横顔をそれとなく見つめながら、茶々が最後の時に向かって一歩一歩、歩んでいるような気がしてならなかった。

夏の陣

冬の陣から三ヶ月後、初《はつ》の危惧は的中した。豊臣《とよとみ》方が京に放火するという噂が立ったのである。

「そんなことがあろうはずがない」

淀《よど》殿は驚き、天を睨《にら》みつけるようにしばらく突っ立っていた。初が弁明の使者を託されたのはそれからまもなくだった。その時、初は家康《いえやす》の九男の婚儀の祝いを持って家康の居城駿府《すんぷ》を訪れていた。大坂からの使者に会った後、初は決意を固めた。今度こそ、後に引けない。どこまでも食い下がっていく覚悟で、家康と会見をしたのである。

だが、家康には弁明を受け入れようとする姿勢が全くなかった。はじめから強硬姿勢を見せつける家康に、初は今までにない危機感を覚えた。

「秀頼《ひでより》殿が大坂城を出て国替えに応じるか、それとも大坂城内の浪人を追放するか残された道はいずれか一つ」

居丈高《いたけだか》な態度に初は一瞬ひるんだ。が、ここで退散してなるものか。初の胸底からむらむらとしたものが湧き起こってきた。二度とそなたの手にはのるまいぞ。初は家康のたるんだ眼を睨《にら》みつけ、おもむろに返した。

「豊臣が京に放火するなど元々、いわれのないこと、大坂方にとって理不尽この上ないことでございます。使者としてこのような条件を持ち帰らねばならないのなら、この場で自《じ》刃《じん》した方がましでございます」

家康は無言のまま、懐から短刀を取りだした初を尻目に場を立った。家康の家臣は初から懐剣《かいけん》を取り上げ、無理やり籠に乗せ、初を送り出したのである。悔しさのあまり涙も出ず、初はひたすら唇をかみしめたが、不思議なことにかえって闘志が湧いてきた。

予想通り、豊臣方は徳川《とくがわ》方の条件を蹴った。四月四日、家康は駿府を発って九男の名古屋城主義直《よしなお》の婚儀に出席するという名目で軍を西に進めたのだった。が、誰が見ても大坂討伐のための出陣であることはわかった。

このままでは戦《いくさ》になる。気がつくと、初は家康を追っていた。そして翌日、再び謁見《えっけん》したのである。

「家康殿、どうか国替えを除いた和議の道をお考えくださいますように」

「その儀は、もう術《すべ》もないことだ」

即座に言ってのけると家康は席を立った。

だが、初は諦めなかった。たとえ陣中であれ、どこまでも家康を追って行く覚悟であった。

翌六日、家康は全国の大名に出陣命令を下した。

初は、淀殿がすでにある決意を秘めていることを、冬の陣が終わった時点からそれとなく感じていた。だが、来《きた》るべき時をじっと待っていることはできない。自分にはそれを食い止めなければならない使命がある。浅井《あざい》家の女としての誇りと、女だからこそできる粘り強さが。初は歯を食いしばり家康を追った。そして十日、名古屋城にいる家康に三度《みたび》、謁見したのである。

「国替えが受け入れられないのなら、浪人どもを追放すべきだ。それもできていないではないか。そなたはさっさと大坂へ帰りなされ」

けんもほろろに追い返され、なおも食い下がろうとする初を、側近が無理やり離した。その拍子に初は横倒しになった。怒りと屈辱の中、初はかろうじて立ち上がり、家康の前に立ちはだかった。

「お初殿」

一瞬ではあったが、家康の顔に困惑と狼狽《ろうばい》の表情が浮かんだ。初は家康に勝った、と思った。結果的に和議は受け入れられなかったが、確かにその時、初は家康を凌駕《りょうが》したのである。側近たちが見守る中、初は胸を張って場を去った。

初は大坂へ向かった。戦《いくさ》の風が籠の中にいても感じられた。道行く人々はせわしなく、声も心なしか上ずって聞こえてくる。

大坂城に戻った初を淀殿は温かく迎えた。

「そなたは精一杯使者を務めてくれました。あの老獪《ろうかい》な人物によくぞ何度も謁見してくれました。私はもう十分です」

淀殿の表情を見た初は、茶々《ちゃちゃ》が覚悟を決めたことを悟った。

四月十八日には家康が二条城に着陣し、徳川軍の戦闘準備が整ったとの報が大坂方に入っていた。城内は戦々恐々とし、すでに殺気だった武士が右往左往していた。そんな折、初は突然、家康に呼び出された。四月二十四日のことである。初は淡い期待を抱いたが、望みは瞬く間に断たれ、最後通牒《つうちょう》ともいえる書状を家康から手渡されたのだ。ふてぶてしい老人の顔をしかと見据えた初は、破り捨てたい衝動にかられた。だが、妙に敗北感はなかった。にこりと笑み、きびすを返した。

大坂城に戻った初を待っていたのは、秀頼の激怒であった。

「弓矢のことは女の指図を受けるものではない。二度と常高院《じょうこういん》は我が前に顔を出すな」

秀頼の怒声《どせい》が響いた。が、初は揺るがなかった。「人事を尽くして天命を待つ。人生はそのようでよろしいのですよ」。マリアの声がどこからか響いてきた。頭を下げる初を尻目に、秀頼は興奮したまま去っていったのである。

こうなった以上、姉上にどこまでも寄り添い、最後をともにしよう。のしかかっていた肩の重荷がしだいに軽くなっていった。

五月六日、徳川の軍勢十五万が大坂城に集結を始めた頃である。慌ただしく駆けてくる者の気配がした。喜八郎《きはちろう》であった。

「姉上、いよいよでございます。お別れに参りました」

喜八郎は淀殿から贈られた豊臣家の紋章の幟《のぼり》を背にさしていた。

「喜八郎殿、よく似合いますぞ。そなたは鳥ゆえ、いざとなれば大空に飛びなされ。決して狼どもの餌食になってはなりませんぞ」

初はそんなことを口走る自分が妙に思えた。

「はい、必ずや再び初姉さまのもとに舞い戻ってまいります」

喜八郎は笑ったが、初の心中は微妙であった。そなたとは、これが最後となるであろう。

初は、心の中でつぶやく。

「しばし待ちなされ」

奥に入ると、初は箪笥《たんす》の中から封書を取り出し、喜八郎に持たせた。封書の表には京極忠高《きょうごくただたか》殿へ、常高院、と墨書されていた。

「喜八郎殿、万が一の時はこの封書を突き出しなされ」

初は自らの手で喜八郎の鎧《よろい》の下に封書をねじ込んだ。喜八郎は怪訝《けげん》な表情をしたが、鬨《とき》の声を耳にすると、挨拶もそこそこに出ていった。

この裸の城がいつまでもちこたえるだろうか。鉄砲の音を耳にしながら初は思った。茶々の側を一時も離れまい。すでに六日の道明寺《どうみょうじ》の戦い、若江《わかえ》の戦い、八尾《やお》の戦いで名だたる武将たちの討ち死にが報《しら》され、七日の天王寺口《てんのうじぐち》の戦い、岡山口《おかやまぐち》の戦いと、城外の戦いで敗れた兵たちが、大坂城内にどっと敗走してきた。

「真田《さなだ》殿も討ち死になされたとのことでございます」

侍女が涙ぐみ、告げた。あの勇将が、と思うと気持ちが萎《な》えていく。そんな中、淀殿は真紅の鎧《よろい》をまとい、兵たちを鼓舞して歩く。初はその後から茶々に遅れまいと歩を早める。

その日の昼過ぎのことである。城内を見回っていた淀殿が居室に戻るや、初に告げた。

「お初、今まで本当によく尽くしてくれました。礼を申しますぞ」

「何を仰せですか。私はどこまでも姉上と一緒です」

茶々は思いつめた表情で初を見た。

「もはや豊臣も終わりじゃ。火の手が上がるのも時間の問題だろう。お母上が私をお呼びのようじゃ。そなたはどうかここから脱してほしい。実は京極殿の布陣地、京橋口に使者を送り、常高院の迎えを頼む旨を伝えた。そなたは生き長らえ、小督《おごう》の心の支えになってほしい。お母上もあの世でそう願っておいでだろう」

思いがけない茶々の言葉だった。

「姉上さま、私は出家した身、この世に未練などございません。どうか私をお伴させてください」

「常に冷静なお初とも思えませんぞ。もし、そなたが豊臣方と最期をともにしたとなれば、忠高殿が苦しい立場に立たされることは必定《ひつじょう》、私とて勇将浅井長政《あざいながまさ》の娘、そのくらいのことはわかっております。さあ、早く。躊躇《ちゅうちょ》している時ではありませぬ」

淀殿の言葉が終わるか終らないうちに「火の手が上がったぞ」という声が方々から聞こえてきた。

「さっ、早く行きなされ。私はもう思い残すことはありません。お母上とお父上のお迎えを待つばかりです。お初、ありがとう。心から礼を申しまする」

茶々は鈍《にび》色の衣をまとった初の背を強く押した。その時、二度続けて轟音《ごうおん》が鳴り、初は侍女の手に引かれ、城外に向かった。逃げ惑う女たちにまぎれ、初も侍女たちも走りに走った。どこをどう走っているのかも見当がつかない。煙が充満し、何度も咳き込んだ。姉上さま、茶々姉さま、涙と煙が初の顔を覆っていく。走っているうちにいつしか煙から逃れることができた。見ると前方に城外への道が広がっていた。しかも京極家の見なれた家臣が五、六人控えていたのである。そのうちの一人が待ち構えていたように初を背負った。初は背負われたまま、城を振り返った。火炎がもうもうと立ち上がり、天守を覆っていく。初も侍女たちも一様に手を合わせた。いつまぎれこんだのか、淀殿や秀頼の侍女がいることに気づいた。いつぞやのお菊もいた。

夢幻

喜八郎《きはちろう》は両軍が入り乱れる中、必死で戦っていた。大坂方の多くの浪人たちが殺され、逃げ惑い、煙炎《えんえん》がともすれば敵と味方を判別しがたくしていた。そんな中、喜八郎は腰の刀にそっと触れた。父長政《ながまさ》の形見の品である。この刀は最後まで血で汚したくなかった。喜八郎は守り刀としていたのである。煙が目に浸《し》み、目を開けていられなくなった。が、煙幕から逃れれば敵の刃《やいば》の的となる。喜八郎は眼を瞑《つぶ》り、堪えた。今度は煙が喉に絡まり、咳き込みを抑えがたくなった。口を覆い、周囲の雑音に紛れて咳を紛らわせた。

淀《よど》殿と秀頼《ひでより》さま、側近方は本丸千畳敷《せんじょうじき》から山里曲輪《やまざとぐるわ》の糒庫《ほしいぐら》にお移りになったようだが、大丈夫であろうか。その間、千《せん》姫が城を出たことも喜八郎の耳に入っていた。大野《おおの》治長《はるなが》が千姫に秀頼の助命嘆願を家康《いえやす》に託したのだという。喜八郎は淀殿から遠くない場所で奮戦していたので、おおよその情報は入っていた。初が大坂城を脱出した報も知っていた。しかし翌五月八日の朝になっても千姫からの返事は来なかったようだ。

真昼時であったのだろうか、灰色の空間を縫って太陽の光が射し込んでいた。

いきなり、鉄砲が糒庫に向かって撃たれ始めた。淀殿や秀頼はもはやこれまで、と決断したのだろう。やがて糒庫は猛火に包まれていった。喜八郎は城の焼け残りの物陰から外に飛び出すこともできず、その光景を見つめていた。今、飛び出せばうろつく井伊《いい》の赤備えの兵たちにやられてしまう。そのうち意識が朦朧《もうろう》としてきた。どのくらい時が経ったのか、見当もつかなかった。糒庫の火炎は煙に変わり、見渡す限り煙霧となっていた。喜八郎は今だ、と思い糒庫跡に向かった。焼け跡はまさしく修羅場だった。が、眼をそむけず、淀殿らしき姿を探し、幸いにも見出《みいだ》すことができた。焼けただれた女用の鎧《よろい》が手掛かりになった。姉上は、秀頼と思《おぼ》しき武者をかばうように、その上に覆いかぶさっていた。喜八郎は溢れる思いの中、しばし茫然と、立ちつくしていた。

煙幕から飛び出し、駆けだそうとした時である。赤備えの兵が数人やってくるのが見えた。喜八郎は慌てて引き返し、焼け残りの建物の陰に隠れた。ところが咳が堪えきれなくなってきた。兵は目前まで来ている。とうとう我慢の限界にきた喜八郎は妙な声を発してしまった。兵たちが抜き身の刀をかざし喜八郎の潜む方へ近づいてくる。喜八郎は観念した。そして、最期まで形見の刀を血で汚さずあの世へ旅立とうと手を合わせた。

その時、猫の鳴き声がした。

目を開けると、まるまるとした三毛猫が抜き身の兵の前をよぎっていく。

「なんだ…、猫は切れぬわ。我が殿は猫にご縁のあるお方だからな」

赤備えの兵たちは笑いながら引き返していった。

あいつはミケの孫猫かもしれないな。

喜八郎は走りだした。敵か味方かわからないが、何人もの兵とぶち当たりそうになりながら駆けた。どこをどう駆けていたのかわからなかった。

にわかに身体に痛みがはしった。喜八郎は崩折《くずお》れ、そのまま意識を失っていった。


戦いから数日後、初は小浜《おばま》へ戻った。初夏の光が海面を乱舞するのを城から眺めていると大坂城炎上が信じられなかった。あれは夢幻ではなかったのか。初はたゆたう記憶を引き寄せる。姉上さま、喜八郎殿、初は毎日、海を眺め、二人の名を呼び続けた。忠高《ただたか》から淀殿、秀頼をはじめ、大蔵卿局《おおくらきょうのつぼね》、大野治長、速水甲斐守《はやみかいのかみ》など近臣二十八人が自刃《じじん》したことは知らされてはいた。だが、現実の出来事として受け入れられないでいた。

初秋の風が吹き始めた頃である。海辺に佇《たたず》む初の眼前に鬚《ひげ》づらの僧が現れた。ひと目で喜八郎であることがわかった。初の眼はみるみる涙で溢れていった。二人は無言のまま、いつまでも夕日に映えるあかね色の空を眺めていた。

その夜、喜八郎は不思議な出来事を語った。

「某《それがし》は二月あまり、あの世とこの世をさまよっていたようです。背にかなり深手の矢傷を負い、熱に浮かされていました。誰かが万寿丸《まんじゅまる》、と呼ぶのが耳の奥で聞こえていました。が、意識が戻り、辺りを見回しても誰一人その町家にはいないのです。うとうと眠り、目覚めてみるといつの間にか食事の用意ができている。某は一人で食べ、また眠る。すると、耳の奥で万寿丸、万寿丸とまたも呼ぶ声がし、目を覚ますと人っ子一人いない」

喜八郎は小さな袋から黒っぽい薬を取り出した。背の傷に塗ろうとする弟に代わって薬を塗ろうとした時、初は下に置かれた袋を見てはっとした。甲賀《こうか》の印が記されていたのである。かつて大坂城内で捕われた甲賀間者《かんじゃ》の持ち物と似ていた。

喜八郎は袋を見つめながら何かを考えている様子だった。

北近江の春

世は元和《げんな》となり、大坂の陣から五年が経っていた。平和な日々を送っていると戦《いくさ》の世があったことが嘘のように思えてくる。だが、肉親を失った悲しみは消えるものではない。すでに家康《いえやす》は死に、小督《おごう》の夫、将軍秀忠《ひでただ》の時代になっていた。江戸へ出向き、小督と語ることも初《はつ》の楽しみの一つとなっていた。

元和五年（一六一九）、小浜《おばま》にも遅い春が訪れた。

「喜八郎《きはちろう》殿、身体が動ける間に、私は近江《おうみ》へ行ってみたい。そなた、一緒にどうじゃ」

喜八郎はこの齢になっても水鳥を真似て見せる。大坂の陣後、喜八郎は再び正式に出家して作庵《さくあん》と名乗っていた。城の近くの寺に住み、京極《きょうごく》家から五百石《こく》を受けていたのである。

「生涯五百石の水鳥はどこへでもお伴いたします」

侍女二人を連れた初と喜八郎は、朽木《くつき》から湖西へ出て、大溝で一泊した。そして大溝の湊から船に乗り安土《あづち》の常楽寺に向かったのである。いずれも懐かしい地であった。目的は小谷《おだに》の城下であったのだが、安土から北近江へ向かったのは、佐和山《さわやま》城を望みたかったのである。初が、というより喜八郎の希望であった。今や佐和山には城はない。城の一切合切が彦根築城に使われ、佐和山と半里ほど隔たって向き合う金亀山《こんきやま》の頂には彦根城が聳《そび》え立っていた。初はその天守をしみじみと眺めた。かつて住まいした大津《おおつ》城を移築したものだと聞いていたからである。

「茶々《ちゃちゃ》姉さまは三成《みつなり》殿を大変信頼なされていました」

三成の刑死から二十年近くが経つ。中山道《なかせんどう》鳥居本《とりいもと》に近い佐和山の東山麓に立った四人は、かつての大手道を見つめた。喜八郎が懐からなにやら取り出し、広げて見せた。茶々から授けられた豊臣家《とよとみ》の紋章であった。喜八郎は忠臣三成に捧げるかのように佐和山の城跡に向かって頭上高く掲げ、頭を下げた。

「某《それがし》は増田長盛《ましたながもり》殿と幾度かこの道を通りました。この世というものは皮肉なものです。三成殿が目指しておられた戦のない平和な世が、今、こうして敵方、徳川《とくがわ》によって実現されたのです」

確かに喜八郎の言う通りである。初自身も家康の偽りの和睦を恨みながらも、平和な世の到来を喜んでいるのだ。

「奥方さまが自刃《じじん》なされたのはお城のどの辺りであろうか」

初はそう言い、佐和山の頂に向かって手を合わせる。

「落城の際、たくさんの女たちが女郎ヶ谷へ身を投げたと聞いております。以来、女たちの亡霊が出たり、うめき声が聞こえるのだそうです」

喜八郎は初たちの会話をよそに一人、沈黙の中にいた。三成の熱っぽい言葉を甦らせていたのである。

百姓の平和を保つには、地侍《じざむらい》は村から出て武士となるか、それとも刀を捨て百姓となるか。いずれかを選択しなければならない。当座は恨みをかうことになるかもしれないが、百姓がいつまでも戦にかりたてられるような社会は豊かにならない。平和で豊かな国づくりを行っていくのが上に立つ者の役割じゃ。喜八郎殿、いかがかな。武士はいたずらに武力だけを磨くものではない。

一行は、中山道を左に折れ、北国《ほっこく》街道へ向かった。懐かしさで初の胸はいっぱいになっていった。伊吹山《いぶきやま》が右前方に勇姿を見せている。ほどなく福田寺《ふくでんじ》のある長沢に入った。新しい住職に迎えられ、福田寺で一服した。喜八郎にとっては故郷の家である。境内に立っていると「猫丸さま」と寄ってくる村の子らの声が聞こえてきそうだった。一行が本堂で先の住職の位牌に手を合わせていると、猫がぞろぞろ寄ってきた。

「そなたらは何代目であるかの」

喜八郎が声をかけると子猫も親猫もみゃあみゃあと繰り返す。

「そうか、二代目と三代目であるか。よう働いておるかの」

「はい、それはもう、鼠《ねずみ》取りの名人ばかりでございます」

住職は愉快そうに笑うのだった。

一行は福田寺から平塚の実宰庵《じっさいあん》に向かった。ほんの一時であったが三姉妹が過ごした庵《いおり》であり、そこには淀《よど》殿が寄贈した見久尼《けんきゅうに》の像があった。

「見久尼さまが今にもお声をかけてくださるような気がします」

初は像を拝した後、そう言い、尼の大きな身体に包まれた日のことを懐かしんだ。茶々や小督の声が部屋の向こうから聞こえてくるようであった。

茶々姉さま、小督は天下の御台所《みだいどころ》として奮闘しております。それに浅井《あざい》の家名も喜八郎殿が引き継いでくれました。後の世の人々も、数奇な運命を必死に生きた私たちを、必ずや記憶に留めてくださるでしょう。

初はあの世の茶々に語りかけた。

その夜、初たちは、小谷山の麓にある須賀谷《すがたに》の湯治宿に泊まった。眼前に小谷山が黒い影となって横たわっている。

「常高院《じょうこういん》さま、名に聞く赤い湯に入ってまいりましょう」

初も赤い温泉に入るのは初めてであった。が、話はお市《いち》から聞いていた。茶々が赤ん坊の時、顔にたくさん湿疹《しっしん》ができた。心配していると阿古《あこ》が、この山の向かいの赤い湯につかってきなされ、たちまちのうちにつややかな肌になりますぞと。本当にその通りになったのだそうだ。だから茶々は美しくなったのですよ、とお市は笑った。あれは伊勢の信包《のぶかね》伯父の城にいた時だった。初と小督は、それなら私もその赤い温泉につかりたい、と言ったのだったが、今までその願いは叶わなかったのである。

とろっとした赤い湯の中から、お市とその白い腕に抱かれた赤ん坊の茶々が浮かび上がってきた。幻の親子はたゆたいながら、初に語りかけてくる。

「お方さま、長湯はよくございません」

侍女に促され、湯から上ると、喜八郎が先に腰かけて待っていた。

「生き返った心地です。これであと、二十年は命をいただくことができるでしょうか」

五十歳になる初は喜八郎の欲の深さを笑った。

「鳥は人より短命ですけれど、そなただけは長生きするでしょう」

「はい、某は生涯五百石取りの長寿鳥でございます」

翌朝、四人は小谷山清水谷《きよみず》のお館跡に立った。鶯《うぐいす》がさえずり、山々は緑に萌え、山桜が諸所に花模様を作りだしていた。初はほとばしる清水《しみず》を手で掬《すく》い喉を潤した。お市が愛した北近江の春だった。

終章

大坂の陣後、豊臣《とよとみ》家の二人の幼い子らは密かに生き残っていた。秀頼《ひでより》と側室との間に生まれた国松《くにまつ》君と奈阿《なあ》姫である。二人は落城前に大坂城を脱出し、匿《かくま》われていた。だが、一月もしないうちに探しだされ、八歳の国松君は五月二十三日、京の六条河原で斬首されてしまったのである。

せめて姫だけはお助けしたい、と初《はつ》は千《せん》姫に奈阿姫の助命を斡旋《あっせん》した。男でなく女であったことが幸いしたのだろう。嘆願は聞き届けられ、姫は千姫の養女という形にして家康《いえやす》の命で鎌倉東慶寺《とうけいじ》に入ることになった。後の天秀法泰尼《てんしゅうほうたいに》、東慶寺二十世である。

浅井《あざい》家にとっても良きことがあった。淀《よど》殿自刃《じじん》の六年後、元和《げんな》七年(一六二一)に小督《おごう》が京の養源《ようげん》院を再興したのである。淀殿が秀頼《ひでより》を出産した翌年、浅井長政《ながまさ》の二十一回忌に菩《ぼ》提《だい》寺として建立されたのだったが、淀殿亡き後、火災にあい、衰えていた。実は小督の心の内には淀殿の菩提を弔う気持ちもあったのである。もし家康が健在なら不可能であっただろう。絶大な権力者も大坂の戦いの翌年、豊臣の滅亡を待っていたかのように亡くなっていた。

初と小督は、茶々《ちゃちゃ》姉さまがどんなにお喜びであろうと、再興された養源院の法要で手を合わせたものだった。この頃、小督にとって栄華の日々が続いていた。五女の和子《まさこ》が後水《ごみず》尾《のお》天皇に輿《こし》入れし、元和九年(一六二三)には嫡子家光《いえみつ》(竹千代《たけちよ》)が三代将軍になった。そればかりか同年、和子が天皇との間に興子《おきこ》内親王を出産したのだった。後の女帝明正《めいしょう》天皇である。

ところが小督はこうした栄華の絶頂期に江戸城で亡くなった。寛永《かんえい》三年（一六二六）、享年五十四であった。この時の秀忠《ひでただ》の悲嘆ぶりは噂になったくらいである。それから六年後、秀忠はまるで小督と申し合わせていたかのように同じ五十四歳であの世へ逝った。お父上とお母上のような仲睦《むつ》まじい夫婦になってみせる、小督はかつての言葉を見事に実現させたのである。

小督亡きあとも初は小浜《おばま》と江戸の屋敷を行き来して暮らしていた。とはいえ、六十を超える頃にはさすがに遠方を往来するのは苦しくなり、江戸で日々を送ることが多くなっていた。じわじわと寄せていた老いが、にわかに足を早めだしたのである。

常高院《じょうこういん》さま、気が早うございませぬか、「かきおきの事」を認《したた》める初に侍女たちは言った。初は笑いながら応えた。こういうことは早いにこしたことはない。それに私はもう高次《たかつぐ》殿が亡くなられてから二十五年近くも長生きしてしまいました。高次殿が寂しがっておいででしょう。茶々姉さまも小督もお父上もお母上も、私を待ってくださっています。私の墓所、常高寺《じょうこうじ》も小浜に建立しました。残るは遺書を残すだけです。よく尽くしてくれたそなたたちが、私の死後も困らないように忠高《ただたか》殿にお願いしておくつもりですよ。

初はそう言い、七人の侍女たちを一人ひとり見つめた。実はこの時、初の心を大きく占めていたのは喜八郎《きはちろう》であった。京極《きょうごく》家からすれば厄介者には違いない。が、初にとって愛すべき弟なのである。初はおもむろに筆を執り、喜八郎の行く末を思い、知行《ちぎょう》の安堵を認めた。

「かきおきの事」を認めてから一月後の寛永十年(一六三三)八月二十七日、初はあの世へ旅立った。遺体は江戸から小浜へ運ばれ、常高寺に埋葬された。初の死に臨んで侍女七人が薙髪《ちはつ》したという。女主人を守るように七人の侍女たちが、今も常高院初の宝篋印塔《ほうきょういんとう》を見守っている。

一方、喜八郎は「某《それがし》は五百石取りの長寿鳥」との言葉通り、九十まで生き、その生きざまを貫いた。そして、四百年あまり後の現世まで浅井の血脈を伝えている。

※城主は主な登場時のもの

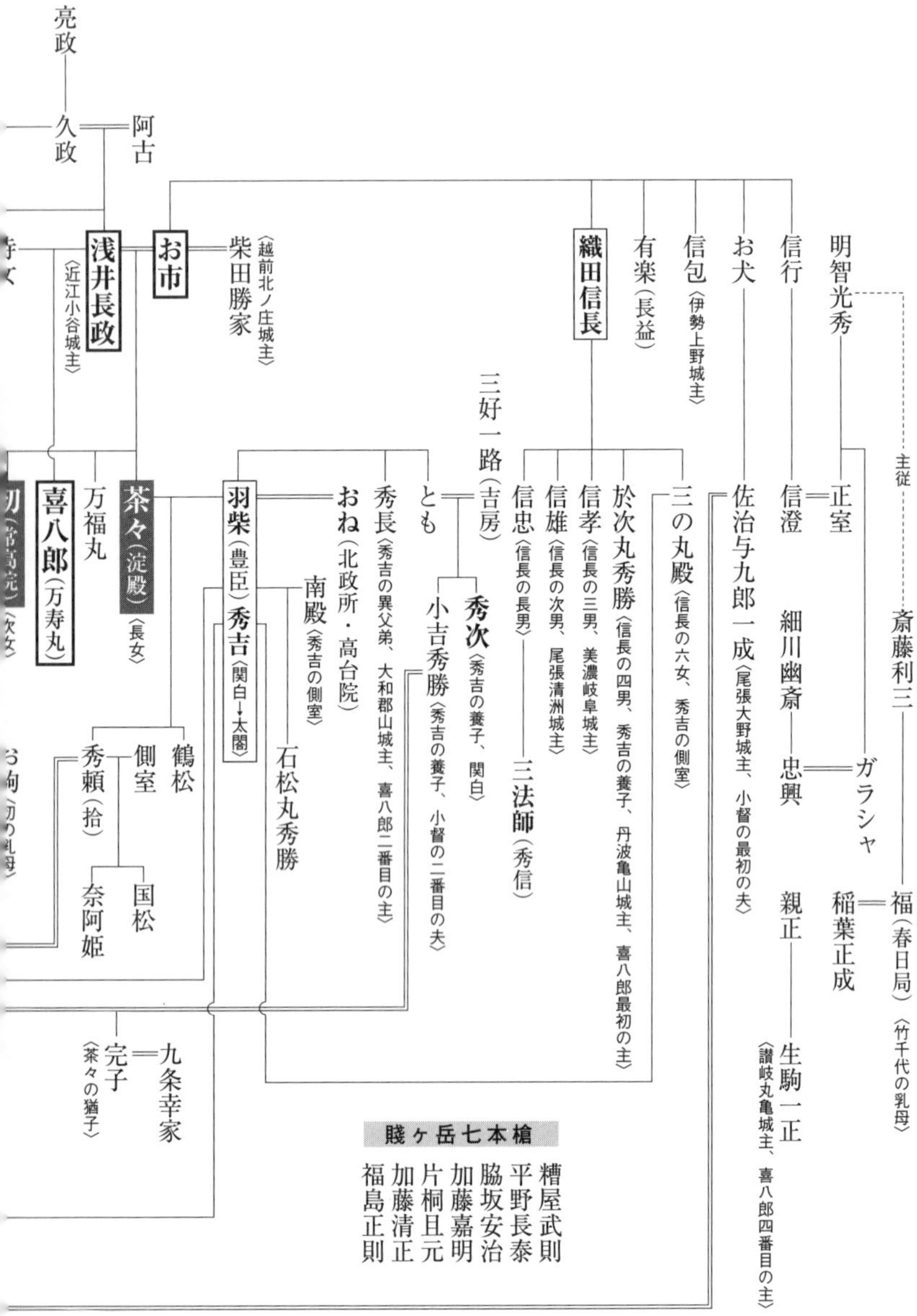
明智光秀
主従
斎藤利三
福（春日局）〈竹千代の乳母〉
稲葉正成
正室
ガラシャ
信行
信澄
お犬
佐治与九郎一成〈尾張大野城主、小督の最初の夫〉
細川幽斎
忠興
親正
生駒一正〈讃岐丸亀城主、喜八郎四番目の主〉
信包〈伊勢上野城主〉
有楽（長益）
織田信長
三の丸殿〈信長の六女、秀吉の側室〉
於次丸秀勝〈信長の四男、秀吉の養子、丹波亀山城主、喜八郎最初の主〉
信孝〈信長の三男、美濃岐阜城主〉
信雄〈信長の次男、尾張清洲城主〉
信忠〈信長の長男〉
三法師（秀信）
三好一路（吉房）
とも
秀次〈秀吉の養子、関白〉
小吉秀勝〈秀吉の養子、小督の二番目の夫〉
秀長〈秀吉の異父弟、大和郡山城主、喜八郎二番目の主〉
おね（北政所・高台院）
南殿〈秀吉の側室〉
羽柴（豊臣）秀吉〈関白→太閤〉
石松丸秀勝
柴田勝家〈越前北ノ庄城主〉
お市
浅井長政〈近江小谷城主〉
亮政
久政
阿古
茶々（淀殿）〈長女〉
万福丸
喜八郎（万寿丸）
初（常高院）〈次女〉
お利〈初の乳母〉
鶴松
側室
秀頼（拾）
国松
奈阿姫
九条幸家
完子〈茶々の猶子〉
賤ヶ岳七本槍
糟屋武則
平野長泰
脇坂安治
加藤嘉明
片桐且元
加藤清正
福島正則

登場人物をめぐる系図

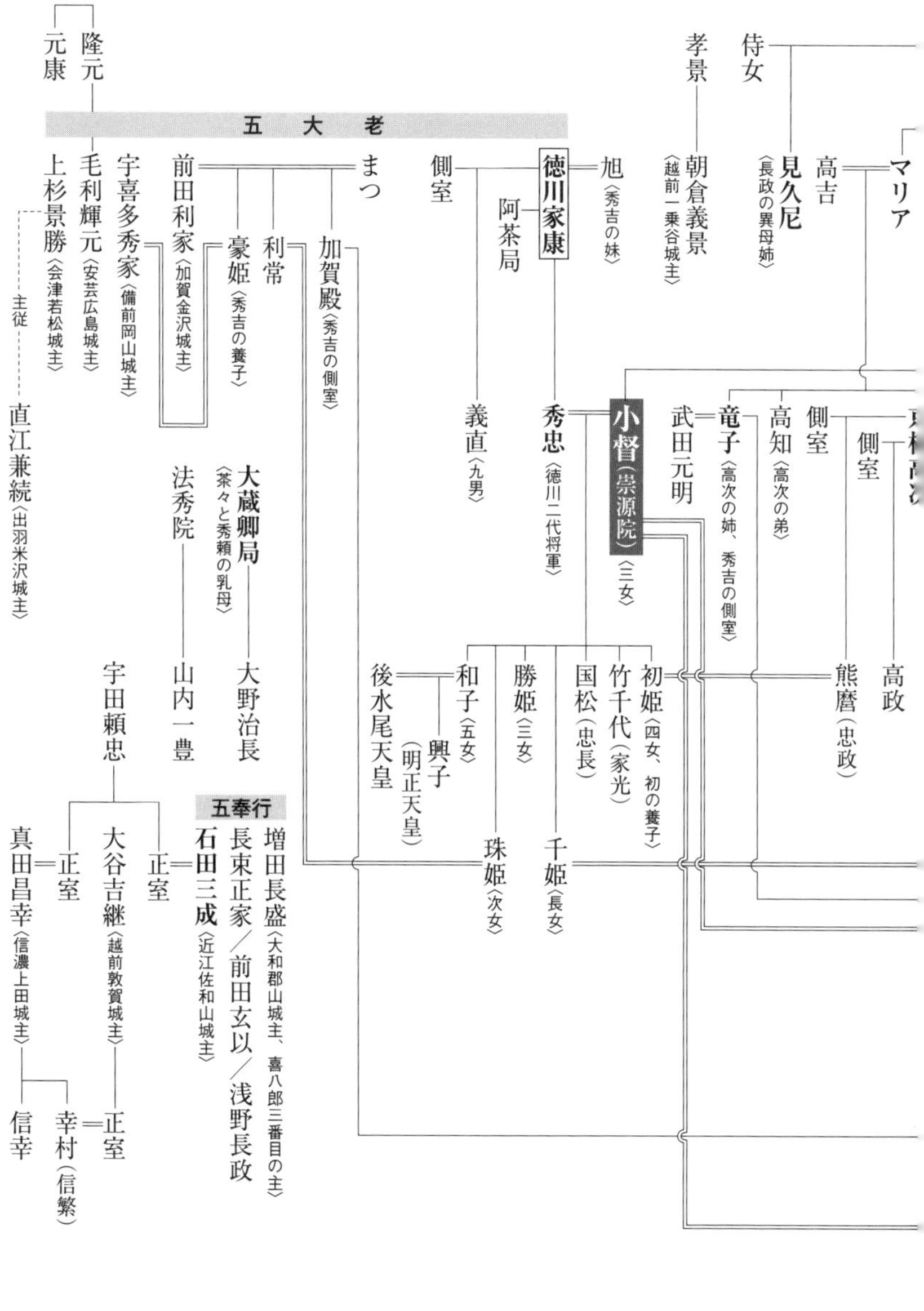
侍女
孝景
見久尼〈長政の異母姉〉
朝倉義景〈越前一乗谷城主〉
マリア
高吉
旭〈秀吉の妹〉
徳川家康
阿茶局
側室
まつ
加賀殿〈秀吉の側室〉
利常
豪姫〈秀吉の養子〉
前田利家〈加賀金沢城主〉
宇喜多秀家〈備前岡山城主〉
五大老
毛利輝元〈安芸広島城主〉
上杉景勝〈会津若松城主〉
隆元
元康
主従
直江兼続〈出羽米沢城主〉
高政
側室
側室
高知〈高次の弟〉
竜子〈高次の姉、秀吉の側室〉
武田元明
小督（崇源院）〈三女〉
秀忠〈徳川二代将軍〉
義直〈九男〉
大蔵卿局〈茶々と秀頼の乳母〉
法秀院
熊麿（忠政）
初姫〈四女、初の養子〉
竹千代（家光）
国松（忠長）
勝姫〈三女〉
和子〈五女〉
興子（明正天皇）
後水尾天皇
大野治長
山内一豊
宇田頼忠
千姫〈長女〉
珠姫〈次女〉
五奉行
増田長盛〈大和郡山城主、喜八郎三番目の主〉
長束正家／前田玄以／浅野長政
石田三成〈近江佐和山城主〉
正室
大谷吉継〈越前敦賀城主〉
正室
真田昌幸〈信濃上田城主〉
正室
幸村（信繁）
信幸

あとがき

　滋賀に転居してから二十六年近くになる。近江の歴史や文化に魅かれ、県下を歩くうちに文章を認めるようになった。雑誌「湖国と文化」に近江の女性を連載するようになってから、歴史に翻弄されながらもたくましく生き抜いた多くの女性たちを知るようになった。さらに社会保険センターの講座で講義をさせていただくようになってから、女性たちの姿が私の胸中で息づき、思いを訴えるようになってきた。そうした女性たちを書いた掌篇を集めた『近江戦国の女たち』をサンライズ出版の岩根順子社長が出版してくださった。

　読者の方、とりわけ湖北の方々から浅井家の三姉妹物語を書いてほしいという声をいただくようになった。実は私自身もいつか三姉妹物語に取り組んでみたいという密かな思いを抱いていたのである。湖北へは数えきれないくらい足を運んでいる。一人で、時には文学散歩や歴史講座などの皆さんとご一緒し、戦国の世に幾度も思いを馳せたりしたものだ。とりわけ浅井長政とお市の娘、茶々、初、小督の三姉妹の眼差しが消えることはなかった。後に豊臣秀吉の側室となった淀殿(茶々)は有名であるが、初、小督にいたってはそれほど存在感があるわけではない。しかし、三姉妹が果たした歴史的役割は大変大きいものがある。時の流れという動かしがたいものを背景に彼女たち三姉妹は必死に生きた。姉妹の一人ひとりの心情を思ううちに私の彼女たちへの共感はしだいに高まっていった。

そんな折、岩根さんから、三姉妹物語執筆の依頼を受けた。ありがたい申し出に微力を顧みず即、お引き受けした。物語の主人公を次女の初にしてはどうだろうか、という提案にしばし躊躇した。初は茶々の陰になり、あまり世の人に知られていなかったからである。が、書き始めてみて、あらためて岩根さんの慧眼を思った。初でないと書き込めない点が数々出てきたからである。副主人公として偶然にも異腹の弟、浅井喜八郎を登場させたが、喜八郎のご子孫の方がご健在であり、先の『近江戦国の女たち』を読んでくださっていたのである。感激すると同時に歴史の重みを感じ、身が引き締まる心境であった。

作品が完成するまでには編集部の矢島潤氏の多大なアドバイスと激励があった。何度も立ち往住する私をその度に軌道に乗せてくださった。矢島さんの助力がなければ完結とはなりえなかったかもしれない。

また、帯の文章を静岡大学名誉教授で大河ドラマなどでも時代考証をされている小和田哲男先生が、巻末の解説を長浜城歴史博物館の太田浩司先生が書いてくださったことを大変光栄に思い、謝意を表したい。

平成二十一年五月

著者

主な参考文献

小和田哲男『戦国三姉妹物語』（角川選書）
小和田哲男『豊臣秀次「殺生関白の悲劇」』（PHP新書）
長浜城歴史博物館編『戦国大名浅井氏と北近江　浅井三代から三姉妹へ』（サンライズ出版）
長浜城歴史博物館編『戦国浅井戦記　歩いて知る浅井代の興亡』（サンライズ出版）
太田浩司『近江が生んだ知将　石田三成』（サンライズ出版）
「琵琶湖がつくる近江の歴史」研究会編『城と湖と近江』（サンライズ出版）
中井均編『近江の山城ベスト50を歩く』（サンライズ出版）
淡海文化を育てる会編『近江戦国の道』（サンライズ出版）
桑田忠親『桑田忠親著作集 第七巻 戦国の女性』（秋田書店）
桑田忠親編『太閤書信』（地人書館）
渋谷美枝子『戦国天使　京極マリア』（叢文社）
NHK取材班編『そのとき歴史が動いた』第20巻（KTC中央出版）
朝尾直弘『ジュニア日本の歴史4 戦国の争い』（小学館）
別冊歴史読本56『戦国武将最後の戦い』（新人物往来社）

「み〜な　びわ湖から」97号「浅井家をめぐる女性たち」（長浜み〜な協会）
小浜市立図書館編『常高院殿』（小浜市立図書館）
菊池真一編『おあん物語・おきく物語・理慶尼の記　本文と総索引』（和泉書院）
中川龍晃『豊臣秀次公一族と瑞泉寺』（瑞泉寺）

解説

太田浩司

畑裕子さんのこの作品の主人公は、浅井長政の次女・常高院（初）と、その異母弟と言われる浅井喜八郎（作庵）である。この二人を基軸に、浅井三姉妹の波乱万丈な人生を、きめ細かな心理描写を散りばめながら描いている。

本文でも記されているように、常高院は死の約一ヶ月前にあたる寛永十年（一六三三）七月二十一日に遺言状を書いた。「かきおきの事」と題されたこの文書は、夫・高次の跡を継いで若狭国小浜藩主となっていた京極忠高に宛てたものである。原本は後に京極氏が一時城主をつとめた播磨国竜野にあったものだが、それは伝わらず写が小浜市の常高寺と、岐阜市の栄昌院に伝来している。十一ヶ条の遺言には、自ら建立した常高寺の存続のことや、残される侍女・小姓・用人たちを大切に扱って欲しい旨が記されているが、その九ヶ条目は「一、さくあん事」で始まり、浅井喜八郎（作庵）のことを記している。

常高院は、こう述べる。「〝さくあん〟は何の役にも立たず、私としても如何にお頼みしてよいか分からないが、今さら捨て置くこともできないので、少々過分と思うが領地を与えている。この領地は私へのご援助と思ってお許しいただきたい。繰り返しお願いするが、今後も〝さくあん〟に目をかけてやって欲しい」。この遺言を受けた京極忠高は、常高院の言葉を忠実に受けとめ、喜八郎の子孫を家臣として養い続け、京極家が讃岐国丸亀に転封しても、丸亀藩士として存続させた。

この喜八郎（作庵）について、本作品はその経歴を正しく追っている。浅井長政側室の子として生まれ、最初は羽柴於次秀勝（信長四男・秀吉の養子）に従い、その後羽柴秀長・増田長盛に仕えた後、関ヶ原合戦で浪人となり讃岐国の生駒親正に仕えたという。大坂の陣には、浅井周防守政賢と名乗って参陣したが、戦後は若狭小浜藩京極家の客分として迎えられ、五百石を与えられた。これとは別の話として、坂田郡長沢村（現在の滋賀県米原市長沢）の福田寺には、浅井長政の次男・万菊丸が匿われたという伝承がある。本作品はこの万菊丸の伝承と、喜八郎を一体化して一人の浅井家男子の人生を描いている。

作品のタイトル「花々の系譜」とは、長政・お市から浅井三姉妹へと続く、「浅井家女性の系譜」と読み替えてもよいのだろう。地方の一戦国大名の子として生まれたこの三人は、織田信長妹の子という貴種ゆえに、織豊時代から江戸時代への転換の時期に、波乱万丈な人生を強いられた。彼女らの常ならざる人生は、生まれながら持っていた宿命と言えるものかもしれない。その激動の人生の中で、三姉妹が何を考え思い、何を守ろうとして生きていたかは、残念ながら我々が歴史学で扱う史料は必ずしも明快に語ってくれない。常高院については、先の遺言状があるので、比較的史料は豊富だが、淀殿(茶々)と崇源院(小督)については、その行動や逸話から、その心の底を類推するしかない。

その中で、京都東山の養源院建立と再興は、淀殿と崇源院の思いを今によく伝える事実だと思う。養源院は長政二十一回忌の文禄三年(一五九六)に、淀殿がその菩提を弔うため建立した寺院である。養源院の寺院名自体が、浅井長政の法号である。この寺の開山は、成伯という僧であったが、養源院に残る過去帳によれば、浅井石見守親政の子とされ、浅井氏の一族であった。その後、元和五年(一六一九)に養源院は火災に見舞われるが、翌々年には崇源院によって再興された。その時の住職は、第二世光慶であったが、この人物も浅井氏の出身であったという。

現在、養源院は京都観光で「伏見城血天井」の寺として著名だが、浅井久政・長政の位牌や、お市や崇源院の供養塔などが現存し、浅井家の菩提寺であることは今も変らない。淀殿・崇源院の養源院の建立と再興、常高院の浅井喜八郎に対する配慮は、彼女ら三姉妹の浅井家「血脈」への執着と考えられよう。「家系」を守ることへのこだわりは、現代においては喪失されかけた価値感と言える。三姉妹は戦国の政治史の中で翻弄され続けただけに、自刃にまで追い込まれた父母への思いは人一倍強かったであろう。そして、滅亡した浅井家への思いも。

現代では価値を認められない「血脈」と「家系」への執着。それを心に深く刻みつつ生きる三姉妹を描くことで、余りにも独善的な現在を相対化しようとする、作者の意図を読み取りたい。

（長浜城歴史博物館学芸員）

書き下ろし作品

■著者略歴

畑　裕子（はた ゆうこ）

京都府生まれ。奈良女子大学文学部国文科卒業。公立中学で国語教師を11年務める。京都市内から滋賀県蒲生郡竜王町に転居。
「天上の鼓」などで滋賀県芸術祭賞。「面・変幻」で第５回朝日新人文学賞。「姥が宿」で第41回地上文学賞。滋賀県文化奨励賞受賞。著書に『面・変幻』（朝日新聞出版）、『椰子の家』（素人社）、『近江百人一首を歩く』『近江戦国の女たち』『源氏物語の近江を歩く』『天上の鼓』（以上サンライズ出版）。日本ペンクラブ会員。

花々《はなばな》の系譜《けいふ》　浅井三姉妹物語《あざいさんしまいものがたり》

2009年６月25日　初版第１刷発行
2009年12月25日　初版第２刷発行

著　者　畑《はた》　裕子《ゆうこ》

発行者　岩根順子

発行所　サンライズ出版
〒522-0004滋賀県彦根市鳥居本町655-1
tel 0749-22-0627　fax 0749-23-7720

印刷・製本　P-NET 信州

ISBN978-4-88325-387-6
定価はカバーに表示しています